文化差异视域下的翻译研究

付丹亚 ◎ 著

北京工业大学出版社

图书在版编目（CIP）数据

文化差异视域下的翻译研究 / 付丹亚著. — 北京：北京工业大学出版社，2018.12（2021.5 重印）

ISBN 978-7-5639-6540-3

Ⅰ. ①文… Ⅱ. ①付… Ⅲ. ①《红楼梦》—文学翻译—研究 Ⅳ. ① I207.411

中国版本图书馆 CIP 数据核字（2019）第 022868 号

文化差异视域下的翻译研究

著　　者：	付丹亚
责任编辑：	安瑞卿
封面设计：	晟　熙
出版发行：	北京工业大学出版社
	（北京市朝阳区平乐园 100 号　邮编：100124）
	010-67391722（传真）　bgdcbs@sina.com
出 版 人：	郝　勇
经销单位：	全国各地新华书店
承印单位：	三河市明华印务有限公司
开　　本：	787 毫米 ×1092 毫米　1/16
印　　张：	8.75
字　　数：	175 千字
版　　次：	2018 年 12 月第 1 版
印　　次：	2021 年 5 月第 2 次印刷
标准书号：	ISBN 978-7-5639-6540-3
定　　价：	46.00 元

版权所有　翻印必究

（如发现印装质量问题，请寄本社发行部调换 010-67391106）

前　言

不同的民族由于历史背景、社会条件、风俗民情、思维方式等的不同而产生了不同的文化。不同的文化自然会呈现不同的文化形态，这种文化形态的差异反映到语言层面上，则表现为语言差异。文化是靠语言来保存和传承的，语言是文化的载体。不同民族之间通过不同的语言进行交际时，无论是语言的内涵还是外延，全都不可避免地渗透着各民族文化的特质，所以，研究文化离不开语言，研究语言也离不开文化。翻译是两种语言的转换，因而，也必然涉及两种文化的沟通与理解。

本书基于文化差异视域，对翻译的相关理论和实践进行了研究和探索。首先概述了语言、翻译与文化，并从不同角度分析中外文化差异，对翻译研究"文化转向"的背景进行解读；其次是对翻译的研究，包括翻译的价值和过程、影响翻译的主要因素，还研究了文化与翻译、翻译与文化目的以及翻译的主体文化等；最后探讨了翻译与文化误读，并以《围城》英译本中文化误读为例做了具体的分析。本书的出版诚望能为翻译工作者、翻译爱好者、大专院校师生等提供一个新的翻译研究视角，并为他们的学习和研究提供一定的帮助。

由于笔者水平有限，时间仓促，本书难免存在不妥之处，敬请读者不吝批评指正。

编　者

2018 年 10 月

目 录

第一章 绪 论 ·· 01

    第一节 文化的概念 ··· 01

    第二节 语言、翻译与文化 ·· 02

    第三节 从不同角度看中外文化差异 ·· 04

    第四节 翻译研究"文化转向"的背景解读 ·· 14

第二章 翻译研究 ·· 32

    第一节 翻译概述 ··· 32

    第二节 翻译的价值和过程 ·· 35

    第三节 影响翻译的主要因素 ··· 45

    第四节 翻译问题研究 ·· 46

第三章 文化与翻译 ··· 50

    第一节 文化的"不可译"现象 ·· 50

    第二节 文化意象的处理 ··· 52

    第三节 隐含的文化信息 ··· 56

第四章 翻译与文化目的研究 ··· 58

    第一节 "目的论"与翻译 ·· 58

第二节 "厚译"与文化目的 ··· 59

　　第三节 "厚译"的社会影响、价值、理论意义与反思 ············· 79

第五章 翻译的主体文化研究 ··· 84

　　第一节 翻译的主体性 ··· 84

　　第二节 翻译的主体性具体分析 ·· 85

　　第三节 对主体性的反思 ··· 107

第六章 翻译与文化误读分析 ··· 109

　　第一节 文化误读的概念 ··· 109

　　第二节 文化误读与翻译的关系 ·· 110

　　第三节 《围城》英译本中文化误读具体分析 ····················· 111

参 考 文 献 ··· 131

第一章 绪 论

第一节 文化的概念

文化（culture）是一个内涵丰富而又复杂的概念。追溯其历史渊源，"文化"一词最早出现在中国古籍。西汉刘向《说苑·指武》说："圣人之治天下也，先文德而后武力。凡武之兴，为不服也；文化不改，然后加诛。"晋束皙《补亡诗·由仪》曰："文化内辑，武功外悠。"南朝齐王融《三月三日曲水诗序》："设神理以景俗，敷文化以柔远。"这里，"文化"的含义是指古代封建王朝所施的文治和教化，与天造地设的自然，或与无教化的"质朴""野蛮"相对而言。

现在所说的"文化"与古文中的"文化"含义有较大的差异。今天我们所用的文化一词是外来语的意译，是19世纪末从日文中转译过来的。文化一词源于拉丁文cultura，是由colere演化而来，而英语中的culture和德语中的Kultur同由拉丁语的cultura转化而来。文化一词拉丁文原是"开发，开化"的意思。德语Kultur本义指精神文化，实指宗教文化而言。英语culture的意义则与政治、法律、教育等社会生活有关。自19世纪下半叶人类学、社会学、文化学等以文化为研究对象的学科兴起后，世界各国的学者都曾试图给"文化"下定义。然而至今众说纷纭，看法不一。

我国著名学者季羡林教授1995年5月9日在北京外国语大学中文学院所做的演讲《西方不亮，东方亮》中指出："据说现在全世界给文化下的定义有500多个，这说明，没法下定义。这个东西啊，我们认为人文科学跟自然科学不一样，有的是最好不下定义，自然科学像'直线是两点间最短的线'，非常简单，非常明了，谁也反对不了。而我认为社会科学不是这样的，所以文化的定义我想最好还是不下。当然，现在好多人写文章，还在非常努力地下定义，这个不过是在500个定义外再添一个定义，501、502，一点问题不解决，所以我个人理解的文化就是非常广义的，就是精神方面，物质方面，对人民有好处的，就叫作文化。文化一大部分呢，就保留在古代的典籍里边，五经四书呀，二十四史呀，中国的典籍呀，按照数量来讲，世界第一，这是毫无问题的；按质量来讲，我看也可以说是世界第一。大部分保留在典籍里，当然也有一部分不是保留在典籍里边，比如说长城，长城文化。长城是具体的东西。现在的文化，吃的盐巴也是文化，什么都是文化。"

英国著名的人类文化学家泰勒（Edward Taylor）在1871年出版的《原始文化》一书中认为："文化和文明，就其广义人类学意义上看，是由知识、信念、艺术、伦理、法律、习俗以及作为社会成员的人所需要的其他能力和习惯所构成的综合体。"这一定义一直被认为是最具有权威性的，被许多论著引述，对学术界产生过重大影响。不过，泰勒的文化定义似乎更侧重于精神文化方面，而不包括物质文化。

美国学者戴维·波普诺（David Popenoe）的文化定义就比较全面。他认为文化应由三个主要元素构成："（1）符号意义和价值观——这些都用来解释现实和确定好坏、正误标准；（2）规范准则——对在一个特定的社会中人们怎样思维、感觉和行动的解释；（3）物质文化——实际的和人造的物体，它反映了非物质的文化意义。"这一定义与我国《辞海》中"文化"的概念是一致的："文化，从广义上说，指人类社会历史实践过程中所创造的物质财富和精神财富的总和。从狭义上来说，指社会的意识形态，以及与之相适应的制度和组织机构。"现在，我们可以对文化概念有了一个清楚的认识。文化定义有广义文化和狭义文化之分。广义文化包括物质文化和精神文化，而狭义文化仅指精神文化。

第二节 语言、翻译与文化

一、语言和文化

语言和文化是密不可分的。

众所周知，语言是一种社会文化现象，是社会文化发展的产物。任何语言的生存发展都离不开其赖以生长的社会文化环境。社会文化又在一定程度上制约着语言使用者的思维方式和表达能力。例如，雪对生长在寒冷的北极圈里的因纽特人来说是尤其重要的，是性命攸关的。因此，在因纽特人的语言中，雪的各种形状和状态都得以命名，有20多个词分别指称不同的雪——地上的雪、石上的雪、堆积的雪、下着的雪……而英语国家中，雪则是无足轻重的，只有一词snow（雪）。但这并不意味着英语作为一种语言没有能力区分不同类型的雪，而是因为对英语国家的人来说没有这方面的社会文化需要。美国是一个工业高度发达的国家。汽车与美国人的生活息息相关，美国英语中多达26个词指称汽车，并有许多与汽车相关的词语。酒后开车是美国一大社会危害。因此，美国英语用不同词语表达"醉酒"——pissed、pickled、high、bombed、stoned、drunk、intoxicated、under the influence等。然而，爱斯基摩人的语言中没有如此多的词语表达汽车和醉酒，同样是因为没有社会文化需要。再如，英语中"cousin"一词是意指亲属关系中与自己同辈的称谓，而在汉语中则有不同的称谓。父亲一方：堂哥、堂弟、堂姐、堂妹（父亲同胞兄弟的孩子）；

表哥、表弟、表姐、表妹（父亲同胞姐妹的孩子）。母亲一方：表哥、表弟、表姐、表妹（母亲同胞兄弟的孩子）；表哥、表弟、表姐、表妹（母亲同胞姐妹的孩子）。英语中一个词"cousin"能够指称众多的成员，这表明某社会成员与这些分布在不同亲属关系中的同辈人都保持相同关系。而汉语中对众多亲属成员使用不同称谓，说明了某社会成员与他们每一个人都保持着一种独特的关系。中国传统文化观念中，父系的姑表关系要比母系的姨表关系更加亲近。因此，汉语中不同亲属成员使用不同称谓是社会文化在语言中的反映。

综上所述，语言与文化的关系是水乳交融，不可分割的。正如美国语言与文化委员会在表述语言与文化关系时所指出的那样：（1）语言是文化的一部分……（2）语言是文化的载体……

二、翻译是一项跨文化活动

语言与文化的密切关系注定了翻译与文化的密切关系。翻译是把一种语言转换成另一种语言的过程。不言而喻，两种语言转换的过程必然涉及两种文化。翻译实质上是不同文化间的交流。我国著名学者王佐良教授在谈到文化与翻译的关系时曾指出："他（翻译工作者）处理的是个别词，他面对的则是两大片文化。"翻译是一种"跨文化的活动"。

我们先看一个英译汉的例子。

莎士比亚十四行诗第十八首第一诗节：

Shall I compare thee to a summer's day?

Thou art more lovely and more temperate;

Rough winds do shake the darling buds of May,

And summer's lease hath all too short a date.

译文：

我可否将你比作夏日？

你更可爱，又更温柔；

暴风摇撼五月钟爱的嫩芽，

而夏日的租期太过短暂。

这个诗节前两句中"a summer's day"的翻译就是一个文化问题。英国的四季中，冬天很长，春天短促，夏天倒显得温暖明媚，是一年中最宜人的季节。英国的夏天像中国的春天一样，给人一种美丽、温馨、可爱的感觉。有人曾想把"summer"译成"春天"，担心中国读者不能接受"夏天"，因为在中国文化观念中"夏天"常与炎热酷暑联系在一起。对于这个问题，著名翻译家纽马克（Peter Newmark）有一段精辟的见解。他说："并非如此，因为（目标语言的）读者理应准确地了解到（源语言文化）英国的夏天是温和惬意的。阅读这首十四行诗时在向读者介绍英国文化的同时也激发读者的想象力。"

我们再看一个汉译英的例子。

饺子是中华民族的传统食品。中国人在逢年过节时喜欢吃饺子，而英美人却没有这个习惯，也不知饺子为何物。"饺子"一词在英语中根本没有对应的词语来表达。《汉英词典》将"饺子"译为"dumpling"，实属不妥，有失其中国文化特征。"dumpling"在英语中的意思是：与肉、蔬菜在一起煮或蒸的面团，或菜果汤团。汉语中的"饺子"则指一种在沸水中煮熟的"半圆形的，有馅儿的面食"（《现代汉语词典》商务版）。可见"dumpling"和饺子根本不是一回事。更重要的是，中国人逢年过节吃饺子是一种民俗文化。电影《白毛女》中的杨白劳在地主逼债，穷困潦倒的境况下，也在大年三十晚上用卖豆腐攒下的钱称回二斤白面，要与自己唯一的亲人喜儿吃上一顿饺子。因此，对中国人来说，过年吃饺子是合家团圆的象征，是对幸福生活的一种期盼。鉴于饺子这种深邃的文化内涵，翻译家们将其直接音译为"jiaozi"。现在饺子及其文化含义已被英美人所熟悉和理解，并被辞书收为英语的一个外来词。

通过上面对文化与翻译间关系的论述和对翻译实例的考察可以看出，我们必须从文化的角度来看待翻译。翻译不仅要做到语言意义上的等值，而更重要的是要真正做到文化意义上的等值。

第三节　从不同角度看中外文化差异

中国文化是中华民族在中国本土上创造的文化，它从远古延续到今天，已有数千年的发展历史。西方文化是西方主体民族在西方的土地上创造的文化。由于地理环境、气候、社会等各方面因素的影响，中西文化之间存在着很多差异。

一、物质角度下的中西方文化差异

物质角度下的中西方文化差异主要体现在物质文化层面上。所谓物质文化是指为了满足人类生存和发展需要所创造的物质产品及其所表现的文化，其包括的内容主要有饮食、服饰、建筑、交通、生产工具以及乡村、城市等，这些都是文化的物质表现。下面我们重点从饮食、服饰和建筑三个角度来阐述中西方的物质文化差异。

（一）饮食文化差异

中国的饮食文化经历了几千年的历史发展，影响比较深远。而西方的一些国家一度沦为殖民地，长期入住着大量移民，他们在饮食上吸收了其他国家的文化习惯，并在结合自己饮食习惯的基础上逐渐形成了具有自己特色的饮食文化体系。在中西方交融的过程中可发现，中西文化之间的差异造就了其饮食文化的差异。这种差异主要有三个：一是饮食观念；二是饮食内容；三是饮食方式。下面我们对这三个内容进行详细分析。

1. 饮食观念

中国人比较注重饮食的感性和艺术性，追求饮食的口感，不注意其营养。人们在评价饮食时，主要从"色""香""味"三个角度出发。在中国人的饮食观念中，对"味"的追求很高，日本饮食专家木村春子对中国菜的味道有一番精辟的论述："中国菜的调味，与其说多用单一的味，不如说更爱用复合的味；与其说喜欢突出某一种味，不如说更喜欢几种味相重叠后产生的味。中国菜的调味不只是使用几种佐料，而是在烹调过程中力图把鲜味、香味等味觉都调和在一起，从而创造出一种混合的味。"中国的这种饮食文化有着一定的历史渊源，具体来说，是源于东方古老的阴阳五行学说。俗话说，民以食为天，食以味为先。所谓"五味调和百味香"，五味指"酸、苦、甘、辛、咸"。但是在追求"味"的过程中却不注重"营养"，这种对饭菜味感的过分强调有着一定的片面性。

西方在饮食文化上与中国的重味道有所不同，其比较注重营养。西方人认为饮食的目的在于维系生命的健康，而不是享乐。他们特别讲究食物的营养成分。例如，蛋白质、脂肪、碳水化合物、维生素等的搭配是否均衡，这些营养成分能否被彻底吸收以及是否有副作用，卡路里的摄取量是否合适等。加热烹调会造成营养损失，那就半生不熟，甚至干脆生吃。在配菜上，毫无艺术可言，如牛排只有一种味道，鸡就是鸡，牛排就是牛排，纵然有搭配，那也是在盘中进行的。在滋味上各种原料互不相干，各是各的味，简单明了。可见，对于食物的色、香、味，他们并没有太多追求。

2. 饮食内容

中国自古以来就是农业大国，加之人口比例大以及其他多种原因，其传统饮食习俗以植物性食料为主。主食是五谷，即稻、黍、稷、麦、菽等，以及马铃薯、山药、芋头等薯类作物。南北方在主食上也是有区别的，北方的人们以面条和馒头为主食，南方的人们以米饭为主食，通常多食"素菜"。传统上，中国人的辅食是蔬菜，外加少量肉食。据西方植物学者的调查，中国人吃的蔬菜有600多种，是西方人的6倍之多。从原始农业时期，中国人就开始种植蔬菜，现在的蔬菜品种数以百计。在副食中，肉类副食主要来源于马、牛、羊、狗、猪、鸡等六畜。古代人是很少吃肉的，这一点可从一些文献记载上看出，如《孟子·梁惠王上》："鸡豚狗彘之畜，无失其时，七十者可以食肉矣。"现在，随着人们经济生活水平的提高，肉在中国人的餐桌上早已不稀罕。此外，以热食、熟食为主也是中国人饮食内容中的一大特点。这和中国文明开化较早以及烹调技术的发达有关。

西方人在传统上以渔猎、养殖为主，以采集、种植为辅，荤食较多，吃、穿、用都取之于动物。西方有较为发达的食品工业，如罐头、快餐等。在饮食结构上以动物类的品种居多，主要是鸡肉、牛肉、羊肉和鱼等，可以说，肉食在其饮食结构中的比例一直都很高。近代，西方人的种植业比例一直在增加，但是与中国人比起来，肉食在其饮食中的比例仍然很高。另外，在西方人的饮食中，冷食、凉菜、冷色拼盘、色拉、冷饮等都是其最爱。这一点与中国的饮食有很大的不同。

3. 饮食方式

中国人的饮食方式经常是"合餐",也就是大家团团围坐,共享一席。在饭桌上,人们相互敬酒、相互让菜、劝菜。虽然这种饮食方式从卫生的角度来看存在明显的不足,但它与中华民族"大团圆"的普遍心态相符合,也体现了中国传统哲学的和合、二元互补的观念。同时,合餐的方式也体现着中国的伦理观念,起着别亲疏、别尊卑的伦理功能。餐桌上体现着长幼尊卑、上下先后的等级观念。座席的安排、斟酒的次序、敬酒的规矩都有着严格的规定。例如,《论语·乡党》中说:"乡人饮酒,杖者出,斯出矣",这体现了长者为尊的敬老习俗。人与人之间相互尊重、礼让的美德也在合餐中有很好的体现。

西方人在饮食方式上采用的是分餐制。其吃饭的核心在于通过与邻座客人之间的交谈达到交谊的目的。分餐制的一种具体形式是自助餐,该方式适应了现代社会快节奏的生活。大家各取所需,不必固定在位子上吃,走动自由,这种方式对于个人之间的情感交流更加方便。从本质上看,分餐制体现了个性独立,也表现了对他人饮食行为和习惯的尊重。与合餐制相比,分餐制是二元对立的,体现了一种交流性的人际关系方式:强调个性独立,人与人之间构成一种相对宽松、自由的平等交流关系。

此外,中西方饮食方式的差异还表现在饮食工具上的不同。具体来说,中国人使用筷子用餐,喝汤、吃饭用碗盛。筷子在古时候称作箸,箸的起源可追溯到殷商时代,《韩非子》中曾提到商纣王使用"象箸"进餐。东汉许慎的《说文解字》说:"箸从竹声",说明筷子最初是用竹子做成的。其形状一端细而圆,另一端则粗而方。这种设计一方面与筷子的功能有关,另一方面则体现了中国传统观念中的"天圆地方"和"民以食为天"的观念。西方人是用盘子盛食物,用刀即切即吃,喝汤则有专门的汤匙。刀叉的出现比筷子要晚得多,使用时间只有四五百年的历史。刀叉的起源和欧洲古代游牧民族的饮食习惯有关,他们生活在马背上,随身带刀,往往将肉烧熟,割下来就吃。大约15世纪前后,为了改进进餐的姿势,欧洲人才开始使用双尖的叉,以便使进餐的姿势优雅些。

(二)服饰文化差异

服饰作为一种无声文化,属于物质文化的重要组成部分。在古代,中国的女士服装多为平面裁剪的袍衣,女性体态和曲线在衣服的掩饰下隐约显露出来,能够引发人的丰富联想。而西方人比较崇尚人体美,服装讲究立体造型,具有很强的人体表现能力。实质上,中西方服饰文化存在差异的原因在于中西方的观念不同。同时,服饰特点也能对一个民族深厚的文化底蕴有所反映。下面我们通过分析中西方服饰文化的不同特点,来体会中国服饰文化中所包含的精神。

1. 仪表的修饰与人体美的显露

中国是一个礼仪之邦,比较崇尚传统礼教,其服饰穿着通常是为了表现礼仪的观念。例如,中国古代服饰始终贯穿着"分尊卑,别上下"的主题。从冕旒、黄袍、龙袍、乌纱帽、补服到布衣,服饰成了分等级的图解。几千年来分等级的服饰原则造就了中国人高度自觉的服饰角色心态，文化水平高一些的人追求的是服饰的大方得体，不失身份，很强烈地表现了服饰的礼仪观念。直至今天，人们仍然深受这种传统的服饰观念影响。在西方文化中，其对于服饰的观念与中国有明显的不同。具体来说，西方有崇尚人体的传统，要求服饰能更好地表现和反映人体美。换句话说，在西方人看来，服饰必须为人体服务，通过服饰要能使人体显长掩短，把人体装点得更美。这一文化观念的形成有其复杂的历史与地理原因。众所周知，在西洋文化的历史中，受古希腊和古罗马文化中的雕塑、绘画等造型艺术和审美观的影响很大。再加上地中海沿岸温暖优越的自然条件，人们的服装没有必要紧裹人体。

2. 自我调节与自我表现

服饰是人的内在品格的外化。古人讲"君子以玉比德"，在中国人的文化观念中，正统、淡雅的服饰标志着成熟、端庄和修养；娇艳、裸露的服饰代表着轻浮、浅薄的品格等。虽说从外表来判断一个人有些偏颇，但很多人都会比较自觉地认同这种观念。此外，中国人对服饰一般抱着"自尊""自爱""内省"的心理。因此，其对服饰的穿着比较注重自我调节，经常在新旧文化观念冲突的调节与外界观感的反省中寻求和谐。在服饰的搭配上讲究协调，注重含蓄，经常会克制自己个性的外露，以免招致别人的非议而增加心理负担。在这种文化观念的影响之下，很多中国人在服饰上缺乏个性。而西方人在服饰穿着上以个人为本位，注重自我表现。他们在服饰穿着上总是为了自己，非常讲究穿着个性的表露。在他们看来，服饰必须讲究个性，这样才能显示自己在社会中的存在，以及自身存在的社会价值。所以在穿着上，西方人敢于标新立异。但西方的这种文化观念也存在着易走极端的弊端。例如，有些人为了追新求异，故意做种种破坏性的"创新"，如流浪汉式服装、补丁装等，这些不值得我们借鉴。

（三）建筑文化差异

由于气候、地理、交通、物产的差异，造成了建筑内容与形式的地域差别；由于宗教、政治、经济、民俗、社会的不同，造成建筑不同的时代风貌与审美追求，民族的性格与理想在其中也有所渗透。建筑的发展标志着人类文明的进步。在建筑的发展过程中，文化赋予其以丰富的内涵，没有文化就没有建筑的发展。可以说，建筑在实用性中承载着丰富的文化内涵。在此，我们通过分析中西不同的建筑特点来体会建筑文化差异。

中国建筑源于远古时期，在漫长的历史沿革中，取得了辉煌的成就。虽然在发展的过程中不断受到外来影响，但其民族特质并未丧失，始终渗透着中国民族的文化取向。中国的建筑特点主要有以下几个方面的体现。

（1）从建筑的格局分布上看，其主要以建筑组群的形式出现，这种组群布局规整、对称均衡、轴线突出、层次分明，给人以稳定和谐的艺术感受。而且在安排设计时大都是以纵轴线为主、横轴线为辅进行的。具体来说，就是先将主要建筑沿纵线排开，主体建筑安置于轴线中部，再在轴线两侧依次安排一些相对次要的建筑。这样沿着轴线建筑，使得建筑组群的布局既有对称、均衡之美，又有众星捧月之势，产生极强的烘托与对比效果，集中体现了传统文化的尊卑关系。而且，组群的性质和规模不同，布局设计的要求也是不同的。例如，宫殿、寺庙等规范式建筑要求布局规整、对称均衡、突出轴线、错落有致、层次分明，这些要求体现了中国文化和谐稳定的审美理想、封闭自持的民族心态以及严格的等级秩序。此外，在布局时还特别注意建筑群与自然环境的协调，使人与自然相沟通、相交融。中国建筑群体很多是依山面水，坐北朝南而建。究其原因有两个：一是从科学上看，坐北朝南利于采光与避风；二是从中国的传统文化观念上看，坐北朝南是"天人合一"的具体体现，能够顺应天地之道，得山川之灵气，受日月之光华，颐养身体，陶冶性情。

（2）从建筑的材料上看，中国古代建筑是世界唯一以木结构为主的建筑体系。由于建筑材料的限制，要想达到宏伟壮丽的建筑构型，就需依靠地势的高起、巨大的台基、层次的增加、建筑群的有机组合等。因而中国传统的建筑大都是城墙所包围的城郭。这是传统内闭式文化的集中体现。

（3）从建筑的成就上看，宫殿和都城的成就最高。可见中国人皇权思想突出，政治伦理观念对建筑起着主宰作用。

与中式建筑比起来，西方建筑在文化意识上确实存在不同。西方一直奉行"神"的文化观念，一部建筑史可以说是一部神庙和教堂的历史。李泽厚先生曾认为，他们的"主要建筑多半是供养神的庙堂，如希腊神殿、伊斯兰建筑、哥特式教堂等"。下面是我们对西方建筑的特点所做的归纳。

（1）西方建筑的意识形态色彩比较浓厚。在西方，很多建筑是即兴的、游戏式的产物，并不像中国的建筑那么正式。西方的建筑师可以利用建筑对时代或现实进行赞颂、讽喻等，也可以把文化的焦虑寄寓其中。

（2）在西方的文化观念中，建筑多为永久性的纪念物。因此，很多西方人在建筑时把其看作在为一个永恒的世界服务，他们不惜经年累月地去创造，如金字塔、陵墓、神殿、教堂等，很多都是几代人，花几十年到几百年的时间去完成的。例如，罗马圣彼得教堂建了120年，巴黎圣母院建了157年。

（3）西方的建筑体系以石结构为主。西方的石制建筑一般是纵向发展，直指上苍的。柱子在建设时起着关键性的作用，其目的在于将高密度的石制屋顶擎入云霄。因此，在西方建筑时，柱子是其基本结构。在建筑中，有很多不同的风格类型，如罗马式、拜占庭式、希腊式、哥特式、巴洛克式等，屋顶的不同是其区分标志。

总之，中西建筑有不同的生存土壤，文化也是不同的。文化处于不断的发展之中，同时，随着人类文化交往的日益频繁，中西建筑文化势必会相互影响。

二、社会角度下的中西方文化差异

社会角度下的中西方文化差异主要体现在社会制度上，尤其是社会政治制度。任何一个民族文化的形成和发展，都会受到社会政治制度的影响。中国传统文化的形成与中国独特的社会政治结构有极大关系。中国古代的社会政治结构主要有两大特点：一是完备的宗法制度；二是严密的专制制度。古代的这一社会政治结构不仅对中国的文化有着很深的影响，而且也是文化的一种体现。下面我们对古代两种政治制度及其所体现的文化特点做详细的阐述。

（1）中国古代宗法制度及其所体现的文化特点。在中国的古代制度文化中，宗法是其重要构成方式，它由氏族社会的父系家长制演变而来，形成于商代，确立于西周。该法是以家族为中心，根据血缘远近明确尊卑亲疏的一种等级制度。其特点是宗族组织和国家组织合二为一，宗法等级和政治等级完全一致。其主要内容包括嫡长子继承制、封邦建国制和宗庙祭祀制等。纵观整个中国历史，宗法制度对中国文化有着巨大的影响。具体来说，宗法制度导致了"家国同构"的格局。家与国的组织系统与权力配置都是严格的父系家长制。所谓"忠孝相通""求忠臣于孝子之门"，都是宗法制度长期遗存的结果。以血缘纽带联系起来的宗法制度在中国历史上长期存在，虽然战争频繁，家族的动荡变化比较大，但家族本身却依然在发展。在发展的过程中，一些家族迅速发展，在政治、经济等各方面都拥有较大的实力。随着家族宗法制度的发展，家谱和族谱的编写逐渐受到重视，以致编写家谱成了一门学问。宗法制度增强了家族和集体的凝聚力，家族内主从分明，尊卑有序。这样对于社会秩序的稳定非常有利。同时，由宗法制度而推衍开来的封建等级制度汇集了封建文化的哲学、宗教、文学和包括意识形态在内的一切精神领域的文化范畴。其中，传统礼教是中国传统文化的主要代表，由于全力维护、巩固，这一等级制度已成为历经两千年来中国各朝各代封建统治者所尊崇的核心文化。传统礼教文化使中华民族凝聚力强劲，注重道德修养，以谦和忍耐、温良恭俭为美德，比较重视人与人之间的温情，如尊老爱幼、夫妻相敬、兄弟相亲等，这些文化使中国逐渐成为举世闻名的礼仪之邦。但也有一些缺点，如形成了"非我族类，其心必异"的盲目排外心理，造成了我国长期的封闭与落后，成为中国文化健康发展的障碍。

（2）中国古代专制制度及其所体现的文化特点。秦灭六国后建立了中央集权的君主专制国家。为了维护统治，秦始皇采取了一系列措施，如全权占有和控制整个国家政权、军权、财权，统一文字、焚书坑儒、禁止私学、实行文化专制等，最终形成了政治、军事、财政、文化等各方面集权的专制主义统治体系。这一体系延续了两千余年，对中国的文化产生了重要影响。具体来说，专制主义的文化统一有利于强化民族文化的独立性与连贯性，造就了民族心理上的文化认同，利于抵制异质文化的冲击。但专制制度对中国的文化也有着很大的负面影响。专制观念对中国的管理层、家庭等有着极为广泛的影响。比如在一个家族中，族长有着至高无上的权力；在一个家庭中，家长有着独裁一切的权力。这样的专制统治数千年来使国人逐渐形成了迷信权威的思想意识，具有浓重的服从心态，长期下来容易造成个人自信心的缺乏，压抑了主体精神，从而形成文化惰性，不利于文化的变革与创新。

通过上面的论述可看到，中国附带宗法与专制的结合，在文化上反映为伦理政治化和政治伦理化。其中的政治伦理化，就是在社会治理与调控方面坚持德治主义。在古代的很多人看来，人自身具有自我觉悟、自我行善的可能性，人的行为可以通过教化与感化矫正，因此要想实现人的行为调节可以通过伦理的形式。对于德治主义，我们可以把其理解为政治的基础和根本。如果从这个角度看，中国传统政治就是一种伦理政治，在管理与调控时主要是依赖君主与官吏个人的道德品质与人格。治理民众时所采取的手段也是道德感化。可见，德治的实质是人治。从前面宗法制度和专制制度的相关论述中，我们可了解到，古代社会很大程度上都是人治。在人治社会里，最高统治者既是道德楷模，也是法律制定者。因此，在中国就比较缺乏法治主义传统，中国古代的法律在当时也仅被看作是"刑"而非"法"。人治无论是在立法还是执法时都具有很大的主观性、灵活性与情理性。在新时期，中国已经逐步进入法制社会，宗法、专制文化已经被瓦解，但传统社会文化的迹象依然有所保留。

在西方实行的是法治文化。具体来说，西方人通常信仰基督教，该教本身就有契约观念的传统。再加上长期的市场经济实践，生活与生产流动性比较大，要想对人们的行为进行规范与调节，只能依靠一种普遍有效的客观意志，因此，契约精神成为必然要求。另外，在西方的古代社会，如古希腊、罗马，其基本上是奴隶主贵族民主制，而民主制必然需要法制来辅助才可得到保证。从以上论述中可看到，法治是西方社会的必然。在法治社会里，法律对社会与人起着制约、规范调解与维护的作用。可以说，在西方政治生活、社会行为中，法律居于核心地位，并且有至上的权威。在这样的法治社会里，国家权力、政治统治不是指个人，而是指法律。在实施统治时，所依据的是客观化的法规而不是主观意志的专断。政治权力也属于法律控制的范围。在执法时强调法律面前人人平等，以法律为衡量一切的准绳。

总之，纵观西方的社会历史文化，可以说西方人比较强调外在强制性的法律作用，甚至是唯法制主义，很少或根本没有中国文化所提倡的启发人们内在自觉的德治文化。我们不能说某一种文化是绝对正确的，只是如果仅仅讲究法治，很容易使人陷入一己之私的斤斤计较中。这与中国的德治文化比起来，不如其更加人性化。而如果仅讲究德治而忽视法治文化，也容易使人陷入主观性的不公平漩涡中。

三、思想角度下的中西方文化差异

各个民族在历史发展进程中都会形成自己独特的文化精神、价值取向、宗教感情等，也就是说不同的文化成果都会产生。我们下面将从思想的角度来对中西方文化的差异做一番比较分析。

（一）儒道思想传统与基督教情结的差异

在中国传统文化中，就思想传统而言，儒、道两家的人生观和价值观对中国人的思想有着很深的渗透性。在西方文化中，对人们的道德观念和价值取向影响比较深刻的是基督教的宗教理念及宗教感情。

1. 儒道思想传统文化

在儒、道两家思想文化中，儒家文化占据主导地位，其主体精神对中国民族精神有着重要的影响。首先，我们先来简单了解儒家学派。先秦时期，孔子创立了儒家学派，提出了整套伦理政治的思想体系。之后，孟子学派继承了儒家思想的传统，提出性善、仁政等学说。汉武帝罢黜百家、独尊儒术，董仲舒试图将儒家思想神学化，使其成为统治社会的一种意识形态，因此对它进行了改造。魏晋南北朝时期，儒家思想受到玄学与佛教的挑战，虽遭损毁，但其主要观念仍对世人的思想有着极大的影响。到了唐代，儒道并重。孔颖达撰五经正义，儒学思想再次振兴。虽然儒家文化在发展的各个时代都呈现出不同的主体意识，但其具有的连续性的主体精神对中国的传统文化有着很大的影响。下面我们对儒家思想所体现的文化内涵进行详细的阐述。

（1）伦理本位

在儒家文化中，伦理本位是其一个基本特征。这种特征表现为以人伦关系为出发点，以人世进取为目标，在自我完善的基础上，报效社会，实现人生理想。例如，为国为家"鞠躬尽瘁，死而后已"的诸葛亮，大战漠北的卫青、霍去病，"壮志饥餐胡虏肉，笑谈渴饮匈奴血"的岳飞，"先天下之忧而忧，后天下之乐而乐"的范仲淹，"人生自古谁无死，留取丹心照汗青"的文天祥等。这些人都是慷慨为国的壮士，其社会行为很好地体现了儒家文化中伦理本位的思想。同时，伦理本位的思想总是把人放在一定的社会关系中进行评价，因此，儒家五伦便成了道德评价的一个重要准则，其内容包括父子有亲、君臣有义、夫妇有别、长幼有序、朋友有信。每个社会的人都在思想和行动上力求符合其角色规定的义务和责任，这种价值文化追求利于中国社会的家庭和谐、社会稳定，也利于培养中国人重情操、讲修养的品性。此外，该思想也对人们判断人才的标准起着一定的作用。如在判断人才时，道德是其中一个很重要的标准。在中国古代仕宦生涯中，如能褒扬道德，并以己践行，尽管政绩平平，毫无建树，亦可不断升迁；如违反封建的伦理纲常，即使政绩卓著，也同样受到排斥，甚至责骂。正如曹操可谓是乱世之英雄，但他那"宁我负人，人不可负我"的言论受到许多人士的唾骂。

（2）民本与君权至上的思想

儒家思想中具有民为邦本与君权至上的文化品格，这对中国的传统文化有着深刻的影响。例如，孔子主张以富民、教民为基础，他认为国家的安定是以民心为依托的，在"民、食、丧、祭"四个环节中，民列其首。孟子坚持"民为贵，社稷次之，君为轻"的基本观点。从儒家的这一思想文化出发，很多开明君主施行仁政，轻徭薄赋，与民休养生息，如西汉的文景之治，唐初的开元盛世等。与民相对应的是国君，在儒家思想文化中，非常推崇国君的权力，如孔子的"君君、臣臣、父父、子子"的礼之规范，孟子的"无父无君，是禽兽也"的断语，董仲舒的"天人感应，君权神授"的理论等。中国历代王朝在政权建设上，通过各种手段逐渐对国君的权威进行了强化。即便是宗教权力也无法超越国君的权力，在政治统治上，这是中国文化的一大特色。

（3）重义轻利的观点

儒家文化重义轻利的观念对中国传统文化的义利观有很大的影响。例如，孔子从价值取向上确立了义高于利，他说："君子喻于义，小人喻于利。"孟子把义看得重于生命，他说："生，亦我所欲也；义，亦我所欲也。二者不可兼得，舍生而取义者也。"董仲舒更加明确了重义轻利的观念，他认为"正其谊不谋其利，明其道不计其功"。从这些例子中我们可看到，儒家文化要求把群体利益置于个人利益之上，突出"义"的普遍性和绝对化，反对唯利是图，并力图以此去解决个人与社会的矛盾，协调个体与群体的关系。这对于社会的稳定无疑起着很大的积极作用。而且，受这种文化精神的影响，中国历史上的确出现过不少杀身成仁、舍生取义的民族英雄，他们为了国家和民族的利益牺牲自己，甚至为国捐躯，如谭嗣同"我自横刀向天笑，去留肝胆两昆仑"就是体现了这种精神。

2. 基督教情结文化

儒道文化形成了中国文化的主流意识，而古希腊文明为西方文化奠定了理性认识的基础，基督教思想为西方文化提供了超越性的宗教精神。在基督教文化中，其引入了希腊哲学家逻各斯的理性观念，把犹太教中的耶和华推崇为各个民族共同的神，克服了狭隘的民族主义。而且，基督教还把契约意识和原始法律观吸纳了进来。总之，基督教构筑了全新的宗教理论。近现代西方基督教文化认为，人的身份是上帝"感召"的结果，贫富之差是正常的，贫穷不是过错，更不是罪恶，社会成员之间的合作体现了上帝赋予每个成员的不同才华，上帝的不同"感召"决定了每个人的职业、身份和社会地位等，人的力量无法改变这些安排。因此，人只有按照上帝的安排努力工作，才能更好地完成个人的职责与使命。很明显，这种宗教观是资产阶级的宗教理论基础，为个人冲破宗教的神权桎梏、进行个人奋斗提供了一种新的信念。其中虽然包括极端个人主义的因素，但总体上为资产阶级思想的解放起了一定的促进作用。之后，这些宗教观念又吸收了很多新理论，逐渐成为西方的一种比较流行的价值文化观念。

通过上面的阐述可看到，西方的基督教情结文化与中国有明显的不同。在中国，虽然充分强化了君权神授的思想文化，但这只是在培育臣民对国君的感情。实际上，在中国历史上，没有任何一种宗教或宗教集团敢于向君权挑战。在中国，君权至上，既是个政治概念，也是一种宗教式的精神，这是中国文化区别于西方文化的一大特色。

（二）群体本位与个体本位的差异

东西方文化在个人与群体的关系问题上也有着巨大的差异。具体来说，中国文化把人看成整个社会关系中的一个成员，是群体的一个分子，个人的命运、利益与价值只有通过群体的认同才得以体现，个人的存在只有通过对群体的负责才得以向社会昭示。换句话说，中国传统文化中比较强调个人与群体、与社会之间的统一性，在肯定个体存在和发展的价值观的前提下，强烈要求个人的存在与发展必须同整个家庭、整个社会的存在与发展统一起来。例如，在家庭中，父子、夫妻、兄弟三种关系有着最基本的要求：子服从父，妻服从夫，弟服从兄。服从便为孝，孝可以超出道德与法律，有的朝代在其法律中甚至禁止子告父，"违者不孝"，禁止妻告夫，"违者不睦"，告父告夫，均被列入"十恶"之罪。

与中国的群体伦理本位文化不同，西方文化把个体看作社会的核心，把人看成具有自由意志的独立个体而存在于社会关系之中，强调通过个人的努力和奋斗取得自我的成功，以促进社会发展，没有个人的发展就没有整个社会的发展，也就没有了整个人类社会的历史。在西方这种以自我为中心的价值文化中，讲求平等、自由，注重人格和尊严。这些理念与价值文化不仅对社会的政治结构产生了冲击，而且还渗透到社会生活的各个方面，对造就个人的创造性与开拓性，打造人的整体向上精神具有很大的促进作用。但是，个体本位文化也在淡化着亲情关系，使人际关系冷漠，缺少人与人之间必要的交流和情感慰藉。而且由于家庭观念的淡化，造成家庭结构松散，从而不利于社会的稳定，有损于社会的向心力和民族凝聚力，同时，也对人的创造力的更大发展有着很大的阻碍作用。

（三）天人和谐与驾驭自然的差异

在中国文化中，"天人和谐"对国人的行为方式一直有着重要影响。例如，在古代人们试图通过祭天换取人世间平安。随着历史的发展，人们逐渐产生了对自然和社会的理性思考，如通过观测天象来预言将要发生的事情等，虽然不太科学，但也体现了一定程度的理性。综观中国文化的演变，在天人和谐的精神文化中，其包括的思想内容十分丰富。例如，其强调人是自然的一个组成部分；自然运行的规律，体现着人类社会发展的规律；自然现象是人类社会的征兆等。从总体上看，其强调的是人和自然的协调和统一，包括的内容主要有两个方面：一是人的道德观念与自然理性的一致；二是人的行为与自然运行的统一。这种思想文化对人类有一些要求，具体来说，人不能违背自然规律向自然索取，否则将导致对自然的破坏。

西方文化是一种海洋文化，在天人关系上，逐渐形成了一种谋求驾驭自然、征服社会的基本文化精神。这种文化精神，实际上就是人与自然的二元。这一文化精神的形成，与西方的海洋文化有着很大的关系。古希腊人面对惊涛骇浪、神秘莫测的大海，在产生畏惧的同时，也激发了他们驾驭自然、征服自然的雄心。为了征服自然，对于自然规律必须要有所认识与掌握，而为了达到这一目的，必须要借助知识。在西方，热爱知识、探求自然，早已成为希腊人乃至整个西方社会共同的价值取向。有关自然科学方面的书籍在古代的西方就已经有很多，如《物理学》《天体学》《动物史》等是亚里士多德早在公元前4世纪写下的。另外，欧几里得的《几何学原理》，阿基米德的浮力定理等也为西方的自然科学理论奠定了基础。在征服、探究自然的过程中，除了理论上的成就外，不少仁人志士也为此在实践中做出了不懈的努力和斗争。例如，哥伦布在探求自然中发现了美洲大陆；哥白尼创立了"日心说"；麦哲伦环绕地球航行，得出了地球为圆这一结论等。

第四节　翻译研究"文化转向"的背景解读

20世纪70年代以来，翻译研究逐渐步入跨学科研究阶段。特别是70年代以来，翻译研究实现了从内部研究到外部研究的"文化转向"。从历史、政治和社会文化等视角来研究翻译现象的学术大潮，迅速席卷整个翻译界，在此后的几十年中续写辉煌，引领了翻译研究的主流话语，同时，像一股催化剂极大地促进了翻译学的学科建设。当代女性主义翻译家谢丽·西蒙（Sherry Simon）把这种"文化转向"视为当代翻译研究所取得的最激动人心的进展。它以文化多元、理论渗透、学科整合为特点，将翻译视作文化现象，主张译语与原语、译者与原作者之间的互动，从而使微观的结构描写让位于宏观的文化阐释。"文化转向"使翻译研究从纯语言层面的研究转向对翻译与文化层面各因素之间的相互影响和制约关系的探讨，这大大拓展了翻译学的研究范畴，为翻译研究提供了新的范式。

一、翻译研究的宏观与微观层面

纵观中西翻译史，"文化转向"是一个划时代的分水岭。"文化转向"之前的翻译研究基本上是微观层面的研究，专注于语言上的"技"。从古罗马时期到20世纪之前，西方翻译理论探讨的主要是技巧的问题，"逐字译""意译""直译"等争论不休的话题都是针对翻译技巧而论。到了20世纪50年代，语言学派的翻译理论更是专注于对语言成分的切分，从语音、语素、词汇、句法到篇章都有精细的论述，但寻求的都是"技"的层面上的"对等"，中国的传统翻译理论也是围绕着"直译""意译""忠实"等语言技巧层面上的话题展开讨论。可见，"文化转向"之前，东西方的翻译理论都是把翻译拿到了显微镜下仔细解剖，从中寻找规范性的技巧和规律，目的是为翻译实践服务。这个时期翻译研究的学科意识淡薄，没有把翻译作为一门学科从更高的"道"的层面来审视。然而，"文化转向"使翻译研究的风气为之一变，研究者们从文本内部研究中抽身出来，放眼于针对翻译外部世界的宏观研究，将翻译放到更大的历史文化背景下来考察，积极探索制约翻译活动的各种外部因素以及翻译在塑造特定文化过程中所扮演的角色，同时在文化研究的影响下将翻译的政治、伦理等宏大话语考虑在内，形成了一种宏观的研究视野。"文化转向"之后的翻译研究不再局限于翻译过程的细枝末节，而是运用多种文化理论，把与翻译有关的一切文化现象当作研究对象，从而开拓了翻译研究的视野，提升了翻译学的学科地位。

二、翻译研究"文化转向"的起因

冰冻三尺非一日之寒，翻译研究"文化转向"的出现也是这样，它与其自身的学科背景、人文学术大潮和时代背景有着千丝万缕的渊源。

（一）学科内部的桎梏——语言学翻译理论的禁锢

纵观西方翻译理论的发展，20世纪之前的翻译理论大多是经验性的，没有形成严整的体系。从西塞罗（Cicero）、圣·哲罗姆（St. Jerome）、约翰·德莱顿（John Dryden）到亚历山大·泰特勒（Alexander Tytler），其话题始终围绕着"逐字译""意译""直译"等，而这些规范性的翻译原则多是译者个人的主观体验。

到了20世纪50至60年代，随着语言学的蓬勃发展，翻译研究的语言学派开始崛起。借助认识论主体哲学，以结构主义语言学为理论依据的科学翻译观代替了原来的语文学翻译观。语言学派翻译研究的主要概念是"意义"和"对等"。罗曼·雅克布逊（Roman Jakobson）把翻译划分为"语内翻译"（intralingual translation）、"语际翻译"（interlingual translation）和"符际翻译"（intersemiotic translation），并把它们看作是理解语言符号转换的基本途径。尤金·奈达（Eugene Nida）的主要理论背景是诺姆·乔姆斯基（Noam Chomsky）的转换生成语法和接受反应论，从语言的表层结构和深层结构来探讨"形式对等"（formal equivalence）和"动态对等"（dynamic equivalence），以及后来改进的"功能对等"（functional equivalence）。德国翻译理论家沃尔弗拉姆·威尔斯（Wolfram Wilss）也相信人类语言在语法、语义等方面都有普遍性，正是这一点构成了翻译的基础。因此，他的翻译理论主要致力于探讨篇章语言学与篇章语用等值（text-pragmatic equivalence）等问题。英国语言学家约翰·卡特福德（John Catford）的理论基础是约翰·弗斯（John Firth）的功能语言学，迈克尔·韩礼德（Michael Halliday）的系统功能语法对卡特福德的影响也很大，卡特福德的"级转移"（shift of rank）概念和翻译的三种分类都是从讨论"对等"的视角提出的。以源语为研究重心，语言学派的翻译理论家们把翻译单位细化到语音、语素、词汇、句法、篇章等各个层面，来探讨如何将源语按照"对等"或"等值"的原则移植到译语中去。但是，他们所关心的主要还是语言形式问题，虽然有时也标榜一下功能，但其功能最终还是要归结到语言的结构和形式上去。

语言学派翻译理论在语言内部精雕细琢，沉迷于语言的内部规律和语言的共性，突出了语言的工具理性，甚至把语言的构成规律视为世界构成的规律，过分强调语言转换的一致性和精确性，把翻译的过程简单化和程式化。它基本上是采用规范性的研究方法，制定了一系列原则、法则以期达到"对等"，殊不知翻译活动同时也与社会性、政治性、人文性、主观能动性和创造性密不可分。现实中的翻译不是在真空状态下进行的，而是受到各种复杂的社会文化因素的影响和制约，文学翻译即是典型的例子。由于受到意识形态、权力话语、时代背景甚至经济因素的影响，文学翻译时常会出现变形。而面对这些问题，语言学翻译理论常常显得束手无策。因此，翻译研究界亟须开拓视野，跳出樊篱，从语言结构的外部环境和文化层面来审视翻译现象。

此外，语言学翻译理论把翻译研究的范围圈定在语言与语言之间的转换研究上，使得翻译研究长期依赖于语言学或应用语言学，没有真正意义上独立的学科地位。1972年，在哥本哈根召开的第三届国际应用语言学大会上，詹姆斯·霍姆斯（James S. Holmes）宣读了后来被视为翻译研究奠基之作的论文——《翻译学的名与实》（The Name and Nature of Translation Studies），描绘了翻译研究的蓝图，制定了翻译研究的基本框架，开拓了翻译研究的视野。翻译界在这份蓝图的指引下开始了更为广泛的研究，文化因素成为翻译研究所关注的重点。

（二）学科外部的启发——人文学术大潮

翻译研究学科内部的桎梏让人们认识到了学科发展的窘境。由于适逢当代人文学术界的"文化转向"之大势，翻译研究者们很快从外部的人文学术大潮中找到了"文化转向"的契合之路。

20世纪60年代后期，继结构主义之后，依托哲学阐释学，以德里达为代表的解构主义思潮席卷了诸多领域，翻译研究也从中深受启发。解构主义批判了结构主义的工具理性、语言逻各斯中心主义以及二元对立的观点，主张意义是不确定的，意义在对话中生成。它强调人的主体意识，人们开始从理性主义转向怀疑主义，探讨和发掘文本背后潜在的社会性和文化性，从文化、历史、意识形态、权力等视角来审视翻译现象。

同样是在20世纪60年代，文化研究作为一门独立学科开始在英国出现。雷蒙·威廉斯（Raymond Williams）的《文化与社会》（Culture and Society，1963）、《漫长的革命》（The Long Revolution，1965）、理查德·霍加特（Richard Hoggart）的《读书识字的用途》（Use of Literacy，1969）和爱德华·汤普森（Edward Thompson）的《英国工人阶级的形成》（The Making of the English Working Class，1968）等四部著作成为英国文化研究学派的基础。威廉斯旗帜鲜明地反对汤姆斯·艾略特（Thomas Eliot）和弗兰克·利维斯（Frank Leavis）的精英文化和大众文化两分法，提出"事实上不存在大众，存在的只是看待大众的方式"，认为"文化不仅仅是知识和想象作品的总和，它也是并且本质上是全部生活方式"，"文化是普通的"。这样一来，以往高高在上的文化概念以平民化、民主化和社会化的新面貌出现，文学作品中原来的精英文化形式现在只被看作是一种普通的而非具有特权的文化形式，从而把长期被认为不登大雅之堂的种种流行文化形式正式纳入文化研究的版图，同时赋予文化以阶级内容和政治目的。文化研究传到北美和澳大利亚之后得到了迅速的发展，而且染上了更浓的政治色彩，其文化研究大多注重挖掘受压抑的文化现象和抵抗文化行为中体现出来的政治霸权。20世纪80年代后期，文化研究成为文化界和文论界谈论得最多的一个话题，翻译界也从中受益匪浅，研究者们充分吸取了文化研究的养分，开拓了新的研究领域。

翻译是一种复杂的文化活动。借助文化研究的理论视角，翻译研究能跳出语言内部微观研究的樊篱，从外部文化的宏观角度描述翻译现象，解释翻译问题。同时，文化研究与当时的翻译研究的发展遭遇极其相似：同样诞生于边缘地带、以反叛者的姿态开始了权威颠覆之战；同样都具有跨学科的性质，为争取自己的文化资本而努力。这种学科发展的相似性使得翻译研究与文化研究迅速形成认同，相互借鉴。

解构主义思潮和文化研究给翻译研究提供了有力的理论武器和明晰的观察视角，使它可以站得更高，看得更远，从而超越了单一的思维模式，产生了后殖民主义、女性主义等多姿多彩的文化翻译理论。

（三）时代背景——全球化

翻译研究的"文化转向"还得益于全球化时代的发展。全球化（globalization）发源于经济领域。经济全球化使不同国度的经济联系更为紧密，市场经济的因素日益渗透于社会生活中。与此同时，全球化不仅影响着一个国家的政治和经济，而且也影响着文化，从而使文化发生某种变化。正如王宁所言，"经济全球化给文化界带来的一个直接的后果就是文化全球化，在某些学者尤其是美国的塞缪尔·亨廷顿（Samuel Huntington）等人看来，在未来的时代，由于全球化进程的加速，经济上和政治上的冲突不会成为占主导地位的冲突；而文化与文化之间的差异则会上升为占主导地位的冲突；而另一些主张文化相对主义和东西方文化对话的学者则认为，文化的冲突与共融在很大程度上取决于双方的互动作用。如果协调得好，这种冲突可以制止或压缩到最小的限度。因此，未来不同文化之间的关系主要是讨论和对话的关系，通过对话而达到不同文化之间的相互了解和共融"。从这个意义上来说，全球化是一种进程或一种发展趋势。一方面，人类不断跨越民族地域上的界限，超越文化制度上的障碍和差异，在全球范围内进行交流和沟通，并在此基础上形成一种全球性的文化认同。另一方面，因为"全球化"与当今世界的一切重大经济、政治、社会、文学、法律和文化问题都紧密相关，在学术界以"全球化"为论题的研究也已几乎覆盖了整个人文社会科学领域，有关"全球化"的研究也已经成为国际社会科学各个研究领域的一项核心论题，进而为人们审视当下各种问题提供了新视角和新语境。

全球化加速了各国各文化之间的交流，翻译作为信息传播的一种工具，其交流功能越来越明显地显示出来。但是，各文化之间的地位并非完全平等，文化霸权依然存在。翻译在这种失衡的文化交流中必定不会单纯地只扮演语言"对等"信息传递者的角色，必定受到源语文化和译语文化的双重影响。文化全球化开拓了翻译研究者的视野，文化的冲突使身在其中的他们发现文本背后的各种文化因素，并开始从文化的视角研究翻译问题。可见，无论是在实际的文化交流过程还是在人文学术领域，"全球化"的理念都为翻译研究的"文化转向"点亮了航灯。

由此可见，"文化转向"不但拓展了翻译研究的视野，也促成了翻译学这一学科及其相关学科的建立与繁荣。

三、苏珊·巴斯内特的文化翻译理论

"文化转向"确立了翻译研究的宏观研究层面，使翻译的文化学派——操纵学派（Manipulation School）迅速地在翻译界崛起，取得了举足轻重的地位。在操纵学派当中，最值得一提的就是它的两位旗手——苏珊·巴斯内特（Susan Bassnett）和安德烈·勒菲弗尔（Andre Lefevere）。正是因为他们的大力倡导和推动，操纵学派才得以在以后的几十年中取得了令人瞩目的成果。

（一）苏珊·巴斯内特简介

巴斯内特现为英国华威大学（Warwick University）的副校长、翻译及比较文化研究中心讲座教授（该中心也是由巴斯内特在20世纪80年代创立的）。作为国际上著名的翻译理论家、比较文学研究专家、翻译家和诗人，她是一位具有重大学术影响的大师级人物。巴斯内特1947年生于英格兰，早年求学于丹麦、葡萄牙和意大利，在中国、日本、印尼、土耳其、新加坡、南北美洲和十余个欧洲国家工作过，精通英语、法语、意大利语和西班牙语，熟悉德语和葡萄牙语，还懂拉丁语、捷克语和丹麦语。她广泛地活跃在翻译研究、比较文学、妇女文学、拉美文学、戏剧研究和英国研究等领域，出版专著和编著40多种、文学和文艺理论译作20多种，发表论文近100篇。广泛的研究兴趣和多样的教育背景及工作经历使她对多种文化有深入的了解，也为她的翻译研究开辟了宽阔的视野。巴斯内特在翻译学方面的主要著作有：专著《翻译研究》（Translation Studies，1980/1991），合（编）著《翻译、历史与文化》（Translation, History and Culture，1990）、《文化构建：文学翻译论集》（Constructing Cultures: Essays on Literary Translation，1998）、《后殖民主义翻译：理论与实践》（Postcolonial Translation: Theory and Practice，1999）、《作为作者的译者》（The Translator as Writer，2006）等。其中，《翻译研究》一书已再版两次，成为翻译学界的权威著作和翻译研究的经典入门教材。此外，她还与勒菲弗尔、根茨勒等合作主编"翻译学丛书"和"翻译专题丛书"。

1990年，巴斯内特在《翻译、历史与文化》一书的序言中描述了翻译研究的"文化转向"，使得这一由玛丽·斯奈尔—霍恩比（Mary Snell-Hornby）首创的"文化转向"话语在翻译研究领域得到了普遍接受，从而进一步促进了翻译研究向着文化方向的发展。时至今日，国内外翻译界提到翻译研究的"文化转向"时必称巴斯内特，她的理论也自然而然地被称作文化翻译理论。但遗憾的是，国内外对她的翻译理论的探讨似乎也只剩下"文化转向"这一耳熟能详的术语，几乎没有论著系统地探讨她的翻译理论，这与巴斯内特的国际声誉形成了鲜明的对比。为了弥补这一空缺，我们将首先对巴斯内特的文化翻译理论做一番全面系统的考察，探究其理论的形成渊源、具体内容和深远影响。

（二）苏珊·巴斯内特文化翻译理论形成的渊源

任何理论都不是凭空产生的。巴斯内特站在前代翻译理论家的肩膀上，反思、借鉴前人的理论，孕育出了具有鲜明文化关照的翻译理论。巴斯内特质疑20世纪之前随感式的翻译理论，反思20世纪50至60年代风行一时的语言学派翻译理论，在汲取多元系统论的历史文化观的同时，更加全面地引入了社会文化观。

现在，让我们简单回顾一下 20 世纪之前的翻译理论，以便更好地理解巴斯内特的选择。

1. 20 世纪之前随感式的翻译理论

早在罗马帝国时代，西方就已经出现了有关翻译研究的话题。那时候的翻译实践活动频繁，但讨论翻译的理论话语却十分贫乏，乔治·斯坦纳（George Steiner）称这一阶段有关翻译的讨论为"直译""意译"和"忠实翻译"的"三项组合"。公元前一世纪，西塞罗（M.T. Cicero）在《论演说家》（On the Orator）一文中就曾贬低"逐字译"，并宣称没有必要字对字地翻译，他在翻译的时候注重的是保留原文的总体风格和语言力量。到了四世纪末，圣·哲罗姆（St. Jerome）在《论最优秀的译者》（On the Best Kind of Translator）一文中重申了西塞罗的观点：除了《圣经》这类连句法都有神秘含义的文本外，他都采用"意译"而非"逐字译"。"逐字译"和"意译"由此成为翻译界响彻两千年的主旋律。在 17 至 18 世纪的翻译理论中，巴斯内特对德莱顿和泰特勒的评价较高，称赞德莱顿的翻译的三种分类法标志是翻译理论举足轻重的一大进步，认为泰特勒的《论翻译的原则》（Essay on the Principles of Translation）是"英语中第一次对翻译过程的系统的研究"。即便如此，巴斯内特仍然找出了其中的不足。她认为，德莱顿所说的三类翻译——"直译""意译"和"拟译"，仍然围绕着"逐字译"和"意译"的古老主题；他对"意译"的推崇实质上是"一种规范性的折中途径"，既不像"释义"那么自由，也没有"逐字译"那么刻板。泰特勒的三原则中的第三条要求译者获得原作者的神韵。于是，巴斯内特指出，"从德莱顿到泰特勒的翻译理论都是关注再创造艺术作品的基本精神、气韵或本质的问题"。但这所谓的"精神"却是巴斯内特公开反对的东西，她认为：对翻译的严肃讨论被诸如"精神"这类模糊、浪漫的概念严重地阻碍了。在我看来，"精神"这一要求译者捕捉的东西是和一个特定文本必须按特定方法阅读的观念联系在一起的。然而一个文本可以有无数解读的方法。

由于这一时期感悟式的翻译评判标准既模糊又主观，巴斯内特力主译者和翻译理论家"离开实用性、经验性的立场，转向更科学的合作性话语"。

2. 语言学派静态的翻译理论

巴斯内特对 20 世纪之前的翻译理论没有做更加细致的思辨和分析，她的评论绝大多数集中在语言学派的翻译理论上。语言学派摒弃了之前翻译研究中随感式的研究方法，从符号学、转换生成语法、应用语言学、描述语言学和功能语言学等角度开始系统地研究翻译问题。但是，语言学派却局限在静态的语言系统内部，这一不足之处成为巴斯内特宏观翻译理论产生的直接原因。

第一，虽然语言学派自诩其理论为"科学"，例如，奈达就把自己的著作命名为《翻译科学探索》（Toward a Science of Translating，1964），但这样命名的"科学"并不能解释所有的翻译现象，甚至对文学翻译这一翻译活动中的主体都不能做出合理的解释。为此，巴斯内特不无讽刺地说：他们（语言学派）会进一步争辩，说他们在翻译问题上的写作从来不是旨在应用到文学翻译上，因为文学是"特殊情况"。根据这个辩词，不知我们是否能这样理解：文学根本不是用任何语言写成的，或者是用一种与语言学家乐于分析的那种语言大为不同的语言所写成，以至于他们不屑去分析。

第二，语言学派以源语为取向，致力于对翻译的语际转换过程的探索，侧重于从语言的各个层面来探讨如何将源语按照"对等"或"等值"的原则移到译语中去，因此，他们所关心的主要还是语言形式问题，虽然偶尔也关注功能，但其功能最终还是与语言的结构和形式息息相关。

第三，语言学派翻译研究的主要目的之一就是为翻译实践制定策略或法则，以指导和约束译者的翻译活动，因此，其性质基本上是规范性的。如彼得·纽马克就区分了抒发性文本、信息性文本和呼唤性文本，并认为第一种文本要用语义翻译法，后两种用交际翻译法。但是，巴斯内特强烈反对这种规范性的研究方法，她认为翻译中不存在绝对的标准。巴斯内特试图超越纯语言因素的羁绊，从历史、社会、意识形态等因素开始了她的文化翻译理论探索。

第四，翻译的语言学派没有系统地完成翻译学科的建设。他们仅仅把翻译研究当作语言学或应用语言学的一个分支，而不是一门独立的学科，这显然限制了翻译研究作为一门独立学科的发展。巴斯内特向来非常注重翻译学的学科建设，虽然她没有撰文直陈语言学派在学科意识上的不足，但她在1980年的《翻译研究》（初版）中就旗帜鲜明地搭建出了翻译研究的四大领域：翻译史，跨语翻译，翻译与语言学，以及翻译与诗学。不难看出，语言学派的翻译理论只涉及了这四大领域中的第三块，而巴斯内特是立足于宏观学科建设的高度初步形成了她的文化翻译理论构架。

3. 多元系统理论——翻译研究"文化转向"的端倪

与巴斯内特的文化翻译理论相关的一大理论——多元系统论的出现对翻译研究的"文化转向"影响深远，这一理论是由以色列特拉维夫大学的翻译与比较文学研究专家伊塔马·埃文—佐哈尔（Itama Even-Zohar）提出的。基于俄国形式主义的系统观，佐哈尔认为，文化、语言、文学、社会都是一个一个的系统，而非迥然不同的成分的聚合体，各个子系统又组成更大的多元系统。多元系统中的各个子系统在特定社会中的位置不是平等的，有的位于中心，有的处于边缘。各系统的地位处在不断的动态变化之中，或保守或革新。译语文学作为多元系统的一个子系统，其翻译规范、翻译行为、翻译策略都受到其他系统的影响。佐哈尔认为，由于革新系统和保守系统之间的竞争和流变，译语文学系统既有可能处在多元系统的中心位置，也有可能处于边缘位置，翻译策略也由译语文学系统在多元系统中的位置来决定。

佐哈尔的多元系统理论打破了源语文本和译语文本之间一对一的关系，摆脱了语言学翻译理论中"对等"概念的束缚，开创性地将翻译研究引入了译语系统的文化、历史和文学体系，因此而受到巴斯内特的高度评价：多元系统理论是一个激进的发展，因为它把关注的焦点从对"忠实"和"对等"的枯燥无味的辩论转移到对新语境下译语文本的作用的考察上来。重要的是，这一理论为进一步研究翻译史开辟了道路，也促使人们重新评价翻译作为历史的改造和革新力量的重要性。

在巴斯内特看来，多元系统理论的描述方法"改变了翻译分析的性质，导致了这一后来被称为翻译研究的领域的极大扩张"，多元系统理论为翻译研究者开辟了众多的研究路径各种新研究开展起来：翻译史的系统化研究、以前的翻译理论和译者陈述的重新发现。

巴斯内特曾经很坦率地承认多元系统理论对她产生的重大影响：在我而言，多元系统理论……给我提供了在翻译道路上前进的机会。从最初做笔译和口译的纯实践性翻译开始，我发现自己不仅能够研究日常实践中译者们使用的翻译标准，而且能够考察决定译文生产的更广泛的语境下的问题。

尽管巴斯内特对多元系统理论称赞有加，也汲取了多元系统中的历史文化观，但她仍然察觉出了其中的不足。佐哈尔的多元系统理论局限在语言和文学体系内，有意或无意地忽略了其他的多元系统，特别是政治和意识形态多元系统。她认为这是多元系统"过分形式主义"的根源所造成的，因此，她突破了多元系统理论形式主义取向的禁锢，从文化研究的视角出发，着重从权力、操纵和社会因素几方面来研究翻译。

作为翻译史研究的积极倡导者，巴斯内特为学术界树立了榜样。从对已有翻译理论的批判性思辨中，她发现20世纪之前的翻译理论流于随感，语言学派的翻译理论机械静态，多元翻译理论的历史文化观是一种突破，但却缺少对社会政治方面的考虑。巴斯内特在已有理论的基础上去粗取精，发展深化，形成了自己独特的文化翻译理论。

（三）苏珊·巴斯内特文化翻译理论的内容

如前所述，"文化转向"这一术语并非巴斯内特所首创，而是斯奈尔—霍恩比在《语言转换还是文化转移：德国翻译理论批评》一文中首次提出的。该文被收入巴斯内特和勒菲弗尔合编的《翻译、历史与文化》论文集。在此文集的序言中，巴斯内特和勒菲弗尔借用"文化转向"这一术语描述了翻译研究界的研究趋势，使得"文化转向"话语在翻译研究领域获得了普遍认同，从而进一步促进了翻译研究中的文化研究的发展，在当代翻译学界，"文化转向"几乎成了巴斯内特的代名词，她的翻译理论形象地诠释了翻译研究"文化转向"的内涵，为世界翻译界的研究方法的根本转向奠定了基调。

巴斯内特认为，"文化转向"指的是从翻译文本到翻译文化和政治的转变。"语言学派的翻译理论把翻译单位从词上升到文本，却没能再超越"。因此，她放弃了那种忽视文化环境的"源语文本和译语文本之间的不辞辛苦的比较"，她所关注的是翻译与文化间的互动。由此可见，比较文学和文化研究的学术背景使巴斯内特获得了比语言学派翻译理论家更犀利的文化与政治眼光。在她看来，翻译从来不是在真空中发生的，翻译不是单纯地、中性地或透明地从一个语言文本到另一个语言文本的转化，"而是文本和文化之间的谈判过程"，翻译是一种文化互动。因此，她认为，词或文本都不能成为合适的翻译单位，文化才是翻译单位。翻译研究应该离开形式主义的路径，把目光投向更广阔的语境中，即历史和文化语境。"翻译总是在一定语境中发生的，文本总是在一定历史中产生，并融入其中"。翻译研究的对象是镶嵌在源语和译语文化语境网络中的文本。这样，翻译研究就"既要运用语言学的研究方法又要超越语言学的研究方法"。"文化"历来就是一个纷繁复杂、颇有争议的概念。巴斯内特的文化翻译理论倡导的是从文化研究的角度来研究翻译问题，她特别强调翻译中的"权力关系"。她认为翻译中"权力关系"无处不在，所以，随之而来的是操纵无处不在，不管这种操纵是来自社会还是来自译者本身。由于引入了文化关照，语言学派的"对等"以及绝对的翻译标准就成了空中楼阁，土崩瓦解了。

巴斯内特的文化翻译理论可以分为微观和宏观两个层面。在微观层面上，她论述了一系列诸如文化与翻译、等值问题、翻译单位、翻译的角色以及翻译的标准等关键问题，展现了自己的文化翻译思想，体现了对语言学派的反思和超越。在宏观层面上，她提倡结合文化研究的宏大背景进行翻译研究，借鉴了"权力""操纵""文本生产"等文化研究的核心概念和理论，大大拓宽了翻译研究的视野，指明了"文化转向"后翻译研究的具体发展方向。

1.巴斯内特文化翻译理论的微观层面

巴斯内特的文化翻译理论包括微观与宏观两个层面。首先，我们来考察一下微观方面的内容：

（1）语言和文化

在《翻译研究》的开篇，巴斯内特首先就谈论了语言和文化的关系，为以后的论述打下基础。与语言学派观点不同，巴斯内特认为，翻译虽是以语言为起点，但翻译不仅仅是利用字典和语法，将一种语言符号包含的意义转换到另一种语言中，而是包含"一整套语言外的规则"。她援引爱德华·萨丕尔（Edward Sapir）的话说："语言是社会现实的向导，……人类生活在语言的恩威之下，语言成为人类表达社会的中介。"这样一来，语言就成为文化的镜子。语言能表达文化、体现文化和代表文化，它是文化的有机组成部分。因此，译者在翻译时不能忽略蕴含在语言中的文化。她认为，如果把文化比作人的身体，语言就是心脏，只有身体与心脏相互协调，人才能保持生机与活力。译者翻译时如果割离文化孤立地看待文本，就有如外科医生给病人做心脏手术而不管病人心脏周围的身体状况一样危险。这一隐喻后来被频繁地引用，成为文化翻译的经典宣言。

有了这个大前提，巴斯内特就能更自如地深化她的文化翻译观了。

（2）"对等"的问题

翻译的语言学派的核心概念是"对等"，巴斯内特对此也有自己独到的见解。她首先剖析了翻译"对等"的内涵：对等不是寻求完全相同，因为同一文本在同一译语的两种译本中都无法求得一致，更何况是源语文本和译语文本。如果1980年时巴斯内特认为翻译"对等"可以通过文化功能的相似来实现的话，二十年后她的翻译对等观中的文化思考就更加深入了。她这样评论道:"对等"是"翻译研究中一个用得太广太滥的术语"。在《文化构建:文学翻译论集》的第三版序言中,巴斯内特说,"对等"概念已面临"长久撤退和最终的瓦解"。随着人们对译者主体性和翻译过程中制约因素的逐步认识,"对等"这一概念变得越来越难以界定了。"如今我们知道,特定的译者根据特定的文本决定能实际实现的特定程度的对等,而这种考虑和二十年前的对等概念几乎没有什么关联了"。因此,巴斯内特声称翻译"对等"的概念早已消融,应该退出翻译舞台。从早期认为翻译"对等"可以通过文化语境下的文化功能的相似来实现到后来的放弃"对等"概念,巴斯内特的文化翻译理论进一步向纵深发展。但也正是因为这一转变,她的观点也遭到了语言学派的批判。

(3) 翻译单位

在《翻译学词典》中,"翻译单位"指的是"原文被翻译到译语中时,翻译操作的语言层次"。这一概念由语言学派引入翻译研究之中,和"对等"概念有着千丝万缕的联系。语言学派认为,只要"对等"能在互译语言间的翻译单位上实现,翻译就能成功。受这一观念的驱使,他们开始了对翻译单位的细致入微的探讨:音素、词素、词、短语到句子甚至文本都可以视为翻译单位。而巴斯内特的翻译单位观以文本为起点,逐渐发展成为以文化为翻译单位。

在讨论散文的翻译时,巴斯内特认为"一文本与其他文本有着辩证关系,存在于特定的历史语境中。文本才是基本的翻译单位"。她特别反对在文本层面之下寻求翻译单位。"如果译者把每段的句子作为最小的翻译单位,无视全文整体进行翻译,他就是以身犯险,会得到一篇为了释义段落内容而牺牲所有其他因素的译文"。巴斯内特认为,语言学派的翻译单位观虽然经历了从词语到文本的发展过程,却没有进一步地超越,这些翻译单位的观点无法运用到文学作品的翻译中。

巴斯内特十分强调"功能"(function)这一概念,认为"任何一个文本都是由一系列相互关联的系统组成,每个系统都对整体系统有决定性功能,译者的任务就是要捕捉这些功能"。译者在翻译的时候必须考虑文本的功能,而且,译者的首要任务就是确定源语系统的功能,然后再找出一个能准确译介这种功能的译语系统。巴斯内特在讨论翻译单位的时候引入"功能"概念,折射出了她的文化翻译观。但是,她对"功能"的论述比较模糊,也没有详细阐述在具体的翻译实践中如何实现这种"功能"的准确传译。随着文化翻译思想的进一步深化,巴斯内特提倡应该采用斯奈尔—霍恩比的建议,以"文化"为单位。巴斯内特在翻译单位这一问题上的深入思考使她的文化翻译观表现得愈发明显了。可是,她的论述也是点到即止,以"文化"这个如此宏大的概念作为翻译单位,其具体的可操作性却让人质疑。

巴斯内特的文化翻译观也并非人人赞同。比如,在翻译单位的问题上,巴斯内特就经历了从"文本"到"文化"的转向。如果把"文本"看作一个整体,巴斯内特的观点是以文本的总体意义为单位,她的翻译取向与中国翻译家林语堂的"忠实于整体意义"的观点是一致的。但是,如果以"文化"为翻译单位的话,那么,这个"文化"是指什么?文化与被翻译的文本之间有什么样的关系？如果文化就是指翻译的客体——文本本身的话，那巴斯内特在翻译单位上的转向就是多此一举——从"文本"到"文化"只是术语的使用不同罢了。如果"文化"是指"精神"层面的内容，那又与巴斯内特的观点相悖，因为她是不屑于把原作"精神"和原作者的"灵魂"作为追求对象的。如果"文化"不等同于"文本"，那么，它就不能成为翻译单位，文化作为翻译单位也就不能成立。如果"文化"是指"功能"的话，那么，这个翻译单位还有一定的可操作性；可是，巴斯内特在这个层面上只做了短暂的停留，旋即就转向了更大范畴的"文化"层面。从以上的论述中，我们不难发现，巴斯内特所关注的"文化"与历史、文化语境和权力关系相连，然而，如果把这些作为翻译单位的话，则缺少可操作性。因此，对于巴斯内特所提出的一些翻译理论，我们应该客观地加以分析，注意批判性地进行借鉴和商榷，不能简单地照搬和不假思索地一味接受。

（4）翻译的角色

巴斯内特对翻译史的研究十分重视，她说，"对翻译的研究，特别是历时研究，是文学史和文化史的关键组成部分。这一点再怎么强调都不过分"。在《翻译研究》一书中，巴斯内特花了全书近一半的篇幅探讨了西方翻译史，以翔实的史料论证了翻译的举足轻重的作用。罗马帝国攻占希腊后被希腊灿烂辉煌的文化所震撼折服，罗马人开始大规模地翻译希腊文学作品以充实自己的语言和文化。公元九世纪时，阿尔弗烈德大帝（871—899年在位）宣告，翻译的目的是帮助本国人民从外族入侵所带来的毁灭中恢复过来。通过大量翻译，人们可以接触更多本族语文本，通过阅读译本来促进学习。这一时期的"翻译有开启民智和道德教化的作用，同时带有明确的政治功能"。翻译对促进欧洲各国民族语言的形成起了不可替代的作用。巴斯内特认为，"翻译绝不是次要的活动，而是主要的活动，是时代文化生活的塑造力量，有时译者更像革命活动家，而不是原作者或原文本的仆人"。巴斯内特的这些观点与中国晚清时代梁启超的观点和"五四"新文化运动时期鲁迅的翻译观有异曲同工之妙。

（5）翻译标准

通过对翻译史的研究，巴斯内特发现翻译不存在绝对的标准，标准和准则都是依附于特定文化和特定时间的，翻译标准是变化的。她赞同梅特·乔依特（Mette Hjoit）的观点，认为不同时代的翻译产生于不同条件下，译本也就不尽相同。不是因为它们孰优孰劣，而是不同译本都是为了满足不同的要求。需要不断强调的是，不同时代的不同译本的产生不是对绝对标准的背叛，而是根本没有这种纯粹的、简单的标准。

她用翔实的翻译史实证明了这一观点。19世纪的诗歌翻译标准是任何诗歌都必须押韵，即使原文不押韵，译文也要押韵。这一翻译标准是由当时广为盛行的文学观决定的：诗歌必须押韵。她继而将翻译历史追溯到古罗马时期，当时，贺拉斯和西塞罗把"意译"而不是"逐字译"和"直译"作为翻译标准，是因为他们怀有通过翻译来丰富本国语言和文化的目的。因此，他们自然会强调"流畅的"美学的标准而非"忠实"的标准。随着罗马帝国的扩张和强大，罗马人军事上的优越感逐渐战胜了文化上的自卑感，希腊文学不再被高高供奉，而被视为文学战利品。因此，当时产生了"竞赛"的翻译标准。通过挖掘古罗马时期翻译标准产生的历史文化背景，巴斯内特总结道："古罗马译者们表面上的翻译自由被17、18世纪的译者广为引证，但这种自由必须放到该翻译方法使用的整体语境中来看待。"可见，翻译标准是随时代变迁而变化的，绝对固定的翻译标准是不存在的。在这个问题上，巴斯内特的思想充分体现了后现代的翻译观。

2. 巴斯内特文化翻译理论的宏观层面

巴斯内特对翻译的几个主要微观问题的讨论都是针对语言学派的不足和片面性，在这些问题上她表现了自己超越语言学派的文化翻译关照，但她的理论的高度更多体现在对翻译学科的宏观理论构架上。巴斯内特对鲁汶（Leuven）会议之前的翻译研究中理论话语落后的现象甚为不满，认为在一个解构的时代，人们却仍旧谈论着"确定的"翻译，"准确""忠实"以及语言和文学系统间的"对等"，这是学术落伍的表现。和文学研究的批评话语相比，翻译研究的术语充斥着价值评判，似乎落后了几十年。根茨勒说过，"过去的二十年中，翻译研究开展了许多描述性的工作。不少学者一直在询问，描述时代之后翻译研究会何去何从"。此时，巴斯内特为翻译研究开启了一扇新的门窗，即借用文化研究的理论和方法研究翻译。

（1）文化研究与翻译研究的相似点

在巴斯内特看来，文化研究与翻译研究之间有许多共同点：首先，两者都具有跨学科的性质。文化研究最初以反霸权的姿态出现在文学研究领域，反对精英文化概念，随后扩大到社会学领域。著名的文化研究学者理查德·约翰逊（Richard Johnson）认为，文化研究是跨学科的，又是无学科的。这一论述与1976年鲁汶会议对翻译研究的性质的定义不谋而合。

其次，这两个学科的发展阶段惊人地相似。文化研究经历了结构主义阶段和后结构主义阶段，与翻译研究的奈达、纽马克、卡特福德、穆南时期，多元系统理论时期，以及"文化转向"后的多样化理论时期大致相对应。综观几个发展阶段，在研究重点上，文化研究经历了纯英国化的起源到国际化的升华，开始了跨文化分析；翻译研究则实现了从人类学的文化概念到多元文化概念的转化。在研究方法上，文化研究离开了初始反传统文学研究的颠覆阶段，更密切地关注文本生产中的霸权关系；翻译研究则放弃了对"对等"的无休止的讨论，转而探讨跨语言文本生产的问题。

文化研究与翻译研究有着众多的共通之处，因此，翻译研究应该更多地利用文化研究的理论，两者应该跳出各自为政的平行发展轨道，互为补充，协同发展。

（2）文化研究对翻译研究的启示

巴斯内特从文化研究理论中借鉴了三个核心概念：权力关系、操纵和文本生产。她的基本观点是：翻译是一种文化互动，是权力参与下的文化对话和构建。任何文本都存在于权力关系网之中。因此，翻译不可避免地受到各种因素的制约。译本的生产是文本生产的一种形式，只是在这种文本生产过程中各种操纵因素更加隐蔽。翻译研究要采用描述的方法，结合文化研究的理论，探讨出翻译是怎样构建文化的。在诸多的后现代理论中，巴斯内特从后殖民理论和女性主义理论的角度撰文较多，集中体现了她对权力关系的关注。

巴斯内特认为翻译从本质上说是对话性的，今后的翻译研究需要更多的声音，文化研究与翻译研究这两个学科今后有着广阔的合作前景：

第一，需要更多地研究文化间的文化适应过程，以及不同文化是怎样构建作者和文本形象的。

第二，需要更多的比较研究，以探讨文本是如何成为跨越文化边界的文化资本的。

第三，需要更大规模地调查劳伦斯·凡努蒂（Lawrence Venuti）所说的"翻译的种族中心主义暴力"，更多地研究翻译的政治。

第四，需要集中资源，把研究范围扩展到当今世界的跨文化研究及其相关问题的研究中。

虽然巴斯内特主要是从宏观层面上丰富了翻译理论，但她把翻译研究从语言内部研究的禁锢中解放出来，引向更广阔的文化研究领域，启发了众多学者从文化研究的分支理论剖析翻译问题，她对翻译学学科的抛砖引玉式的战略引领是功不可没的。

3. 巴斯内特的具体翻译理论

巴斯内特的翻译理论多为宏观的理论，对具体翻译问题的探讨主要集中于戏剧翻译和对翻译中的文化经济的探讨。戏剧翻译既是她撰文较多的一类具体翻译形式，也是其微观翻译理论的全面体现。由于戏剧文本与其表演性相关联，这使得戏剧翻译研究成为"翻译研究最棘手同时也最受忽视的领域"。20世纪80年代初，巴斯内特认为戏剧翻译有两个评判标准："可表演性"（performability）以及译文的功能。一方面，"可表演性"意味着剧本结构本身含有一些适合演出的因素，因此，如果以"可表演性"作为戏剧翻译的标准，就意味着译者应该确定那些适合演出的因素，并将其再现于译文中，哪怕这会导致译文在语言和文体方面发生重大变化。另一方面，戏剧演出观念的不断变化也使得译文的"可表演性"问题愈加复杂。在巴斯内特看来，由于戏剧演出同时还受到随时代变化的演出风格、演出空间、观众期待以及各国戏剧传统的影响，戏剧翻译的译者就要考虑译文的表演性以及译文与读者的关系等因素，这些都是由戏剧文本的功能所决定的。但是，到了1985年，巴斯内特的戏剧翻译观发生了重大的戏剧性转变。在一系列文章中，她称"可表演性"是"一个很让人恼火的术语"，一个"毫无意义""不可靠"而且"具有破坏性"的术语。1991年，巴斯内特在《翻译戏剧：反表演性的案例》（*Translating for the Theatre: the Case against Performability*）一文中，对"可表演性"进行了溯源，揭露了隐藏在"可表演性"背后的权力操纵。17世纪后期，戏剧商业化在欧洲蓬勃发展，剧本需求日益增长。在这种市场需求紧迫的情形下，翻译发挥了举足轻重的作用，各种剧本被仓促地翻译过来。为了迎合观众，同时受剧团规模、演出节目、时空限制的影响，翻译的剧本有很大变形，甚至增删。于是，剧院经理人等炮制出"可表演性"这一所谓的标准充当冠冕堂皇的理由。

巴斯内特认为，如果可以建立一套标准来衡量剧本的"可表演性"，那么这些标准则应该会因为文化、时间、文本类型的不同而经常发生变化。众多关于戏剧翻译的模糊看法其实都源于一个守旧的"普遍性"观念，即纵使文化边界发生变化，戏剧也保持恒常不变。所以，"可表演性"作为戏剧翻译的标准是不科学的。巴斯内特认为是到了取消"可表演性"这个评判标准的时候了，译者应该"更侧重于剧本本身"。这其实体现了巴斯内特承认文化的多样性，促进建设多元文化戏剧（multicultural theatre）的文化翻译观。

在翻译与文化经济的探讨方面，巴斯内特近年来主持了一项重要的研究项目——文化政治与全球传媒下的语言和翻译的经济学，该项目试图通过研究新闻媒体的翻译实践，评估翻译对全球信息流通的影响。在该课题组已发表的一篇文章——《把新闻带回家：文化同化与异化的策略》（*Bringing the News Back Home: Strategies of Acculturation and Foreignization*）中，巴斯内特回顾了数世纪来"同化"策略和"异化"策略在欧洲范围内的对立和争论，指出这两者各有所长。在后殖民语境中，"同化""异化"策略隐含着文化间的不平等权力关系，凡努蒂倡导的"异化"策略主要是与文学翻译相关。新闻翻译不同于文学翻译，新闻翻译的首要标准是译文的功能，即新闻翻译在译语环境中所起的作用，新闻翻译中流行的规则是以文化传入为目标的同化规则。

四、"文化转向"和苏珊·巴斯内特文化翻译理论的影响

巴斯内特是翻译学宏观发展蓝图的规划者，对翻译界影响巨大。她倡导的翻译研究的"文化转向"，为翻译研究开辟了广阔的天地，促进了翻译界研究模式的转型，启发了各种文化研究取向的翻译理论的蓬勃发展，对世界翻译学学科的整体发展具有引导作用。

（一）对翻译研究和西方翻译界的影响

巴斯内特极度重视翻译史的研究，从她提炼出的近三十年间翻译理论的关键词中，我们可以看出"文化转向"对翻译界的话语导向作用。她认为，1965至1975年间，翻译研究的关键词是"对等"。20世纪70年代，翻译研究的关键词是"历史"，翻译研究的重心在于研究源语文本和译语文本的文化、历史因素，翻译研究中有关翻译史的博士课题也始于这一时期。即使到了20世纪末，巴斯内特仍然认为翻译史的研究是未来翻译研究发展的最重要的领域之一。20世纪80年代，翻译研究的关键词是"文化"。翻译研究开始逐步向文化研究靠拢，逐渐采用了人类学（anthropology）和人种学（ethnography）的研究方法，翻译活动中各种权力关系成为翻译研究的主要内容。到了20世纪90年代，翻译研究的关键词变成了"显形"（visibility），译者在翻译中的作用从被"遮蔽"到"去蔽"，译者的主体性作用得到认可。翻译的过程不再被认为是一个透明的意义传送过程，在翻译过程中，意义总是被操纵——过滤、延迟甚至篡改。

"文化转向"的普泛化使翻译学的研究范式发生了革命性的改变。翻译研究的对象从语言形式走向文本功能，通过对功能的考察揭示文本功能背后隐藏的"操纵"，翻译研究

的性质从规范性走向描写性，避免了片面的价值评判和一成不变的绝对标准，翻译研究加快了从共时走向历时的步伐。更重要的是，翻译研究的视野从此大大拓宽。文化研究理论的引入使得翻译研究从语言内部研究扩展到语言外部研究，关注社会、历史、政治、文化等宏观因素对翻译的影响。翻译研究的理论视角更加开阔了，出现了各种从文化研究视角研究翻译的理论，如后殖民翻译理论、女性主义翻译理论、译者主体性研究等，这使翻译研究界出现了百家争鸣的繁荣景象。

操纵学派的另一位旗手勒菲弗尔与巴斯内特是学术挚友，他们"互相阅读、再阅读对方的文章，根据对方的评论改写"，在学术观点上也逐渐趋同，"文化转向"的观点在勒菲弗尔的著作中也表现得非常明显。勒菲弗尔的理论起源于形式主义，受到"文化转向"的影响，在保留俄国形式主义的系统思想的同时"引入了一套新术语，以便更好地分析文学的外部因素对文学的影响"。他的翻译理论中有三个关键词：意识形态、诗学和赞助人。勒菲弗尔认为，"一切翻译都是原文本的改写。所有形式的改写，无论意图如何，都反映了某种意识形态和诗学，并且以此方式操纵文学作品在其社会中所发挥的作用。改写即操纵，为权力服务，所带来的积极的影响有助于文学和社会的进化"。巴斯内特的宏观文化翻译理论在勒菲弗尔那里得到了具体化体现，文化研究的核心概念——意识形态、文本生产、权力、操纵等被勒菲弗尔巧妙地植入到"改写"理论之中。

与勒菲弗尔不同的是，其他推崇"文化转向"的翻译理论家系统地采用了解构主义、后殖民主义、女性主义等后现代主义思想，由此产生了解构主义翻译理论、后殖民主义翻译理论、女性主义翻译理论。解构主义翻译理论的代表人物凡努蒂通过研究17世纪以来译成英语的翻译作品，发现其最基本的特色是采取了"归化"（domestication）译法，追求"流利"，以达到"自然""透明"的效果，在这个过程中译者就被"隐形"（invisibility）了。他认为，在英语中采用"异化"法（foreignization）在今天特别必要，"它是对当今世界事务的聪明的文化干预，是用来针对英语国家的语言霸权主义和在全球交往中的不平等状态，是对民族中心主义、种族主义、文化自恋主义和文化帝国主义的一种抵制，有利于在全球地域政治关系中推行民主"。巴斯内特本人后期的理论已经有了后殖民主义翻译思想的倾向，但是最典型的后殖民主义翻译理论家则是来自原殖民地、后来成长于宗主国的知识分子，如印度的特贾斯维尼·尼南贾娜（Tejaswini Niranjana）和伽亚特里·斯皮瓦克（Gayatri C. Spivak）。后殖民主义翻译学派认为，翻译完全是一项国际性的政治活动。在这一方面，尼南贾娜的观点最为犀利。她认为，翻译自始至终是一种政治行为：在殖民主义时期，殖民者总是通过翻译来使民族、种族、语言之间的不平等永久化；而在后殖民时期，翻译作为文化这种"象征控制"的内容的一部分，其"去殖民化"的进程仍然极其缓慢。因此，她呼吁后殖民地的人民要正视问题的严重性，重新给翻译定位，把它当作一个抵抗和转化的场所。女性主义翻译学派揭示了翻译的地位和女性的地位的相似性：翻译被视如"原文的衍生"，比原文低级；女性在社会和文学中也备受压迫。传统的翻译研究将翻译女性化和边缘化，这种弱势地位是长期受父权语言压制的结果。女性主义翻译研究意在揭示和批判这种既将翻译又将女性逐入社会底层和"他者"处境的状况，以动摇父权话语和男性权威，在翻译实践中则是对文本进行女性主义的创造，凸显女性特质。这些学者各具特色的翻译理论都是在"文化转向"的启迪下生发开来的。

由于文化翻译理论的大资源观使翻译研究获得了更丰富的文化资本，翻译学的学科地位也得到了提高。对于翻译研究的学科地位问题，巴斯内特在《比较文学批评导论》（*Comparative Literature: A Critical Introduction*, 1993）一书的第七章指出，翻译学借用了多种研究方法，已成为一门跨学科的学问，改用"跨文化研究"之类的名称也许更加贴切。翻译研究不再是比较文学之下的一个不起眼的分支，"当比较文学还在讨论其学科性时，翻译研究已经勇敢地宣称自己是一门学科，它在这个领域中表现出来的世界范围内的力量和努力似乎已经证明了这一点，现在是重新考虑比较文学和翻译研究的关系的时候了……我们应该把翻译学视为一门主要学科，而把比较文学视为其中的一个有价值的研究领域"。在《文化构建：文学翻译论集》一书中，巴斯内特指出，翻译的"文化转向"已在 80 年代末完成，现在是轮到文化研究的"翻译转向"了。这样，翻译研究被提高到了与文化研究或比较文学同等重要，甚至比它们更高的地位，虽然文化研究和比较文学研究领域的许多学者并不一定认同这种观点。

（二）对中国翻译界的影响

巴斯内特的文化翻译理论和翻译研究学派的其他理论逐渐进入中国，给中国翻译理论界注入了新鲜血液。中国传统的翻译理论，几千年来都是围绕"文"与"质"、"直译"与"意译"争论。最近一百年来，几乎没有超越严复的"信、达、雅"。文化翻译理论与中国传统翻译观迥异的研究视角给中国传统翻译界带来的是"文化震撼"，推动了中国翻译研究模式的转型。中国翻译界在晚于西方大致十年后（2000 年）也实现了翻译研究的"文化转向"，众多翻译学术杂志开始刊登文化研究视角的翻译研究论文，不少中国学者从文化研究角度进行了卓有成效的翻译研究。

清华大学教授王宁是最早引介"文化转向"之后的翻译理论的中国学者之一。他自己的翻译理论研究也多是从文化角度出发、在文化研究的大语境下进行的。他认为，巴斯内特和勒菲弗尔倡导从文化研究的角度研究翻译功不可没。研究翻译本身就是文化，因为研究过程就牵涉到两种文化之间的互动和比较。王宁从文化研究的视角重新定义了翻译研究，希望能够实现中国文化研究语境下的翻译研究理论构建，把翻译研究纳入全球化的广阔视野中。他开阔的国际视野、比较文学和文化理论的背景给中国翻译研究界带来了世界学术前沿的气息，也向世界展示了中国翻译理论界的风采。

除了积极的接收和内化"文化转向"后的翻译理论以外，不少中国翻译理论家对文化翻译理论对中国翻译传统和现状的影响进行了更深入的思辨研究。香港岭南大学教授张南峰对中国译论传统进行了深刻的剖析，认为"长久以来，中国的主流翻译研究有一个大前提，就是翻译必须有标准，而且必须有公认的、统一的标准"，现代中国占支配地位的翻译标准仍旧是"忠实",因为中国的传统翻译学其实是以"忠实"为目标的应用翻译学。他认同勒菲弗尔和巴斯内特的观点,即"翻译标准并不是'永恒不变'的,其实翻译标准有时候可以说是一个社会当时的价值观的反映"。"有不同的时代、不同的社会需要、不同的翻译目的,就有不同的译文,所以,指定万能标准的工夫,注定是要白费的"。张南峰赞同任何翻译理论都是特定文化背景的产物,深受主流意识形态和权力关系的影响,认为统治中国翻译界数千年之久的"忠实"标准的根源在于中国主流意识形态和文化传统。西方翻译理论在中国的接受也受到了中国传统翻译理论的影响,奈达或纽马克的翻译理论领先于其他翻译理论进入中国是因为语言学派的翻译理论以指导实践为目的,强调"等值"或"对等",与中国传统译论不谋而合,同属以"忠实"为目标的应用翻译学,自然容易接受。相反,翻译研究学派重描述而轻规范,反对"等值""忠实"等观念,视操纵文本为翻译的必然现象,与中国传统译论大相径庭,自然受到抗拒。

"文化转向"为翻译研究提供了广阔的视角,但是,同时也为翻译学的学科定位带来了疑问。吕俊和侯向群详细剖析了"文化转向"的缘起和内涵,认为"翻译研究的文化转向也是要清除科学主义思想,恢复其人文性质的本性"。"文化转向"的哲学思想是解构主义,"这种思想的确在拆解结构、破坏系统方面有较大的威力,也的确强调了主体性的作用,但却走上了另一个极端,将抽象的齐一性的主体变成了只有差异性、情感性、非理性、意志性的单个主体,它有绝对的自由而没有任何束缚,忘记了人们作为主体,一方面既有其主动性,也有受动性,既是自然存在物也是社会存在物,而且从本质上来说是社会存在物这一基本事实"。基于以上分析,吕俊和侯向群提出三种译学进步模式:范式转换、问题四段式和视角转变,而"文化转向"只是译学研究中的视角转变,即属于第三种模式。归本溯源,"语言问题是翻译中的核心问题,言语是包括文化信息在内的一切信息的载体,所以文化研究也必须通过对文本的文化解读获得,而不是通过外在性研究获取"。

香港岭南大学的孙艺风教授赞同"文化转向"为译学研究注入了强大的活力,但他同时察觉到:"寻求学科新突破的各种尝试使译学研究产生了此起彼伏的转向,以致对翻译本体的'偏离'似乎大有愈演愈烈的趋势,由此而来的问题是,译学研究在经过了若干范式转换后,似乎又面临学科身份合法性的挑战。如何在扩展学科领域时突出学科本体,是值得关注的问题。本属不同学科领域的研究方法和学术范式,被借鉴到译学研究领域后,其相互促进的空间又有多大,需要深入思考。""文化转向"之后的翻译学与交叉学科间形成了广泛的横向互动,使得翻译学研究的学科关注点大为扩展,进而引发了其他"转向",如语言学转向、文本转向、社会心理转向、认知转向、社会学转向等。然而,"翻译学是否真的经历了或经受得住如此多的转向,实在有待商榷。实际情况是,恐怕很少有学科经得起这么多的转向。这个现象本身也说明了学科自身的不稳定,及其发展过程中的浮躁空疏和无的放矢。""文化转向"之后翻译研究的方法是不是仅仅只需要"描写"?在孙艺风看来,文化翻译学派推崇的描写(实证)的要义似乎是"存在的就是合理的",不可违反。然而,"这种导向本身就是规定的,而非描写的……但这只能导致封闭静态的框架体系，而非开放、动态的体系。仅是报告和'描述'业已发生的事情，对潜在的、可能发生的事情心生退却，唯恐避之不及"。孙艺风站在学科建设的高度，用"文化转向"推崇的思辨思想对"文化转向"之后翻译学的发展进行了再次思辨。"描述自然有其价值，对传统翻译学的僵硬教条形成了有力挑战，但据守成规，沿袭不变的僵硬轴线，只能使我们的关注过于单一、教条，如此自设樊篱，显然不利于翻译学的建设和发展"。可见，中国学者对翻译研究的"文化转向"并非盲目跟从，他们秉承了"文化转向"过程中的方法论精髓，清醒而深刻地进行着反思和超越。

总的来说，巴斯内特的翻译理论体现了明显的文化翻译思想，其主要特点是：重视译学的文化学方法论和跨学科研究，特别推崇翻译研究与文化研究的结合，提倡翻译史研究，重视翻译学的学科建设，关注翻译及译者的社会地位问题。作为一个翻译研究宏观框架理论的建构者，她的理论不在于细枝末节的翻译技巧或具体的翻译实践问题，她更多的是关注翻译研究整个学科的发展和归宿。她擅长对各家理论进行归纳总结和评论，对翻译学的宏观发展前景做出规划。在翻译研究界，巴斯内特几乎成了学科发展的里程碑——"文化转向"的代言人，她给翻译界带来了深远而广泛的影响。此后，翻译研究界各种文化翻译理论竞相登场，呈现给世人一幅繁花似锦的翻译文化图景。

第二章　翻译研究

人类的翻译活动源远流长。可以说翻译活动是随着语言的出现而产生的。人们之间的各种语言交流都离不开翻译这个媒介。本章我们就来对翻译进行详细的研究。

第一节　翻译概述

一、翻译的内涵

翻译是不同民族沟通的桥梁，古往今来，人们把翻译看成是复制品、相似物、拷贝、副本、画像、映象、再现、拟态、模仿、镜像、透明玻璃等。还有人把它比喻成拆了以后在另一个场地重建的小木屋。后殖民翻译理论甚至将其比喻成"食人"，吃掉其血肉精华，也就是消化原文文本，为其所用。在西方翻译史上，译者还被比喻为媒人、中介人、和平的使者等，主要是由于译者拥有不凡的沟通能力。

自从人们的翻译活动开始以来，已经有许多人给翻译下过很多定义。有关翻译的定义既有相同的，也有不同的。从古到今，人们从不同的角度去描述和比喻翻译，要达到完全统一的认识是不可能的，也是不切实际的。

许慎在《说文解字》中曾把"翻"解释为："翻，飞也。从羽，番声。或从飞。"用现代汉语翻译即是："翻"意为飞，形声字，羽为形符，番为声符。而"译"的解释则是："传译四夷之言者。从言，睪声。"用现代汉语翻译即是："译"指翻译，即将一种语言文字翻译成另一种语言文字。另外，古往今来的许多翻译家或翻译理论家，从不同的侧面，为我们描述了翻译的本质性特点，即翻译是两种符号、文字、语言或方言通过一定的介质，进行转换的思维活动。

翻译是一项极其复杂的语言交际活动，国内外的翻译理论家和学者从不同的角度和不同的学科对翻译进行分析和研究，并给出翻译的定义。

费道罗夫（Fedorov）认为，翻译就是用一种语言把另一种语言在内容与形式不可分割的统一中所业已表达出来的东西准确而完全地表达出来。

纽马克认为，通常（虽然不能说总是如此）翻译就是把一个文本的意义按原作者所意想的方式移入另一种文字。

国际译联主席安娜·丽洛娃认为，翻译作为一种过程，是一种口头和笔头活动，其目的在于把存在于一种语言的口说或书面的话语（作品）用另一种语言再现出来，并保持原话（原文）内容基本不变。作为翻译的结果，译作是原文的类似物。

吴献书认为，翻译是将一种文字之真义全部移至另一种文字而绝不失其风格和神韵。

蔡毅认为，翻译是将一种语言文字所蕴含的意思用另一种语言表达出来。

汪涛和黄新渠认为，翻译是一种语言文字的实践，是利用一种语言文字将另一种语言文字所表达的思想确切而完善地重新表达出来的实践。

陈宏薇认为，翻译是跨语言、跨文化的交际活动，翻译是科学，是艺术，是技能。

从广义上说，翻译包括语言符号和非语言符号之间的转换。而我们一般要讨论的翻译则集中在语言上，就是将某一语言活动的言语产物转换到另一种语言中去。按照翻译活动中的不同处理方法可以将翻译分为若干类型。

按照材料的文体可将翻译分为文学翻译、应用文翻译、新闻翻译、论述文翻译和科技翻译等。文学翻译包括散文、诗歌、小说、戏剧等文体的翻译。应用文翻译包括广告、启事、通知、契约、合同、公函、私信等文体的翻译。新闻翻译包括新闻报道、电讯、新闻评论等文体的翻译。论述文翻译包括社会科学著作、政治文献、演说报告等文体的翻译。科技翻译包括科学著作、情报资料、实践报告、设备和产品说明等文体的翻译。

就活动的处理方式而言，翻译可分为全译、节译、编译、摘译。全译就是把原文原封不动地照译出来，译者不得任意增删或自行改动，但必要时可加注说明或加以评论。节译就是根据原文内容把原文的全部或部分进行节缩译出，但应保持原作内容相对完整。编译指译者在译出原文的基础上以译文为材料进行编辑加工。摘译就是译者根据实际需要摘取原文的中心内容或个别章节进行翻译，内容一般是原作的核心部分或内容概要。

通过对翻译定义的比较分析，我们对翻译的本质有了一定的了解，但是想要真正地认识翻译"这棵树"，我们有必要环顾一下整片林子，从更大的范围看一看它的"庐山真面目"。

二、语内翻译、语际翻译和符际翻译

美国著名语言学家雅各布逊从符号学的观点出发，把翻译分为三类：语内翻译、语际翻译和符际翻译。很显然，雅各布逊所谓的翻译是广义的翻译，双语之间的转换只是其中的一种而已。雅各布逊的翻译三分法使人们加深了对翻译本质的认识。

（一）语内翻译

通常来说，语内翻译是指某一语言内部为达到某种目的而进行的词句意义的转换。从符号上讲，语内翻译就是通过同一种语言中的一些符号来解释另一些符号。语内翻译包括：古代语与现代语、方言与民族共同语、方言与方言之间的转换。英语学习中解释疑难句子常常用到的 paraphrase（释义）其实也是一种语内翻译。简单地说，语内翻译是同一种语言内部的翻译。语内翻译不一定要指向某个预设的真理，它还可以沿着不同的路线导向不同的目的地,唯一能够确定的是,对同一文本的阐释有着共同的出发点。某种程度上,语内翻译不需要将意指对象完整真实地显现出来,它仅是一种表现形式,体现着人类精神的相互沟通和相互阐发的过程,人类精神文化的不断创造过程使人类的文化不断地丰富起来。

下面是有关语内翻译的例句,通过前后两个句子的对比,我们可以从中理解语内翻译的基本内涵。

例1:

Radiating from the earth, heat causes air currents to rise.

Heat causes air currents to rise when it is radiating from the earth.

例2:

余闻而愈悲。孔子曰:"苛政猛于虎也。"吾尝疑乎是,今以蒋氏观之,犹信。

(柳宗元《捕蛇者说》)

我听了(这些话)更加感到悲伤。孔子说:"苛酷的统治比猛虎还要凶啊!"我曾经怀疑这句话,现在从姓蒋的遭遇看来,这是可信的。

(二)语际翻译

语际翻译是两种语言在它们共同构成的跨语言语境中进行的意义交流,如英译汉、汉译英等。这也是人们通常所说的翻译,即狭义的翻译。

例1:

Her criticisms were enough to make anyone see red.

她那些批评任谁都得火冒三丈。

例2:

空山不见人,但闻人语响。

返景入深林,复照青苔上。

A hollow mountain sees no soul,

But someone's speaking does echo.

As the setting sun penetrates the deep woods,

The reflective tints don on the moss.

(三)符际翻译

符际翻译是语言与非语言符号或非语言符号间的翻译,如语言与手势语间的翻译、英语与计算机代码间的翻译、手势语与旗语间的翻译等。

例如:$S=vt$,即路程等于速度乘以时间。

第二节 翻译的价值和过程

一、翻译的价值

翻译是伴随着人类语言交际而出现的。在人类社会发展过程中，翻译一直是使用不同语言的民族之间进行交际的不可或缺的手段。翻译最初是以口头形式出现的，因此口头语言的翻译必定早于书面语言的翻译。而文字一经出现，各民族间的文字翻译也越来越多。

在人类社会前进的过程中，翻译的价值与作用不言而喻，它肩负着时代的需要、历史的重任，始终与社会的进步、文明的发展、科技的创新、人类的命运休戚与共，紧密相连。下面我们就来具体探讨翻译的价值。

（一）语言价值

翻译的价值首先体现在语言方面，因为翻译从形式上来说就是一种语言转换活动。也可以说，翻译就其形式而言是一种符号转换活动。任何翻译活动的完成都要经过符号转换这个过程，翻译的语言价值就体现在具体的转换过程中。而要讨论翻译的语言价值，必然要涉及符号转换活动所带来的一些基本问题。下面我们就从汉语和西方语言两个角度来探讨翻译对语言发展的价值与影响。

1. 从汉语角度探讨

梁启超是对翻译问题有着深刻思考的学者之一，他在《翻译文学与佛典》一文中，从词语的吸收与创造、语法、文化之变化等方面，讨论了佛经翻译文学对汉语的直接影响，并提出了许多重要观点。梁启超的论述涉及语言转换中一个非常重要的问题。具体来说，源语中表达新事物、新观念的名词，如果在目的语中不存在相应的词语，译者很有可能采取两种方法：一是沿袭旧名词，二是创造新词语。沿袭旧名词有可能笼统失真，使得旧语与新义不相吻合，起不到翻译的作用，于是创造新词语便成了译者努力的方向。可见，正是由于翻译，汉语在不断的创新中得到了自身的丰富与发展。梁启超对此举例加以说明，当时日本人编了一部《佛教大辞典》，其中收录"三万五千余语"，"此诸语者非他，实汉晋迄唐八百年间诸师所创造，加入吾国语系统中而变为新成分者也。夫语也者所以表观念也，增加三万五千语，即增加三万五千个观念也。由此观之，则自译业勃兴后，我国语实质之扩大，其程度为何如者？"暂不论这"三万五千语"是否完全已经进入汉语系统，但就词语所带来的新观念而言，其价值不仅仅在于汉语词汇的丰富，汉语实质的扩大更是思想观念的革新，这种直接与间接的作用是需要我们认真关注的。

实际上，随着经济全球化脚步的不断加快，各国间的跨文化交流早已呈现多样化与多层次化。而由于中国改革开放的不断深入，汉语同英语之间的交流也达到了空前的深度与广度。其中最明显的体现便是外来新词的不断产生与涌入。例如：

pose 摆姿势

cool 酷

show 秀

E-mail 电子邮件

taxi 打的

coffee 咖啡

ID card 身份证

credit card 信用卡

olive branch 橄榄枝

blue print 蓝图

cold war 冷战

tower of ivory 象牙塔

golden age 黄金时代

black market 黑市

party 派对

honey moon 蜜月

以上这些词语，有的直接是音译，有的是随着中外交流的不断深入而逐步衍生出了新含义，还有的是外来词异化翻译的结果，它们都获得了人们的认同，成了汉语中的一部分。此外，还有大量的英文缩略语被移入汉语中，如 DVD 影碟、AA 制、WTO、VIP 等。不仅英语，日语中的大量词汇也被中国人习以为常地使用，如说某人可爱就会说"卡哇伊"，如果某个人是恋爱高手就称其为"恋爱达人"，把"阿姨"说成"欧巴桑"等。

正是通过翻译，才使得汉语中有了很多形象生动的表达，从而促进了汉语语言文字的发展。又如：

armed to the teeth 武装到牙齿

kill two birds with one stone 一石二鸟

Time is money. 时间就是金钱。

2. 从西方语言角度探讨

对西方语言发展史而言，翻译对语言的改造作用也在历史进程中得以体现。其中，路德（Martin Luther）翻译《圣经》便是一个具有深刻历史内涵的例子。从路德当时所处的历史环境看，其翻译《圣经》除了对德国宗教改革起到了实质性的推动作用外，另一个重大的意义便是对德国语言统一与发展起到了开拓性作用。一方面，为了推动宗教改革，路德用德国大众的语言来翻译《圣经》，这一革命性的尝试以"土生土长"的地方性语言为出发点，在翻译的过程中进行提炼，使其成为规范语言。另一方面，这种具有广泛大众意义的翻译语言的创立，不仅使新版《圣经》成为德国宗教改革的基石，更是扫清了中世纪的德意志语言的积秽，成为其后几百年里书面德语的典范。事实上，在欧洲，不仅在德国，而且在西班牙、法国、意大利等国，翻译都起到了培育现代语言的作用，使得与拉丁语这种公认的"文明语言"相对而言的"俗语言"，如西班牙语、德语、法语等，在翻译过程中不断丰富自身，在种种"异"的考验中显示了自身的强劲生命力，最终确立了自我。上面我们探讨了翻译使得汉语语言更加丰富，实际上随着我国对外开放的不断深入，中国传统文化也在国外产生了广泛的影响，很多人开始接受中国文化，如中国人过年吃饺子（jiaozi）而不是 dumpling，中国跨栏飞人叫刘翔（Liu Xiang）而不是 Xiang Liu，篮球名人是姚明（Yao Ming）而不是 Ming Yao。

对于翻译的语言价值，我们还可以从文学角度加以阐释。以中国文学为例，我国在1890—1919年经历了一次翻译高潮，大量的外国文学尤其是外国小说被介绍给中国读者。大量小说的输入使得中国传统的知识分子开始承认小说的独特价值，并将其纳入文化领域，使其置身于诗词古文作品之间。翻译小说还改变了我国传统的写作技巧，如西方小说注重心理描写与刻画以及细腻的景色描写，对我国文学产生了巨大影响。此外，文学翻译还直接促进了我国文学的现代化，它引入了新的思想内容，改变了旧有的文学观念，在新诗、话剧、白话小说的诞生与发展方面产生了巨大的作用。

（二）社会价值

1. 对社会交流与发展的推动作用

从本质上来说，翻译所起的最基本的作用之一，便是其基于交际的人类心灵的沟通。因为从源头上来说，翻译是因人类的交际需要而产生的。正是因为翻译，人类社会才从封闭走向开放，从相互阻隔走向相互交往，从狭隘走向开阔。从这点上来说，翻译活动具有社会性的特征，其社会价值就主要体现在它对社会交流与发展的强大推动作用。可以说，没有旨在沟通人类心灵的跨文化交际活动，即翻译活动，便不可能有人类社会今天的发展成果。

以邹振环所著的《影响中国近代社会的一百种译作》一书为例，从中我们可以看出翻译是如何以及在哪些方面影响了中国近代社会，对其发展起到推动作用的。邹振环以译本的社会影响为标准，选择了一百种译作。邹振环指出，这些译作"使近代中国人超越了本民族、本世纪、本文化的生活，给他们带来了新的见闻、激动、感悟、灵智与启迪，使他们开始了从狭窄的地域史走向辽阔的世界史的心路历程"。这些译作在不同程度上起到了推动中国社会文化发展的效应和作用，这些作用既有正面的，也有负面的；既有直接的，也有间接的；既有回返影响，也有超越影响。但无论如何，这些译作的接受与传播史，都以其深刻的思想内涵和具体的历史事实为翻译的社会影响提供了难以辩驳的例证，而其中，《共产党宣言》的翻译，更是具有强大说服力的一例。

2. 对社会重大政治运动和变革实践的影响

翻译对于社会的推动力,还在于对社会重大政治运动和变革实践的直接影响。以易卜生的《玩偶之家》这部剧本为例,我们从中可以清楚地看到这部书的翻译对于中国社会,特别是对中国妇女解放运动的巨大影响力。

萧乾认为,《玩偶之家》中娜拉的形象"对我们的影响之大是西方人难以想象的,起自黄帝时代的社会习俗受到了挑战,个人开始维护他们独立思考与行动的权力,中国,这个在亘古未变的山谷中沉睡着的巨人突然从一个使人苦闷的梦魇中惊醒了"。邹振环则认为:"娜拉在'娜拉热'中也演变成一种符号,即成为我们心目中的'革命之天使''社会之警钟''将来社会之先导'和'妇女解放运动的先驱'。"这个符号所揭示的《玩偶之家》的思想深度和广度由此可见一斑,而该剧在中国社会所产生的全面的影响力也为翻译的作用进行了有力的诠释。

3. 对民族精神和国人思维的影响

在这方面,鲁迅先生是一个很好的例子。王彬彬在《作为翻译家的鲁迅》一文中谈道:"启蒙,是鲁迅毕生的事业,而启蒙的重要方式,便是把异域的新的思想观念,把异域的精神生活,介绍到中国来。在20世纪的中国,可以说鲁迅是对翻译事业做出杰出贡献的最重要人物之一。而且,在翻译上,他有两个独特的方面。一方面是注意介绍弱小民族的精神生活、思想行动。与只把眼睛盯着西方强国者不同,鲁迅早年在日本时,便留心搜求被压迫民族的作品,并把它们译介给中国读者。因为他觉得弱小民族、被压迫民族与中国境遇相同,因而对中国读者更具有现实针对性,更能促使中华民族反省和觉醒,更能激发中华民族的血性、热情和斗志。另一方面是他希望通过翻译,改造汉语,从而最终改造中国人的思维方式。"

从王彬彬对鲁迅的评价中,我们可以看出两点:一是翻译对于精神塑造起着重要的作用;二是翻译可以通过改造语言,最终起到改造国人思维方式的作用。而这两者在本质上也是相通的,思维的改造与精神的塑造是推动社会变革的基本力量,而翻译对于这两者所起的作用往往是直接而深刻的。

(三)文化价值

翻译在世界文明进程中扮演着重要而独特的角色。社会的发展、文化的积累和丰富与文明的进步是紧密结合在一起的,在前面探讨翻译的社会价值时,实际上我们已经涉及了翻译与文化发展的关系。当今翻译界已逐渐达成共识,应当从"跨文化的交流活动"的角度来对翻译进行定义,这也就意味着我们应该从文化的高度去认识和理解翻译。

季羡林先生在为《中国翻译词典》所写的序言中明确指出:"只要语言文字不同,不管是在一个国家或民族(中华民族包括很多民族)内,还是在众多的国家或民族间,翻译都是必要的。否则思想就无法沟通,文化就难以交流,人类社会也就难以前进。"基于这一认识,我们可以说,翻译是因人类相互交流的需要而生的。从这个意义上说,寻求思想沟通，促进文化交流，便是翻译的目的或任务所在。如果说翻译以克服语言的障碍、变更语言的形式为手段，以传达意义、达成理解、促进交流为目的，那么把翻译理解为一种人类跨文化的交流活动，可以说是一个正确的定位。而从这一定位出发，我们也就不难理解翻译在人类文化发展进程中所起的作用了。

从一个民族内部来说，任何民族要想发展都不能没有传统，而不同时代对传统的阐释与理解，也会赋予传统新的意义与内涵。例如，纵观不同时代对《四书》《五经》的不断"翻译"与不断阐释，我们便可理解，语内翻译是对文化传统的一种丰富，是民族文化得以在时间上不断延续的一种保证。而对民族之间的交流与发展来说，不同民族语言与文化之间的交流，是一种需要。任何一个民族要想获得发展，都必须走出封闭的自我，具备开放性和包容性。不管自身文化有多么辉煌，多么伟大，都不可避免地要与其他文化进行交流。在这种交流过程中，难免会出现碰撞甚至冲突，也正是在这种碰撞和冲突中，不同文化之间才得以渐渐相互理解，相互交融。从某种程度上说，这正是翻译的作用所带来的结果。可以说，翻译与文化的互动同在。

（四）创造价值

翻译的创造价值体现并贯穿于前面所论述的语言价值、社会价值以及文化价值中。从语言角度看，为了真正导入新的事物、新的观念、新的思路，翻译中就不可避免地要像梁启超所说，进行大胆的创造。如果说文学是语言的艺术创造，那么在翻译活动中，语言符号的转换更是具有创造的特征，"好的文学翻译不是原作的翻版，而是原作的再生。它赋予原作以新的面貌、新的活力、新的生命，使其以新的形式与姿态面对新的文化与读者"。从社会的角度看，任何社会活动都必须以交流为基础，交流有利于思想疆界的拓展，而思想的解放又构成了创造的基础。从文化角度看，翻译中导入的任何所谓"异质"因素，都是激活目的语文化的因子，具有创新的作用。

翻译的创造性既寓于翻译活动本身，又体现在翻译活动的整个过程之中。而翻译打开的新的世界，更是为人们进行新的创造起到间接但却广泛的作用。此外，在探讨翻译的创造价值时，还有一个非常有趣的现象，那就是在"创造"两字之前，有一个限定词"再"。这一个"再"字，连接着源语文化与目的语文化，也连接着具体翻译过程中所涉及的源语与目的语，原作与译作。"再创造"提醒我们不要割断两者的血脉关系，同时告诉我们，任何创造都不可能是凭空的创造，它应该是一个继承与创新的过程。当"本我"意欲打破封闭的自我世界，向"他者"开放，寻求交流，打开新的疆界时，自我向他者的敞开，本身就孕育着一种求新求异的创造精神。这种敢于打开封闭的自我，在与"异"的交流、碰撞与融合中丰富自身的求新的创造精神，便是一种翻译精神，而这种翻译精神也构成了翻译的创造功能的源泉。

二、翻译过程

翻译的过程是理解和表达的有机结合。合理的翻译过程是正确理解原文,创造性地运用另一种语言,准确无误地再现原文的过程。翻译初学者须遵循这一固有程序,认真完成理解、分层、表达、审核四个步骤,实现成功的翻译。

(一)理解

翻译的关键首先在于充分地理解原文所表达的信息。因此,正确理解原文是做好翻译的第一步。译者不但要了解原文的内容,还必须分析原文的内容是如何表达的。这是译者将原文转换成译入语前必不可少的准备工作。对原文分析得越透彻,准备工作做得越充分,翻译起来就越顺利,也越容易译出比较忠于原文的译文来。如果一见到原文,就匆忙动笔开始翻译,结果是译到最后都没弄清原文讲了些什么。普通的读者阅读文章,只需弄清大意即可,甚至可以"不求甚解",然而译者则必须彻底弄清每个句子、每个词、甚至每个音(如在翻译诗歌时)的意义,并找到它们之间的联系,对整个语篇的有机构成做到胸有成竹。有些文本的翻译与原文貌合神离,其部分原因就是没有吃透原文,也就是说,没有成功地解读原文。

另外,要想真正地理解原文,译者必须具有扎实的英语语言功底和有关的专业背景知识并熟知英汉两种语言文化知识,否则翻译出来的句子势必留有遗憾。例如美国一则可口可乐的广告:

Can't Beat the Real Thing.

这句话的真实意义是"挡不住的诱惑",如果译者没有理解原文,没明白这句话的深层含义,可能会译为"不能打败真正的商品"。因此,译者首先要明白这是句广告语,广告的目的是宣传产品、打动消费者。又如:

This company is an international marketing company specializing in fertilizers, chemicals, cocoa, pesticides, coal, agricultural products and many others.

这家公司是一个国际营销公司,专营化肥、化工产品、可可、杀虫药、煤炭、农产品及许多其他产品。

以上的翻译大致正确,但是译者对"marketing"的理解过于流于表面。营销公司不能专营产品,"market"作动词用有"销售、营销"的意思,如公司的"营销部"英语是"Marketing Department"。但是,以上例句中的"marketing"在这种语境中没有"营销"的意思,而是"贸易",相当于"trading"。因此,最好将译文中的"营销"改为"贸易"。

翻译是对原文进行转换的过程。译者在阅读和揣摩原文时,就已经在考虑要如何将它"移植"到译入语的环境中去,所有的可能会对翻译造成困难的词句都已经在译者的脑海里"登记注册"。这个步骤是极其重要的。可以说,没有这个"转换"过程,也就不可能有合格的译文。译者在准备翻译时,应该准确把握原文的意图,注意原文中的文化因素、形式、意义、风格以及原文的读者，要反复认真地推敲揣摩，直到产生满意的译文。

原文的意图体现着原作者对有关题材或内容的立场或态度。所有文章都包含着作者的立场或看法，他们或是慷慨激昂，或是义愤填膺，会淋漓尽致地倾诉自己的立场和观点，也可能运用比较隐晦的手法，在字里行间透出某种微妙的情感。另外，在对原文作者的意图或立场进行分析时，尤其是在翻译某些作家和诗人的作品时，特别需要注意语法结构特征，因为语法结构的选择也是作者表达自己的立场的方法之一。例如，有些作家在叙述时有时会用直接引语，有时会用间接引语，因此在翻译时要特别注意语法形式对意义的影响。在英语中，类似的情况还有很多，如主语的选择，动词的时态、语气等，这些都是在分析原文时应注意的。在阅读原文、分析原文意图的过程中，可以摘录部分关键性的词语和句子，或在相应的地方做上标记，以便在翻译时予以特别的关注。

翻译是一种跨文化交际，因此在非描述性文本中，往往充满了源语文化内涵的词汇或习语。这也是产生交际障碍的重要原因。英语中有许多词汇和英美文化尤其是基督教文化之间有着千丝万缕的联系。一句看似极普通的话，很可能包含着在西方妇孺皆知，而汉语读者却不甚了解的文化内涵。例如，"Lamb of God" 一词对有些读者来说就很难理解，因为他们根本就不明白"上帝的羔羊"究竟是指什么。另外，英语文学作品中的大量专有名词，如人名、地名甚至学校和某些公司的名称，往往也充满了文化内涵。如说某人曾经就读于伊顿公学，则可能意味着他是个贵族；说某人来自伦敦东区，往往隐指他出身贫贱；甚至某人开什么车，穿什么牌子的衣服，喝什么牌子的酒都可能成为他的身份和地位的象征。这类东西，都必须在阅读原文时予以注意。

由于文章的形式、意义与风格各不相同，文章也不尽相同。这里的形式指的是广义上的形式。大到体裁小到词汇形式的选择，都可以是译者关注的对象。就体裁而言，每一种体裁都有自己的优缺点。比如舞台剧本在舞台上的人物造型和音响灯光等辅助手段的帮助下，通过丰富的对白和独白，将人物性格刻画得淋漓尽致。小说则可通过大量的背景介绍和细节描写体现人物的内心世界。同样，非文学性语言，如广告和辩论文章，则以其鼓动性见长，祈使性文本如政治宣传、法律文件，则擅长以精确的文字发挥自己的功能。因此，在分析原文时，应确定其体裁。另外，译者还应认真分析原文的语言特点。在表达性文本如文学性语言中，作者个人的情感完全是通过他们独特的语言风格表达出来的。因此我们必须确定他们的语言特点，这对翻译时语言形式的选择是很有益的。描写性文本的语言特点较容易掌握。这类文本注重客观地表达各种信息，因此翻译时不必过多考虑原文作者的语言风格，只要按译入语中这类文本的要求翻译即可。总之，译者不能用一种风格去应付所有的风格。

不同的文章总是针对不同的读者或读者群，译文也是如此。有时候原文与译文的读者群可能会不一致。某些祈使性文本，如美国总统的就职演说，是对源语读者或听众说的。译者把它译成汉语，是为了让中国读者了解他说了些什么，并不是要读者照他的话去做。又如有的爱情诗，原文是写给某人的，二百多年后人们把它们译成汉语，读者对象自然也变了。而描写性和表达性文本的读者群基本上是一致的，如科普文章是为一般读者写的，产品的说明书是为使用者写的，一般的文学作品是为大多数受过一定教育的读者写的。还有一些文章是针对某些特殊读者而写的，如儿童文学、妇女杂志、调查报告上的文章等，文中的语言特点和风格符合这类读者的特点或要求。若译文的读者群和原文的读者群一致，翻译时自然要尽量忠实原文。但如果两个读者群不一致的话，则要采用别的翻译方法，即以译入语读者为主的翻译方法。例如，马丁·路德翻译的德语版《圣经》就是一个典型的例子。当时，希伯来语和拉丁语的《圣经》的读者主要是神职人员和学者。马丁·路德为了向广大德语本族语者传教，将它译成了较通俗的语言，为普及基督教做出了巨大的贡献。

（二）分层

英国翻译理论家纽马克认为，在表达的过程中，译者必须在四个层次上对原文和译文负责，即粘着层次、文本层次、自然层次和所指层次。

1. 粘着层次

粘着层次主要是指段落和语篇对原文的忠实。每一种语言都有自己独特的衔接方式，衔接方式实际上反映了本族语说话者独特的思维方式。因此，在翻译时不可以完全照搬原文的衔接方式，而需要在充分理解原文的基础上，采用地道的译入语的衔接方式去组织译文。许多译文看上去每个句子都是正确的，但是将它们放在一起意义却不通。英汉两种语言在语法，特别是词序上，差别很大。并且英汉句子的长短和标点规则也很不一致。英语的句子有时可能很长，从句多，译成汉语时需要注意断句和调整结构。总之，译文要通畅，必须在充分考虑两种语言的语篇差别的基础上，仔细地"衔接"好每个句子，使之成为一个连贯的整体。例如：

The English arrived in North America with hopes of duplicating the exploits of the Spanish in South America, where explorers had discovered immense fortunes in gold and silver. Although Spain and England shared a pronounced lust for wealth, differences between the two cultures were profound.

原译：英国人抱着和西班牙人开拓南美洲一样的动机来到北美洲，西班牙的探险者在南美洲发现了大批金银财宝。虽然西班牙和英国都同样明显地贪图财富，但是两国的文化却存在着很大的差异。

改译：当年西班牙探险者在南美洲发现了大批金银财宝。英国人来到北美洲的动机也如出一辙。尽管两国对财富的贪欲同样强烈，但是两国在文化上却存在着巨大的差异。

此例原文是由两句话组成的，在第一句话中包含一个定语从句，原译将它放在主句的后面，结果两个句子之间的衔接显得非常别扭，整个段落支离破碎。改译中根据汉语习惯中按时空顺序组织句子的规律，将原文中的定语从句译成汉语后放在主句之前，这样整个段落就比较连贯了。

2. 文本层次

原文是翻译活动的起点，也是终点，所以任何翻译都不能离开原文。文本层次就是指原文的字面意义。但是，要表达同一个意思，可以有几种不同的表达方法、可以使用不同的词汇。同一句话，用直接引语还是间接引语，用主动语态还是被动语态，有时候差别是很大的。因此，在翻译时，必须多加思考。当然，由于英汉两种语言深受各自国家的文化影响，在语音、语法、语用、词汇以及句法各方面都有着很大的差别。如果完全按原文的字面意义逐字翻译，就可能产生不符合译入语习惯的，甚至是错误的句子。

例如：

You flatter me.

原译：你拍我马屁。

改译：你过奖了。

这一句本是句客套话，其中的"flatter"一词并非"阿谀""奉承"的意思，因而原译就显得比较生硬。又如：

He is lying on his back.

原译：他仰卧着在他的背上。

改译：他仰卧着。

该句中"lie on one's back"具有"仰卧"之意。原译中加上了"在他的背上"等于是画蛇添足。如没有上下文，读者甚至会以为"他"躺在别人的背上。

3. 自然层次

初学翻译的人常常可能译出很别扭的译文来，除了译者自身文字功底弱以外，主要是由于选词用字照抄词典，忽视上下文是否合适，过于拘泥于原文的句子结构，如词序等。这就涉及自然层次的问题，自然层次是译文行文的基本标准。一般说来，所有类型的文本，译文都必须自然流畅，符合译入语的表达习惯。例如：

It takes ten minutes to get there on foot.

原译：需要10分钟才能步行到那儿。

改译：步行到那儿需要10分钟。

原译是完全按照原文的词序翻译，把不定式放在句末。汉语中虽然并非绝对不可以这么说，但总有些不太自然。又如：

She was dancing gracefully in the room.

原译：她正在房间里非常优雅地跳着舞。

改译：她正在房间里跳舞，舞姿非常优雅。

很多人看到英语单词中以 -ly 结尾的副词时，在译成汉语时他们往往要加一个"地"，但有时这并不符合汉语的行文习惯。

有很多初译者翻译出的文字不符合译入语的习惯，显得不自然。要想用地道的译入语文字表达原文的意思，必须在理解原文的基础上努力排除原文的干扰，做到既忠实原文，又流畅自然。译者在完成初稿以后，不妨先把它放在一边，过一段时间后，再去看看有什么不自然的地方，也许可以发现很多问题。

4. 所指层次

所指层次指译者对原文所指意义的把握。但是，有时候原文的字面意义并不是很清楚。译者必须透过这层文字的表象，抓住文字的本质，并用译入语把它们准确地描绘出来。这时，由于两种语言的差异，译入语的文字和原文就可能存在着一定的距离。例如：

The old man stood from the chair.

原译：老人从椅子上站了起来。

改译：老人站了起来。

原文指"老人"原来是坐在椅子上的，这时站了起来。然而，原译者却理解为他站在了椅子上，显然错了。再如：

A: You alone here?

B: I'm saving myself for you.

原译：A: 你一个人？

B: 我在为你救我自己。

改译：A: 你一个人？

B: 我在等你呀。

该例子是某部电影中的场景：在一个舞会上，一位男子独自一人坐在边上看别人跳舞。这时一位女子上前问了他"You alone here?"这句话，意思是"你怎么没有舞伴？"男子的回答有点幽默的味道。这句话中的"save"这个动词和"救"毫无关系，因为他显然不存在任何危险。它的本意是"省下来"，意即我（把自己省下来）不和别人跳舞是为了和你跳。当然，由于汉语中没有与之完全对等的词，所以只好退而求其次，把幽默的味道表达出来。

（三）表达

表达是理解和分层的结果，但理解和分层正确并非意味着表达通顺和确切。这就要求我们在表达时要灵活运用好翻译标准和翻译技巧，既要注意在语义和文体等诸多方面再现原文信息和风格，又要使译文流畅自然，符合译入语的思维方式和表达习惯，尤其是相关背景知识和文化内涵要处理妥当。在表达过程中会对原文加深理解，有时甚至会对原文有新的认识。因此，在具体的翻译过程中，我们应该采取灵活的方法，不论是直译还是意译，只要是符合"忠实、通顺"的翻译原则，都是可取的，从而使译文更加忠实于原文。例如：

A dark horse candidate gets elected president.

一位名不见经传的候选人当选了董事长。

原文中"a dark horse"在汉语中找不到合适的词语来套用，因此只能采用意译法结合上下文把原文的意思表达出来。

在这里我们建议对结构比较复杂的句子可以先采取直译的方法，然后再对直译出的结果进行加工润色。也就是说，译文既要符合原文含义，又要符合译文的表达习惯。

（四）审核

审核是翻译过程中的最后一道工序，也是必不可少的一个环节。审核是对原文内容进一步核实以及对译文语言进一步推敲的阶段。审核并不是简单地改错，译者必须认真对待这一环节。据估计，在整个翻译的过程中，核对花去的时间要占70%，其重要性由此可见一斑。核对包括两个方面，即校对和润饰。

校对主要有两个目的：一是补漏，即看看译文中有无遗漏之处；二是看看译文中有无明显的错误，如年代、人名、地名、数据、错别字以及其他由于疏忽导致的"低级"错误。

润饰是为了去掉初稿中的斧凿痕迹，即原文对目的语的影响或干扰，使译文自然流畅，更符合目的语的习惯。通常的做法是先抛开原文，以地道的目的语的标准去检查和衡量译文，并进行修改和润饰。改完以后再与原文核对一下，以免有"自由发挥"之嫌。在条件许可的情况下，最好能请别人挑挑错，因为译者本人往往受自身思维模式的束缚，很难发现自己的错误。许多国际组织的翻译部门和商业性的翻译社都有不同的部门，对所有的译文层层把关，其原因就在于此。

第三节　影响翻译的主要因素

翻译被认为是人类迄今为止最复杂的活动之一。虽然说这话可能言过其实，但可以说明翻译的艰难，因为连计算机至今都无法将翻译做得令人满意就是一个很好的佐证。

尽管翻译十分复杂，但我们仍可以总结出影响它的几个因素。这些因素主要包括：（1）文化差异；（2）意识形态差异；（3）语言差异；（4）译者的语言功底、文化素养以及由其世界观、价值观、意识形态等构成的理解的前结构。以下就对其中的前三个因素进行重点介绍。

一、文化差异

文化是民族物质生活和精神生活的积淀。民族文化为民族语言提供了源头活水，而民族语言则肩负着承载和传承民族文化的重任。不同的民族生活在各自独特的地理环境中，形成了不同于其他民族的生活习俗，并在长期的历史演进和各自的政治经济氛围中形成了独具特色的民族性格。所有这一切，不是浓缩成了民族特色的文化负载词进入民族语言，就是以成语、谚语的形式固化在语言表达中。如果译者在翻译中忽视这些文化差异，无论他的译文与原文如何"貌合"，两者的"神离"都是无法避免的。

二、意识形态差异

意识形态对翻译起着重要作用,如在源语待译作者和待译作品的选择、译者翻译策略的考虑和翻译技巧的选择、翻译作品的评论与接受上,意识形态都起着巨大的制约作用。我国近代最著名的翻译家严复,他选择的译本并不是与自己所学的船舶驾驶、兵工制造专业有关的,而是选择了翻译介绍进化论的《天演论》和论述西方资产阶级民主、民权的《群己权界说》《社会通诠》《群学肆言》等政治书籍。严复虽然在《天演论·译例言》中提出被后人奉为翻译标准的"信、达、雅",但他的翻译虽"达"且"雅"但却不"信",并在译文中进行了不少的删减,加进了很多自己的评论。他并非言行不一,而是将翻译作为唤起民众、救国图存的武器。

三、语言差异

语言差异是翻译困难的一个重要原因,然而不同语言却因其所属语系的亲疏有别而产生不同的差异。汉语属于汉藏语系,而英语属于印欧语系,两种语系间存在着极大的差别。

(1)汉语源于象形文字,表意功能明显,而英语属于拼音文字,主要特征是表音。

(2)汉语不存在词形的屈折变化,句子中的数、时、态等全靠词汇手段解决,而这一切英语基本依赖语法手段。

(3)汉语句子主要是依靠意念建构衔接,因此句子结构有明显的"主题—述题"特征,但英语却"以形统神",有"主语—谓语"的结构特征。

(4)汉语没有关系代词和关系副词,主题或主语变换频繁,句子直线推进,线性特征明显,因此词序十分重要,句子一般短小。但英语的关系代词和关系副词使英语句子伸缩自如,形成"多枝干"的"树形结构",句子结构复杂而且较长。

第四节　翻译问题研究

翻译是一门以实践为基础的学科。翻译学的英文是 Translatology 或者 Translation Studies,其作为一门独立的学科,目前在我国尚未形成一个属于自己的完整的翻译理论体系。国内研究者编写的翻译理论著作通常是来源于西方翻译理论家的思想,是对西方翻译思想的诠释和介绍。西方的翻译有着几千年的历史,在漫长的历史发展过程中涌现出了大批璀璨星河的翻译思想家。这些翻译观点和思想也是人文学科的智慧结晶。西方系统的、现代意义上的翻译研究起步较早,有很多翻译家和语言学家长期从事这方面的研究,出版了很多翻译理论著作,各抒己见,百家争鸣。有趣的是,西方的翻译理论家所提出的翻译理论中使用了许多翻译学术语,一方面他们使用了某些不同的术语表达相同或相似内容;

另一方面他们使用相同的术语表达了不同的内容。当然也有一些理论家为了区别于他人还独创了一些术语。不同的术语代表着不同流派的理论思想，同时这些理论和看法对我们研究翻译和从事翻译实践工作有着巨大的指导意义。不同的文化和语言渐渐地会渗透到本土翻译观里。我国之前的翻译理论研究基本处于停滞不前的状态，然而外来的理论和学术观点必然对我国本土翻译观产生冲击，但是这种冲击会有助于我们开放体系，发展翻译理论。

中国因翻译人数和所翻译的作品多而闻名，但翻译质量却与标准存在较大差距。其中有很多原因，既有管理、体制等方面的原因，也有理论和实践的问题。在中国翻译界，存在一个大问题，即翻译实践和翻译理论的关系一直没有得到令人满意的处理，理论研究和实践往往脱节。从事翻译理论研究的人往往不搞翻译实践，而搞翻译实践的人又对理论研究得不多。搞理论研究的人写的文章往往理论性过强，搞实践的人读不懂。在翻译界重视实践的超过重视理论的，从事具体翻译实践的人占绝大多数。我们在此总结了翻译理论具有以下功能（部分功能存在重叠现象）：

1. 认知功能；2. 指导功能；3. 解释功能；4. 描写功能；5. 规定功能；6. 归纳功能；7. 演绎功能；8. 类比功能；9. 预测功能；10. 思辨功能；11. 批评功能；12. 方法功能；13. 检验功能；14. 培养功能；15. 应用功能；16. 创新功能；17. 美学功能；18. 趣味功能；19. 游戏功能；20. 完善功能。

由于翻译学的发展历史还比较短暂，在强调跨学科研究、学科交叉的今天，翻译理论通常会涉及其他相关学科，如语言学、哲学、文化学和文学理论等。奈达在语言学家乔姆斯基（Chomsky）的翻译理论的基础上提出了"对等论（equivalence）"，"对等论"在很长时间内成了西方翻译理论的核心概念。一直以来，国内很多书籍和文章常把 equivalence 说成是"对等"。《牛津英语词典》对 equivalence 的解释是："virtually the same thing"。此处 virtually 的意思是"近乎于"，那便不是"完全一样"。奈达采用的"形式对等"和"动态对等"术语，间接说明了对等只能是相对的。汉语词典给"对等"下的定义是"同等，相等"。因此，两个概念应该更准确地翻译成"形式相当"和"力度相当"。

"形式相当"是指在源语翻译成译入语的过程中源语文本的形式特征始终不变。但这做起来却并不那么容易，因为译文总会打折扣，很难完全再现它原有的形式。例如，要对我国古典诗歌进行翻译，由于古诗分五言和七言，多数古诗由四行组成，而且第一、二、四行诗最后一个字押韵。可是翻译成英文，就很难在形式上保留中文诗的特点，而且英文句子通常比汉语长，汉语一行诗七个字变成英文时常常超过七个词，一行诗往往变成英文的两行，翻译后诗歌的韵律也发生了改变，多数译者采取英语诗歌韵律特点。此外，英汉两种语言的主语在诗中的隐现也不同。以李白的《静夜思》为例进行说明。

床前明月光，疑是地上霜。

举头望明月，低头思故乡。

译文：

（1）

I watch the moonbeams cast a trail

So bright, so cold, so frail,

That for a space it gleams

Like hoar-frost on the margin of my dreams.

I raise my head;

The splendid moon I see.

Then droop my head,

And sink to dreams of thee

My fatherland, of thee!

（2）

So bright a gleam on the foot of my bed,

Could there have been a frost already?

Lifting my head to look, I found that it was moonlight,

Sinking back again, I thought suddenly of home.

"力度相当"是为了在翻译过程中将源语文本所表达的信息转移到译入语文本，使译入语受众产生与源语受众基本一致的反应。翻译的目的特别注重符合译入语的文化。有时源语文本字面上没有显现其内涵，或者源语文本与译入语文本因文化差异转换比较困难时，借助奈达的"力度相当"理论恰好能够解决这样的问题。像汉语里往往用"沉鱼落雁之容，闭月羞花之貌"来形容貌美女子。《汉英词典》的释义是："have features that can make fish sink and birds alight and looks that can outshine the moon and put the flowers to shame"。这里的"looks"与"features"是同义词，因为"容貌"二字在汉语里可以拆开，英文无法拆开，只有重复。

equivalence 的概念在西方翻译界是个颇具争议的话题。霍姆斯（Holmes）强调没有严格意义上的"文本对等"，只有"对应"或"匹配"。他对 equivalence 的概念进行了否定，认为在源语和译入语中不存在真正的同义词。其实 equivalence 是直接的对等，而 correspondence 或 matching 是在目的语里没有或找不到 equivalence 时，为了解决"不可译"的问题所采取的一种翻译策略，霍姆斯恰恰混淆了它们的概念。巴斯内特认为，不存在完全的 equivalence，雅各布逊也指出不可能有完全的对应，源语总有许多不可传递的成分，基本意义虽传达到了，"内涵意义"和"外延意义"则丧失了，所以翻译中允许存在创造性的改动。

对"异化"和"归化"的问题，翻译界也存在着较大的争议。"异化"就是以源语或源语文化为导向，目的是使读者能感受到异国情调。"归化"以译入语或译入语文化为导向，或者说"以读者为中心"。中外译界在对待翻译中如何处理文化差异的问题上也存在着巨大的分歧,在理论和实践方面或在宏观和微观上均产生了分歧。在西方,异化和归化的代表人物分别是韦努蒂(Venuti)和奈达,但也有一些译者并不完全认同,因为不少"异化"译文比"归化"译文更能做到与原文"最切近的自然对等"。"异化派"旨在求异,不太考虑译文读者,而"归化派"则考虑译文读者的感受。在翻译实践中,任何一种绝对的译法,即彻底的"归化"或彻底的"异化",都是不可取的,必须考虑"归化度"和"异化度"的问题。还需指出的是,"归化"和"异化"分别具有保守性和超越性的特点。

第三章 文化与翻译

　　语言与文化密不可分的关系决定了翻译离不开文化。中国文化博大精深，英语文化历史悠久，这使中英文化翻译更具有挑战性。本章我们会通过一些较常见的或具有代表性的例子，来学习有关翻译中的文化现象及相关的翻译方法，并对各种译法加以分析。

第一节　文化的"不可译"现象

　　文化是一个社会群体所共有的一套复杂的信仰、态度、价值观、行为规范体系，这一体系由该群体所使用的语言来承载。文化"不可译"现象是指，语言与文化密不可分的关系决定了文化与翻译之间存在着巨大的鸿沟。并且，由于不同的语言文化之间存在巨大的差异，而一个民族的语言文化又具有一定的排他性，因此用一个民族的语言来承载另一个民族的文化，肯定会产生许多难以处理的翻译问题。我们既不应该夸大文化的不可译性，也不应该轻视它。一旦翻译中碰到独特的文化现象，译文在表达效果上的损失是绝对的，不可译性也表现得极为明显，反之，如果文化独特性降低，则可译性就提高。

一、"称呼"的不可译

　　中西方文化差异导致了中英文在家庭和亲属关系称谓上的很大不同，很多的亲戚关系都能在汉语中找到相应的名称，但英语里却没有。像爷爷、奶奶、外公、外婆这样基本的称谓都是无法翻译成英语的，因为这些词需用解释性或定义性的翻译来代替。例如，"爷爷"一词译成英文 grandfather 其实只译了一半，因为我们不清楚指的是父亲的父亲，还是母亲的父亲。英美人可能认为没有必要做此区别，但中国人却认为这是很有必要的。按中国人的思想，"爷爷"可以译成 grandfather on one's father's side 或 paternal grandfather，但这样就显得很别扭，因此英语里通常不会这么说。另外，汉语里还有"祖父"一词，比"爷爷"更正式。英语里至多可以区分为 grandfather（较正式）和 grandpa/grand-dad（较口语化）。如果书面上硬要说明是 paternal grandfather 倒还说得过去，但如果口头上要说 paternal grand-dad 的话，就显得不自然了，说 grand-dad on one's father's side 也显得非常啰唆。通常情况下，"爷爷"可以含糊地译成 grandfather、grandpa 或 grand-dad。但是，英译汉时如果上下文未做交代，我们就无法翻译准确了。

又如，汉语中的"妯娌"和"连襟"翻译起来也很困难。按《现代汉语词典》的解释，妯娌是"哥哥的妻子和弟弟的妻子的合称"，连襟指"姐姐的丈夫和妹妹的丈夫之间的亲戚关系"。这两个词要译成英语，不能直译，只能意译成 women who are married to brothers，以及 men who are married to sisters，但这并不是对等的翻译，只能算是解释。也就是说，women who are married to brothers 和 men who are married to sisters 这两句只能说与"妯娌"和"连襟"的汉语意思基本对等，而不能说是这两个词本身的对等翻译。不过这并不是说这样的中国文化中的独有词就无法翻译了，像"她们是妯娌"这样一句话，可以译成"They are married to brothers"。同样，"他们是连襟"就能译成"They are married to sisters"。由于妯娌属于合称，我们不能说"小李是小张的妯娌"或"王军是我的连襟"。后一句话如果译成"Wang Jun is my brother-in-law"，那么这句话更有可能意味着王军是我的姐姐或妹妹的丈夫，因此在翻译的过程中要注意变通。

二、"物品"的不可译

同样，英语中也有一些成套的词汇在汉语中找不到对应词，如各种各样的帽子：bowler（常礼帽），beret（贝雷帽），topper（高顶礼帽），panama（巴拿马帽），flatcap（扁软帽），stetson（宽檐帽），fez（红毡帽），deerstalker（猎鹿帽），skull-cap（无檐帽）等。由于汉语里原本没有表达这些帽子的词汇，所以译文大多是解释性的。绝大多数中国人恐怕不会对这些帽子有太多的了解。

三、"数字"的不可译

有些数字的用法也存在着"不可译"的现象，如英语中有 score 一词，指 20。林肯著名的《葛底斯堡演说》第一句话就是"Four score and seven years ago our fathers brought forth on this continent a new nation, conceived in liberty and dedicated to the proposition that all men are created equal."。其中的"score"在汉语中虽然有专指 20 的"廿"这个字，但却不能像英语"four score"那样构成"四廿"这样的词，如此只好译成"87 年前"，可是林肯并没有说"eighty-seven years ago"。要知道"four score and seven years ago"与"eighty-seven years ago"是不完全一样的，前者仿用《圣经》里"three score years and ten"的说法，苍劲有力，后者则无此效果。

四、"神幻人物"的不可译

汉语中的"阎王"一词也难以翻译成英语。中国人对阎王充满敬畏，怕见阎王，因为见阎王意味着进阴间，并且他掌管着"生死簿"，赏罚分明，所以人们既尊敬他，又对他很畏惧，充满了矛盾心理。"阎王"在英语里找不到对等的词，像 demon、devil、Satan、evil being、wicked spirit 等词虽大致等于汉语的"魔鬼"，却与"阎王"完全不同。西方人还是想象不出"阎王"在中国文化里的生动形象。

以上的例子再次启示我们，文化与翻译的关系是既紧密又复杂的。其紧密在于翻译离不开文化，因为生活中处处有文化；其复杂在于文化既是可译的，又是不可译的，因为中西方文化的差异造成了语言表达上的不对等。

第二节　文化意象的处理

文化意象是翻译中最难处理的文化因素。不同的历史与环境造就了文化的差异，使得不同的民族对于相同的形象产生不同的甚至完全相反的联想。相反，对于同一种概念，不同的民族有时却会用很不相同的形象来表达。例如，龙和凤就属于中国独有的形象，并有着特定的文化内涵，是一种文化意象。

一、文化意象的理解与误解

历史文化的差异导致不同民族之间的文化意象存在差异而不能被彼此理解和接受。例如，"狗"在中西方人眼中的地位是完全不同的。西方人对狗的感觉不亚于对人的感情，而中国人向来对狗没有什么好感。尽管现在很多中国人学西方人养狗，人们对狗的态度也在变化，但人们对狗的嫌恶态度还是会自觉或不自觉地流露在语言里。这样一来，狗就在中英两种文化中形成了截然不同的意象。由于狗的"恶劣"形象在中国文化里根深蒂固，要彻底地改变人们的观点和态度是很不容易的，所以要把西方文化中狗的意象原封不动地译入中国文化，恐怕是非常困难的事情。同样，西方人也无法接受中国人对狗的那些看法。

还有些文化意象是受到语言文字的影响而产生的，成为本民族文化里的独特意象，在另一个语言文化里是不存在的，或是完全相反的意象。比如中文里的"蝠"与"福"谐音，所以"蝠"喻指幸福，而蝙蝠也就成为一种祥瑞的动物。可是英语的bat则与幸福毫无关系，西方人认为蝙蝠是一种丑陋、凶残的动物。在西方童话里，蝙蝠还是个两面派。据说在鸟兽大战时，蝙蝠见鸟将赢，便自称是鸟，前往助战，不久见兽将赢，又称己为兽，前往助战。最终鸟兽不分胜负，停战言和，蝙蝠遂被鸟兽双方所唾弃。

二、文化词汇和文化意象的翻译

文化词汇（cultural vocabulary）是指在一个地区、民族或国家特有的文化现象中产生或经过其领域内重大事件的引用而产生的新的对此重大事件有代表性的词汇。

文化意象实际上是凝聚着各个民族智慧和历史文化的一种文化符号。不同的民族由于其各自不同的生存环境、文化传统，往往会形成其独特的文化意象。文化意象有各种不同的形式，如动物意象、植物意象、成语典故、数字意象等。

文化意象通常是与一个民族的历史文化传统密切相关的、具有独特含义的形象，它们是其他文化中所没有的，或是虽有却不同的东西，因此非常难译。但也正因为它们是某个民族所独有的，所以又非译不可，否则不能让其他民族的人民了解该民族的文化。文化意象的翻译实际上是文学及其他人文科学翻译中不可回避的问题。

文化意象中比较难译的就是那种译入语文化中所没有的东西。像汉语中的"龙"通常译为dragon，有人认为这是误译。因为"龙"在中国文化中享有崇高的地位，在原始社会就成为华夏民族的图腾，后来更为九五之尊的帝王所专用。但是英语中的dragon一词源自《圣经》，在西方人眼里是一种邪恶的动物。形象上龙与dragon也很不同：传说龙长着驼首、兔眼、鹿角、鲢须、蟒身、蛙腹、鱼鳞、鳌足、隼爪，显得高贵而威风；而西方漫画上的dragon身形短胖，无鳞片，长着箭头尾，相貌丑陋，还长有一对并不漂亮的翅膀。中西方对"龙"的理解相差甚远，唯一相同的地方是二者均为想象之物，现实生活中是不存在的。有些学者认为这种译法误导学英语的中国人，因为每当他们读到英语的dragon时，总想到毫不相关的中国"龙"。因此有人建议把"龙"译为Chinese totem或者译为long。但是有学者持有反对意见，认为是多此一举的。

面对文化词汇，一般可以运用归化翻译、异化翻译、折中翻译和音译四种译法处理文化意象。

（一）归化译法

归化译法亦称对等译法，归化翻译法旨在尽量减少译文中的异国情调，为目的语读者提供一种自然流畅的译文。韦努蒂认为，归化法源于这一著名翻译论说，"尽量不干扰读者，请作者向读者靠近"。

像把shed crocodile tears译成汉语里的"猫哭老鼠"就属于归化翻译。因为crocodile应该翻译成"鳄鱼"这里却译成了汉语的"猫"，而且译文中还增加了一个意象，即哭的对象"老鼠"。归化译法属于意译，将shed crocodile tears译成"猫哭老鼠"，可以使译文完全中国化，看不见翻译的痕迹。部分人是赞同这种译法的，但"猫哭老鼠"是一句口语化的习语，只在文学作品和某些非正式的文体里才使用，而crocodile tears在英语里的使用范围则比较广，译者应当注意这一点。既然"鳄鱼的眼泪"已广为中国读者所接受，而且成为汉语的一部分，那么就这个例子而言，应尽量采用异化译法，除非用"鳄鱼的眼泪"使得上下文不自然，有牵强之感。然而lion's mouth一词，则不宜用异化译法译成"狮口"，而最好归化成"虎口"或"虎穴"。因为如前文所说，狮子在中国文化中不具有老虎所形成的意象，并且汉语已有"虎口""虎穴"等词汇，译成"狮口"就不像"鳄鱼的眼泪"那么有新鲜感而较易于被读者接受。归化法经常用来翻译习语。例如：

to stare like a stuck pig 目瞪口呆
like a donkey between two bundles of hay 优柔寡断
as timid as a hare 胆小如鼠
hold a wolf by the ears 骑虎难下

teach fish to swim　班门弄斧

All cats love fish but fear to wet their paws. 不入虎穴，焉得虎子。

归化翻译的优点是译文不留翻译痕迹，读起来让人觉得是地道的本国语。由于英汉两种语言的差异和不同的民族文化背景，所以无法保留源语中的比喻形象，而需要转换为译语读者所熟悉的形象进行翻译。尽管归化前后形象各异，但喻义相似或对应，也能保持习语固有的那种鲜明性、主动性，达到语义对等的效果。

（二）异化译法

异化翻译是指在翻译时尽量保持源语习语的语言形式，包括用词、句子结构、比喻手段等，把原来的内容、形式、精神都输入到译文中，保留形象，努力减少翻译中的损失；表现了一种自主的意识状态，追求文化的多样性，突出源语文本语言和文化上的差异。例如，crocodile tears 一词用异化译法可以译成"鳄鱼的眼泪"，保留了原文"鳄鱼"和"眼泪"的意象。汉语里原本没有"鳄鱼的眼泪"这种表达法，因为它不是中国文化里的一个意象，所以这个译法完全可能不被中国读者所接受而成为死译的例子。但是实践证明，中国人最终接受了这个译法，"鳄鱼的眼泪"也就成了佳译。

请看以下例子：

cowboy　牛仔

golden age　黄金时代

soap opera　肥皂剧

hot dog　热狗

honeymoon　蜜月

forbidden fruit　禁果

the iron rice-bowl　铁饭碗

half the sky　半边天

kill two birds with one stone　一石二鸟

a corner of an iceberg　冰山一角

异化翻译的优点是：（1）可以提高源语表达在译入语中的固定性和统一性，利于保持译语表达与源语表达在不同语境中的一致对应；（2）可以实现译语表达的简洁性、独立性，保留源语的比喻形象；（3）有助于提高语境适应性，提高译文的衔接程度，同时也有利于不同语言之间的词语趋同。

（三）折中译法

折中译法也是一种意译法。折中译法就是提炼出原文所要表达的意思，并舍弃文化意象，如将 crocodile tears 译成"假惺惺的眼泪"。折中法是在异化和归化两种方法都不可能或不太恰当的情况下使用的。比如 a literary lion 如果直译为"文学狮子"则很难为中国读者所接受，而归化译法也难以运用，因为汉语里找不到其他可接受的意象来取代原文的意象。汉语里虽有两个与之相近的意象"巨匠"和"泰斗"，但要说 a literary lion 是"文学巨匠"或"文学泰斗"，却是言过其实，并不准确。a literary lion 意为 a celebrated author，所以译成"著名文学家"或"著名作家"较为妥当。请看下面例子：

  wet blanket　不受欢迎的人
  land shark　向上岸的水手行骗的人
  early bird　早起的人
  dead duck　竞选失败者
  merchant of death　军火商
  an evil person ／ creature　害人精
  jealousy　红眼病
  dismiss；fire　炒鱿鱼
  your beautiful handwriting ／ painting　墨宝
  risk one's fortune in doing business　下海

（四）音译法

音译法，顾名思义，是一种译音代义的方法。例如，将 trust 译成"托拉斯"，将 pudding 译成"布丁"等。当然翻译时应该首先考虑前几种译法，尽量避免使用音译法。

音译法随着翻译的出现而出现，随着翻译的发展而发展，在翻译中一直起着举足轻重的作用。请看下列使用音译法翻译的例子。

  Canon　佳能
  sofa　沙发
  cheese　芝士
  ballet　芭蕾
  Coca-Cola　可口可乐
  chocolate　巧克力
  salad　色拉
  mango　杧果
  litchi　荔枝
  pizza　比萨
  champagne　香槟
  whisky　威士忌
  golf　高尔夫
  tank　坦克
  logic　逻辑

nylon 尼龙

随着中外交流的逐渐扩大，汉语也有一些文化词汇通过音译进入了英语，如 qi（气），yin（阴），yang（阳）等。像现今流行于英美等西方国家的 feng shui（风水）也采用汉语拼音。已经进入英语词典的汉语词汇如：

饺子 jiaozi

馄饨 wonton（soup）

磕头 kowtow

功夫 kung fu

太极拳 taijiquan

文化翻译中经常会遇到文化意象的处理问题，但却并没有统一的翻译方法和公式，译者应把握上述基本方法，具体分析每一个意象，并根据上下文以及译入语读者的情况灵活处理。

第三节 隐含的文化信息

如果作者与读者来自同一种文化，那么他们就会对某些信息有共识，比如本文化群体的常识、知识以及共同的历史和文化经历等。作者在作品中通常会略去一些不言而喻的东西，因为一点不漏地讲清楚反而不妥，读者会认为很多东西是多余的解释，而那些被"隐藏"起来的信息就是隐含的文化信息。可是这些隐含的信息对于另一个文化群体的读者来说有时却是必不可少的，如果不翻译出来，读者可能就会觉得译文费解、不好懂，甚至不知所云，因为他们没有与原文作者和读者共享那些"藏而不露"的文化信息。例如：

Roger made the Queen's list.

译文1：罗杰列出了女王的名单。

译文2：罗杰排定了（英国）女王今年授勋的荣誉名单。

如果原文作者和读者共享了其中的文化背景知识，那么原句不必说明是哪国女王开列的什么名单，此时可用译文1。但是若读者没有和原文作者共享其中的文化背景知识，那么译者就应该将隐含的信息补译出来，此时就应该选择译文2。再请看下面一则新闻标题：

Japanese dash to US to say "I do"

略知西方文化习俗的读者都知道，西方人在教堂举行婚礼时，主持婚礼的教士会问双方："Do you take... to be your lawful wedded wife/husband to live together in the estate of matrimony?"（你愿意娶／嫁某某为合法妻子／丈夫，共同过婚姻生活吗？），待双方回答"I do."（我愿意）之后，神父即宣布双方结为夫妇。因此"I do"（我愿意）已成为"举行婚礼"的隐含说法。

因此这则标题可译成：

日本情侣求浪漫 跨洋赴美结婚忙

再比如，把"解放前"直译成"before liberation"，一般的西方读者就读不懂。在汉语里，这个词既有政治含义，又是个时间概念，所以如果侧重点是时间，则可以译成"before 1949"。如果原文的重点在政治方面，则可以译成"before the founding of the People's Republic of China"。同理，"新中国成立以来"可译为"since the founding of the People's Republic of China in 1949"，"抗战期间"可译为"during the War of Resistance Against Japan"，以补全隐含的信息。

例如：

He's a pig.

译文 1：他脏得像头猪。

译文 2：他像猪一样贪婪。

译文 3：他像猪一样粗野。

生米煮成了熟饭。

译文 1：The rice is already cooked.

译文 2：The rice is cooked and it can't be uncooked.

补译隐含的文化信息虽然是为了译文读者更好地理解原文，但是补译却有一个度的问题，即进行补译的同时，译者不能擅自加入原文没有的信息。隐含的信息与不存在的信息或原文无意传达的信息是有区别的。如果原文含有足够的信息，那么无须补译。

总之，补译隐含的文化信息既要充分，又不能"过分自由"。把握的原则是：如果不补译读者就不能准确理解原文的意义，就需要将隐含的信息补译出来，但是唯有真正隐含在原文里的信息才能加以译补。

第四章　翻译与文化目的研究

翻译是目的性极强的社会活动或个体行为。有什么样的目的，就会导致什么样的翻译，译者的翻译策略总是为特定的目的服务。在本章中，我们将以"目的论"（Skopos）为理论依据，以中国翻译史上的经典"厚译"文本《天演论》为个案，深入探讨翻译与文化目的之间的关系。

第一节　"目的论"与翻译

要了解翻译与"目的论"之间的关系，首先要了解"目的论"的思想内涵和原则。因此，在第一节中，让我们来了解一下什么是"目的论"以及其与翻译的关系。

一、"目的论"的内核

"目的论"是20世纪70年代以来从功能和交际的角度出发来考察翻译的理论，它是德国的功能派翻译理论（functionalist translation theory）的奠基之作。"目的论"以交际理论（communication theory）、行为学、文本语言学、文本理论（text theory）以及接受理论（reception theory）研究的成果为基础，其术语 Skopos 源自希腊语，即为"目的"之意。"目的论"的三个重要概念为翻译行为、委托人和委托，而翻译目的成了一切翻译活动的首要法则。

"目的论"认为，作为一种以原文为基础的、有目的的、人与人之间的跨文化交际行为，翻译的目的主要包括译者的目的和译文的交际目的，译文的交际目的由译文活动的发起者、即委托人来决定。当译者集委托人身份于一身时，译者的目的和译文的交际目的便实现了融合。"目的论"包括三大原则：目的原则、连贯原则和忠实原则，后两个原则又以目的原则的实现为前提。为了实现译者的目的以及译文的交际目的，译者应确保译文的可读性和在译入语中的可接受性，并在此基础上确保译文最大程度上忠实于原文。"目的论"是将"充分"（adequacy）而不是"对等"作为翻译的标准，这在很大程度上凸显了译者的作用。正如弗米尔（Vermeer）所说，"目的论"把经常遭到否认的事实明示出来，让人意识到它的存在；"目的论"关于"由任务决定目的"的概念扩大了翻译的可能性，增加了翻译策略的多种选择，使译者不必拘泥于直译；"目的论"把译者的责任列入了议程，扩大了译者的责任范围，指出译文必须发挥预期的功能以达到既定的目标。"目的论"的出现，为翻译文本与翻译文化研究提供了新的解释工具。

二、"目的论"与翻译的关系

"目的论"以行为理论为基础，认为任何活动都有其目的，翻译也是为了达到某种目的而发生的行为，因此，翻译在很大程度上受到翻译目的的影响和制约。由此，翻译目的是否能够得以实现，也成了翻译成功与否的判断标准。此外，在"目的论"的视野下，同一个文本根据不同的翻译目的可能会产生多个译本，原文和译文不一定是完全可逆的。只要译本达到了翻译目的，那么它就是充分的、可以接受的。

"目的论"将翻译研究从严格的"对等"理论中解脱出来，将目的放在了研究的首位，研究者将视角更多地转向了译者背后的文化因素。翻译的目的决定了整个翻译的过程，译者的目的和译文的交际目的又是翻译目的的具体体现。翻译不仅仅是将一种语言文字变成另一种语言文字的简单转化，其背后所蕴含的是译者赋予的文化目的。也正是这种文化目的的存在，使得译者采取更灵活多样的翻译方法，并在译文中留下了翻译目的的烙印。在翻译史上的很多"厚译"文本，就是这样一些带有明显的文化目的的翻译。下面，我们将从"厚译"的概念出发，结合典型的"厚译"文本——严复翻译的《天演论》，来探讨翻译策略与文化目的之间的关系，以及文化目的对翻译活动的影响。

第二节 "厚译"与文化目的

作为一种翻译现象，"厚译"的存在早于其概念的产生，"厚译"也是翻译实践中一种不可或缺的翻译策略。"厚译"的译本一般比原本包含更多的信息，因此，对"厚译"现象的研究分析，将帮助我们透过翻译审视其背后的文化目的，并由此反观文化目的对翻译的作用。

一、"厚译"的概念

"厚译"的概念由夸梅·阿皮亚（Kwame Anthony Appiah）在其《厚译》（*Thick Translation*）一文中提出，指的是"通过注释和评注的方式将文本置于丰富的译语文化和语言环境中的翻译"。克里福德·格尔茨（Clifford Geertz）在其《1973年选集》（*Selected Essay of 1973*）的前言——《"厚译"：文化解释理论》（*Thick Description: Toward an Interpretive Theory of Culture*）一文中曾使用了该术语，用于对有关人种学作品的描述。然而，如果要追根溯源的话，"厚译"又是格尔茨从哲学家吉尔伯特·赖尔（Gilbert Ryle）那里所习得的，对后者而言，"厚译"指的是详细的论述以及解释性的商讨。

在《厚译》一文中，阿皮亚由几句契维语的谚语翻译展开讨论。在他看来，我们所翻译的是话语，这就意味着每句话语所表达的远不止其字面意义，即话语存在会话含义。作为一种比喻，谚语所表达的也不仅仅是其字面含义。除非说话人和听者有共同的知识背景，否则，字面意义上的翻译是不能够传达其中的间接信息的，因此，翻译中就存在障碍。而意义的产生有赖于说话人与听者之间共同知识所携带的语言传统和特征，这也是阿皮亚强调了解他人文化的原因。作为教师，阿皮亚指出，"将我们的谚语介绍给美国学生，即通过向他们展示在口语文化中话语是如何用于复杂而微妙的交流的，从而使其对那些处于前工业社会时期的人们产生更多的尊敬"。此外，明显有别于阿皮亚所使用的概念的是，在梯奥·赫曼斯（Theo Hermans）的《作为厚译的跨文化研究》（*Cross-cultural Studies as Thick Translation*）一文中，"厚译"被当作一种翻译研究的方法。但是，无论是阿皮亚的概念，还是赫曼斯的解读，"厚译"的出发点和理论基调都是文化传递。

二、"厚译"的文化目的

从"厚译"概念的诞生历程中可以看出，"厚译"缘起于对非洲谚语的翻译，而谚语本身就承载着浓厚的文化信息。从阿皮亚的叙述中，我们不难发现，译者提供大量背景信息的目的在于帮助译文读者对原文化、源语的表达方式有更好的了解，从而赢得译文读者对原文的尊敬，每种文化都有其特有的因子，在翻译包含特定文化因子的文本时，为了更好地传递源语文化，弥补其在译语文化中的缺失，译者就采用了扩大信息量的"厚译"法。从形式上看，译本确实是比原本"厚重"了许多，但是，精神内核、文化却得到了更为充分的传递。"虽然阿皮亚仅仅指涉非洲谚语翻译中存在的问题，但很明显，该术语也适用于任何含有大量脚注、评注及补充性说明的目标文本"。虽然"厚译"在翻译实践中广泛存在，但学术界对"厚译"的研究并不多见。从现有的材料看来，"厚译"多被视为一种能够弥补翻译中的文化损失的翻译策略，在翻译中国古典文学作品中尤其如此。然而，在《天演论》这部作品的翻译过程中，译者又是如何以"厚译"的方法来达到他独特的文化目的的？下面，我们将进行具体的探讨。

三、《天演论》中的"厚译"及其目的

《天演论》是"厚译"的典型代表。作者将结合严复翻译的《天演论》中的"厚译"现象，来谈谈它的特殊目的和文化影响。

（一）严复及《天演论》简介

作为向西方寻求真理的先进知识分子，严复在向中国系统介绍西方学术思想及政治体系方面做出了巨大的贡献。不可否认的是，严复对原作的选择及其采取的翻译策略与其生活经历有着不可分割的联系。在此，我们首先对严复的生活经历及《天演论》的翻译背景做一简单介绍，以期能够更好地理解《天演论》这一"厚译"作品。

1. 严复生平

严复1854年生于福建,从幼年至青年,他既接受了传统思想的熏陶,也多次走出国门,接触并感受到了西方的先进知识、技术和文化。少年严复,因成功通过福州船政学堂的考试,得到上军舰实习的机会。军舰带领着严复去往新加坡、日本等国,在其眼前展现了一个新的天地,政治意识开始在少年心中萌芽。1877年,青年严复再次远行,来到英国格林尼治的皇家海军学院深造,在此期间,现代思想和科学技术源源不断地涌入严复脑海中,有志青年心中思考:仅仅靠炮火,西方无法如此称雄,经济政治制度的优越才是更胜一筹的原因。置身英国,严复一方面从书籍中汲取营养,另一方面也切身体验着西方文化,其政治意识也更强烈。

此后很长一段时间,严复都在北洋水师学堂任职,且担任重要职位。在此期间,除了深入学习和深入钻研资本主义理论,严复还跟随桐城学派大师吴汝纶学习古汉语,为其后来的翻译生涯打下了更为坚实的基础,这一点从其后来的翻译辞藻和风格上也有所体现。严复曾对他的老师做过如下评价:

我们可以大胆地说:1895年(光绪二十一年)时,这一位四十三岁的北洋水师学堂校长,对于西洋学问造诣之高,对于西洋社会了解之深,不仅远非李鸿章、郭嵩焘、张之洞等洋务派人物可比,就是那些甲午战争前曾经到过外国的维新人物,如王韬、郑观应、何启之流,甲午战争后领导整个维新运动的人物,如康有为、梁启超们,也都不能望其项背。

1895年,在中日甲午战争中,中国以失败告终,这给严复带来了不小的冲击,使得其对维新运动的参与更加积极主动。早年,严复曾经多次参加科举考试,曾寄希望通过仕途之路效力于国家,但结果都未能如愿以偿。秉持保国救国的信念,严复必须探寻其他途径。1895年,严复在《直报》上陆续发表了如下四篇文章:《论事变之亟》《救亡绝论》《原富》以及《辟韩》,积极宣传民主思想,抨击专制制度。1897年,严复创办《国闻报》,为维新运动提供了宣传阵地。

戊戌变法后,严复在翻译活动上的投入更为积极,在近二十年里,十一部翻译作品陆续出炉,内容涉及广泛,包括伦理学、经济学、政治、教育等。伴随作品数量的增加,其影响力逐渐扩大。一方面,严复将西方先进的经济和政治民主思想介绍给国人;另一方面,他也通过翻译宣传救国思想。事实证明,这些译作确实给当时的国人带来了很大影响,严复作为启蒙思想家和翻译家的地位也逐渐形成。

2.《天演论》的翻译背景

如上所述,戊戌变法失败后,严复积极地投入到翻译事业中来。在他的所有译作中,《天演论》是最为著名也最有影响力的作品。毫无疑问,严复选择托马斯·赫胥黎(Thomas Huxley)的《进化论和伦理学及其他》(*Evolution & Ethics and Other Essay*)作为其翻译的对象与当时的历史背景、译者的翻译目的以及原作所含的内容有着密切的联系。因此,对赫胥黎及其著作《进化论和伦理学及其他》做一些了解是极有必要的。

赫胥黎是英国的生物学家，他极其认可和推崇达尔文的物种进化理论，并在其基础上积极拓展。其著作《进化论和伦理学及其他》一书包含五部分，严复翻译的是此书的前两部分，内容包括赫胥黎在牛津大学做的一场有关社会伦理和人类进化理论的演讲以及为演讲内容所做的序言。严复通过相关知识的介绍来达到便于理解的目的，一起出版的还有他的三篇论文。

赫胥黎从伦理学和进化论的角度发表了自己的观点。就进化论基本理念而言，他认为小到世间万千生物，大到整个地球乃至太阳系，都按照一个既定进化程序不断向前发展。竞争是永恒的主题，一切生物都在不停竞争，优胜劣汰、适者生存。但这种自然界、动物界的竞争法则并不适用于人类，因为人在社会中相互竞争，需要倚靠人本身各方面的能力，包括智商、勤奋、意志力等，且最终目的并不在于获得生存资料，而是为了获得享乐方式。这些内在差异导致人类受自营行为的控制，从而不能像动物那样去本能选择最适合生存的对象。同时，自然进化法则与社会伦理进步不同，自然进化法则取决于人类的自营行为，强调适者生存、优胜劣汰；而社会伦理体现在情感层面，需要以社会良知和责任感作为进步的推动力量，目的将不仅局限于个人的生存，而推广至众人的生存。此外，赫胥黎在对婆罗门主义和斯多葛主义的详尽介绍中对两者都进行了批判。他认为，前者过度忽视生存竞争法则，陷入了绝对的悲观主义；而后者过分夸大、强调了这种生存竞争，忽视了它带来的种种弊端，陷入了绝对的乐观主义。因此，赫胥黎的结论是，伦理进步和抵抗自然进化才是社会进步的源泉。

从以上论述中，我们不难发现，与其说赫胥黎的《进化论和伦理学及其他》是一部关于进化论的科普读物，还不如说是一部倡导美德以及和谐的人际关系的伦理学著作，而这恰恰符合中国的需求和严复的目的。在中华民族危在旦夕的时刻，严复通过向国人介绍"生存竞争""适者生存""自然选择"等概念，给国人敲响了救亡保种的警钟，他告诫国人：再不奋起改革，民族就要灭亡！赫胥黎提倡用自我约束替代自营的主张也为当时的中国指明了出路，即政府应当改革政治体制，人民应该团结一致，竭尽全力使中国摆脱外敌的侵略从而走向强大。正是出于民族危机和社会需求的考虑，严复选择了赫胥黎的这部著作，以达到通过翻译宣传保种救国思想的目的。

（二）严复《天演论》中的"厚译"形式与目的

为了达到救国救民的目的，严复举起翻译的盾牌，他所翻译的《天演论》呈现出鲜明的"厚译"特色。以下，让我们来考察一下它的总体情况。

1."厚译"及其目的的总体描述

在中国翻译史上，严复的翻译应当是最为典型的"厚译"。在其翻译西方著作的过程中，严复经常以按语（案语）或脚注的形式加入自己的观点和看法，这些添加的译文有些是解释和介绍性的说明，有些则属于评论或抒情性的文字。严复在译文中添加按语的做法也可谓是前无古人，后无来者。王拭曾对严复译作的字数做过较为粗略的统计，十一部译作共约176万字，其中按语约占17万字，大致为总字数的十分之一。因此，将严复的译作视为中国翻译史上最为典型的"厚译"也就不足为奇了。仅在《原富》中，按语数就达300条之多，译者添加大量的按语，旨在使国人对西方的经济学理论予以足够的重视；在《社会通诠》中，译者也插入了16条按语以及121条脚注，其内容大多涉及政治；此外，虽然《名学浅说》中，译者只翻译了原文的一半内容，但仍然添加了46条按语，多用于对西方哲学思想的介绍。

就严译《天演论》而言，35章中共有28章附有按语，占了全文章数的80%，而按语的字数约为全文字数的三分之一。除此之外，正文中添加解释以及对作者观点进行发挥的现象也屡见不鲜。由此可见，将《天演论》归为"厚译"确有其合理之处。

严复正是抱着明确的文化目的来翻译《天演论》的。当时中国经济落后，社会愚昧，有识之士于是提出"师夷长技以制夷"的口号以强国富民。严复选择翻译《天演论》就在于这本著作传达了全新的进步理念，翻译《天演论》的目的就是希望能够启发民智，引导中国走出阴霾，走向振兴。在译介西方学者及其学术观点时，严复发表评论，抒发爱国之情，启迪和鼓舞读者或使读者依照他所期望的方式理解译文；他常常按照自己的语言风格对原文大意进行重述。一方面是针对译文将来的特定读者群——士大夫群体，因为严复知道，要救中国，学习西方的启蒙运动必须始于士大夫阶层，因为他们在晚清社会最具影响力和说服力，是社会体制改革真正的执行者；另一方面，桐城学派古雅的风格和艺术感染，也影响了严复的翻译风格。可见，明确的翻译目的和主观上的艺术追求共同促成了"厚译"的产生。

以下，我们将对《天演论》这部"厚译"作品及其目的展开更为细致的分析和研究。

2. 形式上的"厚译"与目的

就形式而言，《天演论》与原文相比有较大的调整。严复对章节进行了重新划分，给每章加以小标题，并通过下标的形式在正文中添加词句以及在正文后附加按语的做法进行说明、介绍和补充，并发表评论，最终形成了这部"厚译"作品。以下，我们来看看严复是如何通过这些"厚译"形式来实现他的翻译目的的。

（1）章节的重分与标题的添加

严译《天演论》中最明显的一种"厚译"形式是对章节的重新划分和添加标题。《天演论》原著由两大部分组成，其中序言部分又分为15小节，进化论和伦理学部分为9小节。在《天演论》译本中，严复将序言的15小节重新划分为18章，将后一部分的9小节分为17章，从而形成了35个独立的章节。下表对此做了进一步的说明。

表 4-1　序言部分章节的重新划分

原文（序言）	译文（上卷）	标题
第一节	第一章	察变
	第二章	广义
	第三章	趋异
第二节	第四章	人为
第三节	第五章	互争
第四节	第六章	人择
第五节	第七章	善败
第六节	第八章	乌托邦
第七节	第九章	汰番
第八节	第十章	择难
第九节	第十一章	蜂群
第十节	第十二章	人群
	第十三章	制私
第十一节	第十四章	恕败
第十二节	第十五章	最旨
第十三节	第十六章	进微
第十四节	第十七章	善群
第十五节	第十八章	新反

表 4-2　进化论和伦理学部分章节的重新划分

原文（进化论和伦理学）	译文（下卷）	标题
第一节	第一章	能实
第二节	第二章	优惠
第三节	第三章	教源
第四节	第四章	严意
第五节	第五章	天邢
	第六章	佛释
	第七章	种业
	第八章	冥往
	第九章	真幻
	第十章	佛法
第六节	第十一章	学派
	第十二章	天难
	第十三章	论性
第七、八节	第十四章	骄性
第九节	第十五章	演恶
	第十六章	群治
	第十七章	进化

从上表中可以看出，原文序言部分的第一节和第十节分别被重新划分成了 3 章和 2 章，原文进化论和伦理学部分的第五节、第六节和第九节依次被分成了 6 章、3 章和 3 章，而第七、八节则合并为 1 章。通过给每一章节添加标题，译者指出了每章论述的精髓或主旨。如，上卷第一章的标题"察变"表示对生物进行调查以掌握其变化法则，从而得出自然界不断变化的结论。再如下卷第三章的标题"教源"则表示该章节的主题为议宗教之起源。通过重新划分章节，严复再次表明了自己的翻译目的，引领读者跟随并领悟译者的思想。

（2）以下标出现的解释

在严复的《天演论》译本中，有一种别致的附文本形式，即译文中多处出现下标，这种"厚译"形式大多数用于对概念、地点、人物的说明，有些则用于对译者译文的补充，如：

例 1：

译文：密理图旧地，在安息今名小亚细亚，西届。

当提及"安息"这一地名时，严复同时给出了当时惯用的另一说法，即小亚细亚，以方便读者的理解。

例2：

译文：英国计学家即理财之学马尔达有言：万类生生，各用几何级数。几何级数者，级级皆用定数相乘也。谓设父生五子，则每子亦生五孙。

该例选自按语部分，译者因担心读者对经济学和几何学概念不熟悉，于是进行了进一步的说明。同时，他引用马尔萨斯（Malthus，严复译为"马尔达"）的论断，旨在证明生存斗争源于生存资料的不足，因此，强者胜，弱者亡，并由此达到警醒读者的目的。

例3：

原文：The pigeons, in short, are to be their own Sir John Sebright.

译文：今乃以人择人，此何异上林之羊，欲自为卜式；汧渭之马，欲自为其伯翳，多见其不自量也已。案：原文用白鸽欲为施白来。施，英人最善畜鸽者也，易用中事。

在上例中，严复运用了中国典故，而将原英国典故用下标的形式进行说明，这样做一方面有利于用古汉语进行表达，另一方面有利于晚清学者的理解和吸收。在下标字体中，严复一是对这一改变进行了说明，二是对施白来进行了介绍。通过这一比喻，译者的目的在于说明人类要想选出理想中的统治者是不大可能的。

例4：

原文：Man is the most consummate of all mimics in the animal world; none but himself can draw or model.

译文：又有异者，惟人道善以己效物，凡仪形肖貌之事，独人为能。案：昆虫禽兽亦能肖物，如南洋木叶虫之类，所在多有，又传载寡女丝一事，则尤异者，然此不足以破此公例也。

此例中译者通过下标注释，使其论证更加严密和完整。译者试图证明人类有模仿他人行为和情感的倾向，并借此制约自营而实现社会的进步。

（3）正文中的"厚译"形式

正文中译者添加的译文包括短语、句子以及段落。通过增加一些短语和短句，译文读起来更加顺畅，结构也变得更加紧凑，因此，能够更好地突出论述的精髓。需要说明的是，该类"厚译"紧随原文中心思想，对原文的意思没有任何的违背。当然，译文中存在不少以句群或段落形式出现的"厚译"，用于某些概念的详细解释或译者观点的表达。

例5：

原文：What sort of a sheep breeder would he be who should content himself with picking out the worst fifty out of a thousand, leaving them on a barren common till the weakest starved, and then letting the survivors go back to mix with the rest?

译文：设今有牧焉，于其千羊之内，简其最下之五十羊，驱而置之硗确不毛之野，任其弱者自死，强者自存，夫而后驱此后亡者还入其群，以并畜同牧之。是之牧为何如牧乎？

例 6：

译文：自营甚者必侈于自由，自由侈则侵，侵则争，争则群涣，群涣则人道所恃以为存者去，故曰自营大行，群道息而人种灭也。然而天地之性，物之最能为群者，又莫人若。如是则其所受于天，必有以制此自营者，夫而后有群之效也。

该段落由译者添加于第十三章的开头，用作第十二章和第十三章之间的过渡段。严复采用了顶真的修辞手法，试图说明滥用自营而毫无节制将会导致国家灭亡。在这些行云流水般的文字间，译者的文化目的再次突显，忧国忧民的思想清晰可见。

例 7：

原文：The earlier forms of Indian philosophy agreed with those prevalent in our own times, in supposing the existence of a permanent reality, or "substance", beneath the shifting series of phenomena, whether of matter or of mind. The substance of the cosmos was "Brahma" that of the individual man "Atman".

译文：考竺乾初法，与挽近斐洛苏非译言爱智所明，不相悬异。其言物理也，皆有其不变者为之根，谓之曰真、曰净。真、净云者，精湛常然，不随物转者也。净不可以色声味触接。可以色声味触接者，附净发现，谓之曰应、曰名。应、名云者，诸有为法，变动不居，不主故常者也。宇宙有大净曰婆罗门，而即为旧教之号。其分赋人人之净曰阿德门。二者本为同物。

上例中的补充部分是译者对"永恒实体"这一概念的解释以及对"婆罗门""阿德门"关系的阐述。当时的国人是严复译作的读者，是其翻译目的所指的对象，但对于宗教知识，国人还相对陌生，因此，这些补充内容是极为必要的。

（4）作为"厚译"的按语

将《天演论》视为"厚译"很大程度上取决于译者大量按语的添加，因为按语所含字数占了全书的三分之一。在全文35章中，仅有7章不含按语。在某些章节中，按语字数等于甚至超过了正文的字数。如上卷第十五章，按语部分共计1690字，达正文字数（812字）的两倍之多。

在按语部分，严复向读者介绍了大量的西方著作、学者及其学术思想，此外，也适时对赫胥黎的观点加以评论，论述自己的观点，抒发爱国之情，给读者带来了很大的启迪和鼓舞。以下，仅引一例加以说明。

例 8：

译文：盖生民之事，其始皆敦庞僿野如土番猺獠，名为野蛮。洎治教粗开，则武健狭烈、敢斗轻死之风竞。如是而至变质尚文，化深俗易，则良懦俭啬、计深虑远之民多。然而前之民也，内虽不足于治，而种常以强；其后之民，则卷娄濡需，黠诈惰窳，易于驯伏矣。然而无耻尚利，偷生守雌，不幸而遇外雠，驱而縻之，犹羊豕耳。不观之《诗》乎？有《小戎》《驷驖》之风，而秦卒以并天下。《蟋蟀》《葛屦》《伐檀》《硕鼠》之歌作，则唐、魏卒底于亡。周秦以降，与戎狄角者，西汉为最，唐之盛时次之，南宋最下。论古之士,察其时风俗政教之何如,可以得其所以然之故矣。至于今日,若仅以教化而论,则欧洲中国,优劣尚未易言。然彼其民,设然诺,贵信果,重少轻老,喜壮健无所屈服之风;即东海之倭,亦轻生尚勇,死党好名,与震旦之民大有异。呜呼!隐忧之大,可胜言哉!

上段文字皆选自下卷的第十四章。虽然该章正文主要论及印度和希腊的教条和习俗的不同之处,但同时也揭示了国家繁荣兴盛的道理。因此,在随后的按语部分,严复针对晚清政府在国家被侵略时的无动于衷的腐败现象,联系中国古代王朝的类似情况,指出了这些朝代昌盛或衰亡的原因,字里行间充满了忧国忧民之情。

3. 内容上的"厚译"与目的

为了实现其翻译目的,严复在《天演论》中对"厚译"的运用不仅仅反映在形式上,同时也体现于译文的内容之中,这一点在上述几例中已有体现。具体说来,内容上的"厚译"指的是原文本中所没有的、译者后来添加的译文,译者这样做旨在指出论述的精髓、解释专业术语和概念、对作者的观点进行发挥、增加比喻、介绍西方学者及其学术观点或发表评论。以下分几点加以论述。

(1) 论述精髓的突出

在翻译过程中,严复经常用几句话对某一翻译片段、某一个段落或某一章节进行总结,以这种"厚译"方式来突出译文的论述精髓。

例9:

原文:As the peculiar form of energy we call magnetism may be transmitted from a loadstone to a piece of steel, from the steel to a piece of nickel...

译文:盖羯摩可方磁气,其始在磁石也,俄而可移之入钢,由钢又可移之入镍,辗转相过,<u>而皆有吸铁之用。</u>

例10:

原文:Compared with the long past of this humble plant, all the history of civilized men is but an episode.

译文:此区区一小草耳,若迹其祖始,远及洪荒,则三古以还年代方之,<u>犹瀴渴之水,比诸大江,不啻小支而已。</u>故事有决无可疑者,则天道变化,不主故常是已。

很明显,上述两例中的画线部分为译者所加。在科学技术十分落后的中国,对磁铁的性能做进一步的说明将有利于读者的理解。在后一例中,译者通过"江河之喻"强化"小草之说",通过增加的解释和比喻,译者旨在强调事物恒变的观点,以达到提醒国民心存忧患之目的。

例11:

译文:嗟夫!物类之生乳者至多,存者至寡,存亡之间,间不容发,其种愈下,其存弥难。此不仅物然而已,墨、澳二洲,其中土人日益萧瑟,此岂必虔刘朘削之而后然哉!资生之物所加多者有限,有术者多取之而丰,无具者自少取焉而啬;丰者近昌,啬者邻灭。

此洞识知微之士，所为惊心动魄，于保群进化之图，而知徒高睇大谈于夷夏轩轾之间者，为深无益于事实也。

基于生物繁殖无限而生存资料有限的论断，严复饱含深情地写下了以上这段话，呼吁晚清政府保守分子奋起自救。译者叹喟间充满了忧国忧民之情，翻译的目的也跃然纸上。

作者前节提到的增加标题的做法也属于此类典型的"厚译"。

再以上卷第十章的标题为例，"择难"两字点明了该章主题，即人类要挑选出理想的统治者绝非易事。同理，上卷第十三章标题"制私"也是告知读者"限制自营"这一主题。多处点睛之笔，无不传递着译者的目的：心存忧患、奋起自救。

（2）术语概念的诠释

值得介绍的另一种"厚译"内容是，严复向读者介绍了大量的专业术语及其他概念，并对其中的许多概念做了进一步的解释说明，如本章的例2。

现再举两例加以说明。

例12：

原文：Neither the poetic nor the scientific imagination is put too much strain in the search after analogies with this process of going forth and, as it were, returning to the starting point. It may be likened to the ascent and descent of a slung stone, or the course of an arrow along its trajectory.

译文：今夫易道周流，耗息迭用，所谓万物一圈者，无往而不遇也。不见小儿抛堉者乎？过空成道，势若垂弓，是名抛物曲线。此线乃极狭椭圆两端。假如物不为地体所隔，则将行绕地心，复还所由抛本处，成一椭圆。其二脐点，一即地心，一在地平以上与相应也。

该例中，严复将被抛出的石子上升下降过程描述为抛物线，并随之对抛物线的概念进行了说明。译者以"垂弓"为喻体，一方面对抛物线做了形象的描述，另一方面点出了生命力先上后下的发展趋势，旨在时刻警醒国人，不可过于自营。

例13：

译文：夫如是之群，古今之世所未有也，故称之曰乌托邦。乌托邦者，犹言无是国也，仅为涉想所存而已。然使后世果其有之，其致之也，将非由任天行之自然，而由尽力于人治，则断然可识者也。

在序言部分的第六节中，赫胥黎描绘了一个无生存竞争的理想国景象。人们竭尽全力与自然抗衡并获得文明上的进步，从而建立起了地上天堂——伊甸园。在译文中，严复用"乌托邦"的意象取而代之，为中国的读者描述了另一个理想国。在增译的部分，译者指出如果能够实现这样的理想国状态，也一定是人类努力而非放纵自然的结果。

（3）原作观点的释解

在译作中，译文与原文绝对的对等其实非常罕见，尤其当我们以段落为翻译单位进行审视的时候。恰恰相反的是，译者对原文大意进行重述并对内容加以丰富的"厚译"现象却随处可见。在获得原文中心思想后，严复常按自己的语言风格对原文大意进行重述，诚然，译者使用的行文方式将更有利于晚清士大夫们的接受，而他这样做的目的便在于强调和突出自己想要表达的观点和情感，以激励国人。

例 14：

原文：Under the conditions supposed, there is no doubt of the result, if the work of the colonists be carried out energetically and with intelligent combination of all their forces. On the other hand, if they are slothful, stupid, and careless, or if they are waste energies in contests with one another, the chances are that the old state of nature will have the hest of it. The native savage will destroy the immigrant civilized man; of the English animals and plants some will be extirpated by their indigenous rivals, others will pass into the feral state and themselves become components of the state of nature. In a few decades, all other traces of the settlement will have vanished.

译文：使其通力合作，而常以公利为期，养生送死之事备，而有以安其身；推选赏罚之约明，而有以平其气，则不数十百年，可以蔚然成国。而土著之种产民物，凡可以驯而服者，皆得渐化相安，转为吾用。设此数十百民惰窳卤莽，愚暗不仁，相友相助之不能，转而糜精力于相伐，则客主之势既殊，彼旧种者得因以为利，灭亡之祸，旦暮间耳。即所与偕来之禾稼果蓏牛羊，或以无所托芘而消亡，或入焉而与旧者俱化。不数十年，将徒见山高而水深，而垦荒之事废矣。此即谓不知自致于最宜，用不为天之所择可也。

在上例中，译者为读者展现了进化所带来的截然不同的两个结果：成与败。这也是引文所在章节的主旨所在。与原文相比，译文对结果的描述更为具体生动，在为读者指明了建立和谐社会、成就千年盛世的方向的同时，传达了译者的殷切期待和救国救民的目的。

例 15：

原文：Men in society are undoubtedly subject to the cosmic process. As among other animals, multiplication goes on without cessation, and involves severe competition for the means of support. The struggle for existence tends to eliminate those less fitted to adapt themselves to the circumstances of their existence.

译文：人既相聚以为群，虽有伦纪法制行夫其中，然终无所逃于天行之虐。盖人理虽异于禽兽，而孳乳寖多则同。生之事无涯，而奉生之事有涯，其未至于争者，特早晚耳。争则天行司令，而人治衰，或亡或存，而存者必其强大，此所谓最宜者也。当是之时，凡脆弱而不善变者，不能自致于最宜，而曰为天行所耕，以日少日灭。故善保群者，常利于存；不善保群者，常邻于灭，此真无可如何之势也。

与原文相比，译者不仅陈述了"不能适应生存环境的生物将逐渐消亡"的理论，同时也论证了"适应环境者将赢得生存"的道理。在一心救国的目的的驱动下，译者进一步阐述道：善于保护社会的人将获得生存，反之亦然。

例 16：

原文：Let us understand, once for all, that the ethical progress of society depends, not on imitating the cosmic process, still less in running away from it, but in combating it.

译文：今者欲治道之有功，非与天争胜焉，固不可也。法天行者非也，而避天行者亦非。夫曰与天争胜云者，非谓逆天拂性，而为不祥不顺者也。道在尽物之性，而知所以转害而为功。夫自不知者言之，则以藐尔之人，乃欲与造物争胜，欲取两间之所有，驯扰驾御之以为吾利，其自不量力而可闵叹，孰逾此者。然溯太古以迄今兹，人治进程，皆以此所胜之多寡为殿最。百年来欧洲所以富强称最者，其故非他，其所胜天行，而控制万物，前民用者，方之五洲，与夫前古各国最多故耳。以已事测将来，吾胜天为治之说，殆无以易也。

译者对人类征服自然的行为予以肯定并以欧洲之强盛为例进行说明，同时，他也强调成功的关键在于了解自然，学会将不利因素转变为有利因素。

（4）比喻例证的添加

在《天演论》中，译者添加比喻和例证的"厚译"方式亦不鲜见，其中，有很多带有明显的中国元素和色彩。这些比喻和例证不仅使议题的描述更为生动和周详，同时由于采用了中国的古人古事，也更有利于读者的理解和接受。

例17：

原文：The prospect of attaining untroubled happiness, or of a state which can, even remotely, deserve the title of perfection, appears to me to be as misleading, an illusion as ever was dangled before the eyes of poor humanity.

译文：夫如是而曰人道有极美备之一境，有善而无恶，有乐而无忧，特需时以待之，而其境必自至者，此殆理之所必无，而人道之所足闵叹也。窃尝谓此境如割锥术中，双曲线之远切线，可日趋于至近，而终不可交。虽然，既生而为人矣，则及今可为之事亦众矣。

例18：

原文：Were there none of those artificial arrangements by which fools and knaves are kept at the top of society instead of sinking to their natural place at the bottom, the struggle for the means of enjoyment would ensure a constant circulation of the human units of the social compound, from the bottom to the top and from the top to the bottom.

译文：曰世治之最不幸，不在贤者之在下位而不能升，而在不贤者之在上位而无由降。门第、亲戚、援与、财贿、例故，与夫主治者之不明而自私，之数者皆其沮降之力也。譬诸重浊之物，傅以气脬木皮；又如不能游者，挟救生之环，此其所以浮，而非其物之能溯洄凫没以自举而上也。使一日者，取所傅而去之，则本地亲下，比终归于其所。而物竞天择之用，将使一国之众，如一壶之水然，爇之以火，而其中无数莫破质点，暖者自升，冷者旋降，回转周流，至于同温等热而后已。

在上面列举的前一例中，译者借双曲线之特性以说明实现完备社会之困难。在后一例中，译者抓住原文要义，将愚人处于社会上层而无以降的情形比作是带着救生圈，将自然选择的作用比作壶中正被加热的水，从而使得译文更为丰富和生动，也更加具备说服力。

例19：

原文：Social organization is not peculiar to men. Other societies, such as those constituted by bees and ants, have also risen out of the advantage of co-operation in the struggle for existence.

译文：虽然，天之生物，以群立者，不独斯人已也。试略举之：则禽之有群者，如雁如乌；兽之有群者，如鹿如象，如米利坚之犁，阿非利加之猕，其尤著者也；昆虫之有群者，如蚁如蜂。凡此皆因其有群，以自完于物竞之际者也。

例20：

原　文：Surely Edipus was pure of heart; it was the natural sequence of events—the cosmic process—which drove him, in all innocence, to slay his father and become the husband of his mother... what constitutes the sempiternal attraction of Hamlet but appeal to deepest experience of that history of a no less blameless dreamer...

译文：人为帝王，动云天命矣。而青吉斯凶贼不仁，杀人如薙，而得国幅员之广，两海一经。伊惕卜思，义人也，乃事不自由，至手刃其父而妻其母。罕木勒特，孝子也，乃以父仇之故，不得不杀其季父，辱其亲母，而自割刃于胸。

例19中，为了证明社会组织并不是人类所特有的，除了作者所举的蜜蜂和蚂蚁的例子，译者还以大雁、乌龟、鹿、象、牛及猕猴为例进行补充论证。在例20中，译者以中国古代帝王成吉思汗为例对"恶有恶报、善有善报"的说法进行质疑。俄狄浦斯（严复译为"伊惕卜思"）和《哈姆雷特》中的典故对于晚清的士大夫们而言十分陌生，增加成吉思汗的例子将有利于读者的理解，同时也使译者的论证更加有说服力。

（5）学者及思想的介绍

在译文中，尤其是在按语部分，严复也以"厚译"的方式对许多西方学者及其学术思想进行了介绍，其中有些学者是正文中所提及的。译者进行介绍，一方面有利于加强论证，另一方面正如严复在下卷第七章所言，他所提供的丰富的信息和材料为士大夫们提供了更多的参考。

例21：

译文：斯宾塞群学保种公例二，曰：凡物欲种传而盛者，必未成丁以前，所得利益，与其功能作反比例；既成丁之后，所得利益，与其功能作正比例。反是者衰灭。其《群谊篇》立进种大例三：一曰民既成丁，功食相准；二曰民各有畔，不相侵欺；三曰两害相权，已轻群重。此其言乃集希腊、罗马与二百年来格致诸学之大成，而施诸邦国理平之际。

从上例看来，在严复添加的斯宾塞保卫种族的言论中实际上蕴含了实现政治成功的真理，译者旨在借这一"厚译"内容批判统治者的昏庸，激励他们学习西方诸国的经验以帮助中国变得强大，屹立于世界之林。

例22：

译文：达尔文《原人篇》，希克罗德国人《人天演》，赫胥黎《化中人位论》，三书皆明人先为猿之理。而现在诸种猿中，则亚洲之吉贲音奔、倭兰两种，非洲之戈票拉、青明子两种为尤近。何以明之？以官骸功用，去人之度少，而去诸兽与他猿之度多也。自兹厥后,生学分类,皆人猿为一宗,号布拉默特。布拉默特者,秦言第一义也。

在此例中,严复列举了达尔文的《原人篇》,希克罗(Haeckel)的《人天演》,赫胥黎的《化中人位论》以支撑其前面的论断,即动物是人类的祖先。

值得一提的是,在下卷的第十一章中,严复用了近 2000 字的笔墨对赫拉克利特(Heraclitus)、苏格拉底(Socrates)、柏拉图(Plato)以及犬儒主义(Cynicism)和斯多葛主义(Stoic)进行了介绍。译者提供大量资料进行"厚译"的目的在于,激励士大夫们从中汲取西方的先进思想,投入救国救民的战斗中去。

(6)作为"厚译"的评论

身为译者,严复并非赫胥黎观点始终如一的维护者,有时他会对原作者的观点进行评点式的"厚译",使读者依照他所期望的方式理解译文。

例 23:

译文:赫胥黎保群之论,可谓辨矣。然其谓群道由人心善相感而立,则有倒果为因之病,又不可不知也。盖人之由散入群,原为安利,其始正与禽兽下生等耳,初非由感通而立也。夫既以群为安利,则天演之事,将使能群者存,不群者灭;善群者存,不善群者灭。善群者何?善相感通者是。然则善相感通之德,乃天择以后之事,非其始之即如是也。其始岂无不善相感通者?经物竞之烈,亡矣,不可见矣。赫胥黎执末以齐其本,此其言群理,所以不若斯宾塞氏之密也。且以感通为人道之本,其说发于计学家亚丹斯密,亦非赫胥黎氏所独标之新理也。

例 24:

译文:赫胥黎氏之为此言,意欲明保群自存之道,不宜尽去自营也。然其意隘矣。且其所举泰东西建言,皆非群学太平最大公例也。太平公例曰:"人得自由,而以他人之自由为界。用此则无前弊矣。斯宾塞《群谊》一篇,为释此例而作也。"

从以上两例中,可以明显看出严复对赫胥黎观点的异议。在前一例中,严复认为赫胥黎倒因为果,因为在社会建立后才有良心的形成。而在后一例中,严复批评赫胥黎观点的狭隘之处,指出人类的自由必须以他人的自由为前提。此外,评论中也不难看出译者对斯宾塞的称赞。

需要说明的是,以上各类"厚译"中所列的某些例子并不仅仅局限于作者所列举的类别。在很多情况下,一个例子涉及多种"厚译"方式。这些情况,我们已在相应的章节中做出了说明。

四、严复"厚译"的文化诱因

严复的"厚译"源于其翻译目的,受到其读者对象和社会环境的影响。正如勒菲弗尔所言:"翻译从来不是凭空而生的。"一部翻译作品的诞生与其所处的社会文化背景有着密不可分的联系,严译《天演论》也不例外。在勒菲弗尔看来,翻译是对原文的一种操纵,通过操纵使文学以特定的方式在特定的社会发挥作用。赫曼斯也曾断言:操纵学派相信所有的翻译都出于某一目的对原文进行了一定程度的操纵。在赫曼斯看来，文学（包括翻译）是一个受到双重机制控制的体系。"一个机制从外部对文学进行控制，使该环境内的关系得以确立；另一机制用于维持文学体系内部的秩序，使其依照外部机制所建立的标准发展。"作者认为，译者是译文的直接操纵者，当然这种操纵绝不是随意进行的，任何翻译行为的背后都有其目的，除了意识形态、诗学、赞助人的因素外，译者心中的目标读者也影响或限制了他对翻译的操纵。一般说来，诗学在文学体系内部起作用，而意识形态、赞助人和读者对象则在文学体系外部运作。

（一）意识形态的影响

勒菲弗尔将意识形态归为决定翻译作品意向的基本因素之一。意识形态决定了译者将要采用的翻译策略，也提出了解决原文"话语习惯"（即为原文作者所熟知的物体、概念、习俗）以及原作所用语言等相关问题的途径。此处，勒菲弗尔所强调的意识形态为译者的意识形态，而译者的意识形态又时常"受到赞助人、下达翻译任务或负责译作出版的个人或机构的影响"。由于翻译总是在某一社会的特定时间段内进行，译者所处社会的意识形态将会对译者的意识形态造成影响，从而影响到译者对原文以及翻译策略的选择，严复所处的晚清社会的翻译活动也同样如此，严复的"厚译"就与晚清社会的意识形态以及他个人的意识形态息息相关。

1. 社会意识形态的影响

1840年是近代中国的一个转折点，鸦片战争的爆发、《南京条约》的签订，给中国写下了耻辱的一页。帝国主义列强在半殖民地半封建社会的中国大地上展开了一场史无前例的掠夺和侵略。面对千疮百孔的国土，有识之士被迫认清现实，诉诸西学，严复便是其中的代表。

列强通过第二次鸦片战争与中国签订了一系列不平等条约，在中国获得了前所未有的特权，表面上一切看似回归平静，实质上则暗流汹涌。在这样一个大背景下，统治集团内部一些较为开明的官员开始主张学习西方先进的社会制度和文化体系，利用西方先进的科学技术和生产方法达到强兵富国、摆脱困境、维护清朝统治的目的。这些官员被称为"洋务派"，以李鸿章、张之洞、左宗棠为代表。自19世纪60年代起，洋务运动持续了近30年。但是，在当时的中国，不改变封建制度，单纯学习技术，其失败命运是不可避免的。

在甲午战争失败和民族危亡激发民族意识的前提下，1894年，一批知识分子崛起了。他们主张通过学习西方的政治、社会、经济理论来实现维新。这种维新思潮催生了以康有为和严复为代表的一代人，并最终导致了1898年戊戌变法的爆发。虽然变法最后以失败结束，但是，这段时期对西方科学文化和民主思想的传播，特别是对科学地追求真理、讲究实践、实事求是精神和民主、平等自由理念的传播，对中国早期现代化具有重要的思想启蒙意义，影响深远。

回眸19世纪下半叶，残酷的社会现实催生出一批顺应时代潮流的救国知识分子。他们心系民族兴亡,清醒认识到形势险峻,于是轰轰烈烈地展开救国运动。

2. 译者的意识形态的影响

除了社会意识形态的影响之外,译者个人的意识形态对翻译策略的选择也非常重要。如上所述,严复就成长和生活在这样一个充满动荡的社会环境之中。一方面,在海外的留学经历使其见识了西方的强大及先进的政治体制;另一方面,中国政治经济的落后以及遭受侵略的现状使其焦急万分。两种截然不同的现状在译者心中形成了强烈的对比,因此,严复认为要使中国强大,首先必须对国人进行思想启蒙,而翻译西方的启蒙性著作成了他实施启蒙的途径。在这种个体意识形态的支配下,严复选择了赫胥黎的《进化论和伦理学及其他》,并采取了与他人不同的翻译策略,最终成就了《天演论》这部"厚译"作品。同时,他也向人们表明,有什么样的目的和意识形态,就会制作出什么样的译品。

正是因为两种意识形态的作用,严复采用了多种"厚译"方式来达到自己的目的。从以上论述中,不难发现如下几个特点。

第一,在译文中,严复重新划分了章节。为了使读者能够更好地理解进化论和伦理学的理论,他对某些专业术语和概念逐一进行解释,因为这些术语和概念对于生活在长期闭关锁国社会的国人而言是极为新鲜的。其一,其中某些术语和概念是赫胥黎提及的,而有些是译者自己添加的。如前文中的例1即是对地名的解释,例2是对几何增长这一概念的诠释,例12和例13也属于此类情况。其二,为了实现更好的理解效果,译者增加了比喻或例证,如例17至例20所示。这些增加的部分是对原议题的进一步发挥,但比原文更加生动具体,更加贴近中国的文化。其三,严复唯恐读者理解不够透彻,时常以"厚译"以点明现象背后的理论精髓,如例9和例10。

第二,本着保种救国的目的,译者给读者提供了大量的背景知识,包括对西方学者及其思想、著作的介绍,以期从中获得改革的动力和支持。严复在《译例言》中写道:"原书多论希腊以来学派,凡所标举,皆当时名硕。流风诸论,泰西两千年之人心民智系焉,讲西学者不可不知也。兹于篇末,略载诸公生事,粗备学者知人论世之资。"严复在译文中大量增加的部分恰恰是译者这一目的的体现,他希望读者能从先进的理论中受益,意识到眼前的危机,从而找到救国的出路。

第三,严复意识到仅仅以"厚译"方式增加一些介绍性的内容不能够满足其警示国民的需要,于是他选择用评论以及抒情性文字表现。诸如例8、例11中"呜呼!""嗟夫!"之类的感叹在译文中极为常见,而在这些感叹的背后饱含的是译者对当时的政府坐视不管的憎恨以及对仁人志士采取断然措施救国救民的急切呼吁。如例15和例16所示,译者对"适者生存""生存竞争"等概念的反复描述,实际上是向内忧外患的国人敲响警钟,译者有关古代中国以及西方国家强大因素的讨论,实则是为国人指明出路。

论及严复在译文中进行评论的"厚译"策略,我们有必要先回到译者选择原作这个问题上来。毫无疑问的是,严复选择的原作在西方世界享有很高的声望,对西方社会以及人民也产生了深远的影响。如果严复仅仅是想将进化论介绍到中国，他完全可以选择达尔文的《物种起源》，但为何译者最终选择了赫胥黎的《进化论和伦理学及其他》呢？与达尔文的《物种起源》不同，后者仅是以进化论为基础，关注的是社会伦理学。在书中，赫胥黎反对斯宾塞的政治主张。因此，译者一方面通过揭示生存竞争始终存在、不适者将在自然选择中灭亡的道理，向国人示警；另一方面，赫胥黎对斯宾塞的主张的反对正好符合译者的主张。但是，严复绝非赫胥黎或斯宾塞绝对的支持者或反对者，他所持有的不同意见也正是其进行评论的原因。由此一来，读者便会在译者的引导下，按照译者期望的方式理解译文（参见例23、例24）。

总而言之，在社会和个人意识形态的影响下，译者在翻译过程中采取了增加解释、介绍、评论等方式，成就了这部"厚译"作品。同时，"厚译"也体现了社会和译者的意识形态。我们不难发现，在翻译过程中严复实际上扮演了译者和思想启蒙家的双重角色。龚书铎在《中国近代文化概论》中曾这样评论道：在现代中国，思想家不断地产生新的思想，但是，他们真正关心的事情只有两个：第一，如何解决民族危机的问题；第二，如何帮助中国摆脱贫困和落后，如何富国强民。严复所承担的正是这种历史责任，而且我们可以大胆地断言，正是其启蒙思想家的角色催生了该部作品。

（二）诗学的影响

在意识形态之外，诗学也是影响翻译方法的重要因素。诗学主要由两大因素构成：一类是文学手段、风格、主题、典型人物和环境以及符号；另一类是人们对文学在整个社会体系中所扮演的角色或者应当扮演的角色的认识。前者属微观层面，主要指的是文学表达的形式和手段；后者属宏观层面，指的是在某一特定社会中文学所发挥的功能。作为文学体系的一部分，一方面，翻译受到特定社会主导诗学的影响；另一方面，当现有的诗学不能够满足人们需要的时候，翻译能呼唤并刺激新诗学的产生。因此，"翻译总是在重铸其所在文化的诗学，使其取悦新的听众，从而保证译文真正为人们所阅读"。同时，译者"经常通过翻译影响其所属时代诗学的演变"。下面，我们来考察一下严复所处时代的文学现状和诗学特征。

1. 19世纪下半期的文学现状

文学作为一种艺术形态，具有意识形态的基本性质。在现实中，文学往往受制于政治和经济因素，为意识形态服务。清末的中国闭关锁国，知识分子仅专注于中国的历史文化，因此，鸦片战争的爆发给士大夫们带来了巨大的冲击和影响。于是，他们开始警醒，开始意识到仅仅满足于本国文化是不能够长治久安的，只有开放和学习才能进取，才能救国救民。在当时社会的多元系统中，文学陷入了危机，翻译遂外于"中心"地位。

这种"危机"状态和翻译的地位与佐哈尔（Zohar）在其多元系统理论中描述的情况有吻合之处。佐哈尔认为，在文学多元系统中，翻译将占主导地位的情形有三种：即当目标语文化非常"年轻"或处于形成过程中的时候；当文学处于"边缘"或／和"弱势"状态的时候；当文学正经历一场"危机"，处于文学真空或转折点的时候。19世纪下半叶的中国正经历着这样一场危机，呼唤着新思想和新文学的产生。而作为文学的一种重要形式，翻译被委以了解决危机的重任，士大夫们求助于翻译为其代言。如上文所述，魏源主张的"师夷长技以制夷"就迈出了向西方学习的第一步，洋务运动的支持者们也尝试着翻译大量的科技书籍，起到了一定的积极效果。严复精心打造的《天演论》正好应时代需要而生，其丰富的"厚译"内容也正好满足了士大夫们的愿望和社会所需。

中国的传统文化诗学对"厚译"的形成发挥了重要作用。严复的生活和求学经历培养了他雄厚的西学底蕴和扎实的古文基础，严复对诸如《史记》《四书》《五经》之类的先秦诸子百家的作品十分熟悉，作品中典雅的措辞和微妙的论证在严复的脑海里打下了深刻的烙印，这烙印也延续到了其译作中。《天演论》中便处处体现出这种文辞上的清雅之风和旁征博引。如《易经》中的"天造草昧"，《孟子》中的"天时、地利"，悉数为己所用。冯君豪在其编写的《天演论》注解中对这些词进行了详细的出处探究和分析，力求明了。

就"厚译"而言，严复在译文中常用到中国典故，从而与西方的典故形成类比或对比。上文例3中提及的"卜式"为西汉时期的牧羊人，在例4中，译者引用《诗经》中的典故以析国家强盛和衰亡的原因。严复在正文后添加按语的做法便源于《史记》。再者，作为桐城派大师吴汝纶的弟子，严复深受桐城文化的熏陶，这对《天演论》这部"厚译"作品的产生也起了较大影响，对此，我们将予以进一步的分析。

2. 桐城派诗学的影响

桐城学派是中国古代文学史上最具影响力的学派之一，其历史长达两百多年，几乎伴随整个清朝的兴衰。由于该学派的先驱戴名世、开创者方苞、推动者刘大櫆、集大成者姚鼐，以及后来的传播者姚莹、吴汝纶、姚永朴均为安徽桐城人，桐城派便由此得名。

尽管各有所长，但是，桐城派的艺术风格却是这些文学名家所共享的。其一，他们强调思想和艺术或内容与形式的高度统一。方苞之"义法"作为该学派的基本准则之一，追求的是言之有物、言之有序。其二，崇尚"雅洁"即以精准的词语表达丰富的内容。其三，推崇"雅正"，即指文字的优雅、华丽和自然。以姚鼐的"八字标准"给桐城学派的诗学之风做总结最为恰当，即神、理、气、味、格、律、声、色。具体而论：神，是指作者的精神以及作品的神韵；理，是指内容的真实性和逻辑性；气，是指作品的气势和力量；味，是指作品的持久魅力；格，是指风格和结构的多样性；律，是指作品内在具体的规则；声，是指音调的抑扬顿挫；色，是指作品的文学色彩。

桐城学派的诗学风格对严复的影响深远。主要体现在其措辞以及他对古雅风格和艺术感染力的追求上，也正是他的这种追求，促成了"厚译"的产生。译者通过增词加句以达到文章的韵律美，通过采用诸如比喻、排比、对偶、顶真等修辞手法使译文的辞藻更加华丽，文章整体也更具气势，如例17、例18；例5是通过增加短语实现文章抑扬顿挫的效果；例6则采用顶真增加译文气势，同时也使论证更具逻辑性，现再举一例加以说明。

例 25:

原文: The walls and gates would decay; quadrupedal and bipedal would devour and tread down the useful and beautiful plants; birds, insects, blight, and mildew would work their will.

译文: 假其废而不治,则经时之后,外之峻然峙者,将圮而日卑;中之浏然清者,必淫而日塞。飞者啄之,走者躏之;虫豸为之蛊,莓苔速其枯。

在上例中,译者在描述一座花园衰亡的过程中使用了排比句,显然"中之浏然而清者必淫而日塞"一句所提及的内容为原文所缺,该句的添加无疑增加了译文的艺术感染力。

值得一提的是,桐城学派的诗学特征与先秦、西汉的文风具有一脉相承的气质,也正是这些因素共同作用于严复的文体,对"厚译"的形成产生了间接的影响。

(三)赞助人的影响

根据上文的描述,在意识形态与诗学之外,赞助人的作用对翻译的影响至关重要。赞助人指的是"类似于权威的个人或机构,该个人或机构能够推动或阻碍文学的阅读、写作或改写"。赞助人总是努力将文学体系和其他体系归结在一起,从而推进一个社会、一种文化的诞生。根据勒菲弗尔的理论,构成赞助人的因素主要有三种:其一是意识形态因素,该因素限制形式和主体的选择和发展;其二是经济因素,指的是那些作家以及作品的重写者通过获得一笔酬金或者一份任职的方式以求生存;其三是地位因素,指的是对作家及作品重写者的某种社会地位的认同。当这三种因素由一人掌控时,所体现出的赞助人因素是统一的;如果由多方掌控,则赞助形式体现为分散的形式。现在,我们来看看严复的《天演论》的赞助方式有什么特征。

从海外留学回国后严复曾师从吴汝纶学习古汉语。在严复翻译《天演论》的过程中,吴汝纶实则扮演了赞助人的角色。吴汝纶是曾国藩的弟子,多年辅佐曾国藩和李鸿章,他曾任教于保定莲池书院,晚年担任京师大学堂校长。在考察了日本的教育之后,他回到家乡建立了桐城小学,即后来的桐城中学。凭借其丰富的经验和广博的学识,吴汝纶成功地担当起了赞助人的角色,对其他作家的思想意识施加影响。

从"厚译"的角度来审视,吴汝纶对严复的影响主要体现在三方面。首先,身为桐城派大师并作为严复的老师,他对严复文体风格的影响是潜移默化的,如先前所述,文体风格对"厚译"的产生起到了间接的影响。在与严复讨论翻译的时候,吴汝纶再次强调了桐城派的"雅洁"之风。其次,吴汝纶是洋务运动的绝对支持者并积极倡导向西方学习。在与严复的一封信中,他表达了自己对民族危机的担忧并对严复予以了高度的赞扬。他写道:"是二者,盖近今通弊,独执事博涉,兼能文章。"在吴汝纶的眼中,严复正是拯救中国的合适人选,而吴汝纶和严复在意识形态方面的共同认识也是造就"厚译"的另一间接原因。最后,吴汝纶曾对严复的翻译方法直接提出过十分具体的建议。在1897年写给严复的信中,他这样写道:"下走前抄副本,篇各妄撰一名,今缀录书尾,用备采择。"在1903年版的《天演论》中严复采纳了吴汝纶给出的所有标题,而在其之前的版本中这些标题均未出现。在后续的修订过程中，严复对吴汝纶给出的标题进行了修改，最终采用了吴汝纶列出的上卷的十七个标题和下卷的十一个标题。以上论述可见，添加标题的做法源于吴汝纶之意，严复采纳了其意见并加以改进。由此，我们可以看到作为赞助权威的吴汝纶是如何推动了《天演论》的生成与出版流通的。

（四）读者对象的影响

除了勒菲弗尔提到的意识形态、诗学、赞助人三大因素外，读者对象也是文本操纵中不容忽视的一个因素。翻译总是一种有目的的活动，译者在执行翻译活动的时候总有其特定的目标读者，并根据其心中的读者对象确定语言风格和翻译策略。

严复也有其明确的读者对象，即士大夫阶层。之所以将读者定位在士大夫阶层，是因为他非常清楚士大夫们在晚清社会的影响力，要对中国国人进行思想的启蒙必须从士大夫们开始。这些士大夫都接受过良好的教育，通过科举走上仕途的他们对古文，尤其是桐城文风大为推崇。为了能够吸引士大夫们的注意力，严复采用士大夫所熟悉和青睐的文字和风格，运用多种修辞手法，使其译文真正满足士大夫们的精神享受，进而促使他们从中警醒，致力于对中国的改造和发展。

同时，严复也很明白，译文所论述的内容对于士大夫们而言是相当陌生的，会使译本较难接受。为此，严复使用了许多中国的典故或名人言论来加以说明，例3便是如此。现再举两例做进一步说明。

例26：

原文：And, though one cannot justify Haman for wishing to hang Mordecai on such a very high gibbet, yet, really, the consciousness of the Vizier of Ahasuerus, as he went in and out of the gate, that this obscure Jew had no respect for him, must have been very annoying.

译文：李将军必取霸陵尉而杀之，可谓过矣。然以飞将威名，二千石之重，尉何物，乃以等闲视之，其憾之者，犹人情也。案：原文如下：埃及之哈猛，必取摩德开而枭之高竿之上，亦已过矣。然彼以亚哈木鲁经略之重，何物犹大，乃漠然视之，门焉再出入，傲不为礼，其则恨之者，尚人情耳！今以与李广霸陵尉事相类，故易之如此。

在上例中，李广是西汉的大将军，该典故出自《史记》。译者选择了李广的典故与哈猛的典故加以类比，旨在使读者更易理解和接受译文，达到潜移默化的影响效果。

例27：

原文：As he utters the words, nay, as he thinks them, the predict ceases to be applicable; the "is" should be "was".

译文：方云一事为今，其今已古，且精而核之，岂仅言之之时已哉！当其涉思，所谓今者，固已逝矣。赫胥黎他日亦言：人命如水中漩洑，虽其形暂留，而漩中一切水质刻刻变易。一时推为名言，仲尼川上之叹，又曰：回也见新，交臂已故。东西微言，其同若此。

在上例中，"川上之叹"一词出自《论语》，"交臂"则出自《庄子》。译者之所以使用中国古代哲学家的言论，旨在呼应士大夫们的接受视域，增强译文的说服力，使士大夫们乐于接受译文的观点。此外，译者对不熟悉的专业术语和概念进行诠释、说明的做法也是出于同样的目的，对西方学者及其学术思想的介绍是在为士大夫们打开眼界。关于这些，已有很多相关例证，此不赘述。

综上所述，正是社会和译者的意识形态、诗学、赞助人以及读者对象这四个因素相互作用促成了这部"厚译"作品——《天演论》的产生。严复的《天演论》对中国社会的变革和思想启蒙产生了深刻的影响，同时，也成为翻译界百年歌颂的历史丰碑。

第三节 "厚译"的社会影响、价值、理论意义与反思

通过以上的描述和分析，我们完全有理由断言，作为"厚译"作品的《天演论》是意识形态、诗学、赞助人和读者对象这些因素共同作用的结果，与译者的翻译目的有着密不可分的联系。作为"厚译"作品的《天演论》对当时的国人，尤其是士大夫们产生了深远的影响。在下文中，我们将对《天演论》的社会影响以及"厚译"的价值和理论意义做一探究。

一、"厚译"《天演论》的社会影响

作为一部"厚译"作品，《天演论》所产生的影响是巨大的，而它的成功很大程度上取决于译者所采取的翻译策略。

在1898年正式出版之前，《天演论》便在维新人士之间广为流传并且获得了很高的评价。1897年，严复将手稿寄至吴汝纶，希望得到一些修改意见并为其作序。在给严复的信中，吴汝纶写道："得惠书并大著《天演论》，虽刘先主之得荆州，不足为喻。"在信中，吴汝纶对弟子严复的赞美显而易见。吴汝纶曾一度将《天演论》秘置枕中，并在其为《天演论》所作的序言中对严复的语言给予了很高的赞誉，认为严复的语言与晚周诸子相比不相上下。严复也将手稿寄至梁启超，梁启超读后爱不释手。随后，梁启超又将一副本寄送康有为阅读，读完译本之后康有为感叹自己无法表达对严复的敬佩之情。

1898年正式出版后，《天演论》在国内引起了轰动，共有三十多个版本陆续出版，其版本数量和再版次数在中国出版史上是一个奇迹。一些小学教师将《天演论》选作教材，一些老师以"物竞天择，适者生存"为题进行作文。学生时代的鲁迅就对《天演论》十分着迷，他曾回忆道："我知道一本书叫《天演论》，周日去城南买来一读，发现内容实在很精彩。原来有一个叫作赫胥黎的人坐在书房里思考了这么多，我爱不释手，读着读着，'生存竞争'也出来了，'自然选择'也出来了，苏格拉底也出来了，柏拉图和斯多葛也出来了。"此外，还有许多人以《天演论》中流行的名词取名，如：自立、自主、竞存、天

择等。胡适原名胡洪骍，其名"适"字便出于"物竞天择，适者生存"一句。

谈及《天演论》产生的社会影响，孙宝瑄这个人物值得一提。在生前，孙宝瑄曾写下了大量的日记，以《忘山庐日记》之名进行出版。根据俞政的统计数据，其中有十篇日记与《天演论》有关，从这些日记里也可以看出孙宝瑄的思想发展历程。在日记中，孙宝瑄基于严复的翻译发表了很多意见，其中论述大多围绕斗争、人口和民族危机等议题而展开。一开始，他并不完全赞同严复的看法，但随着阅读的进一步深入，他逐渐被严复所说服，继而对其观点进行补充和发展。

《天演论》的成功不仅仅表现在其流传的广度上，更在于读者能够领会译者的用意并与译者达成共识。在前面的章节中，我们反复论述过严复翻译《天演论》的目的便在于启迪国人，唤醒他们的救国意识。从《天演论》的影响来看，译者实现了他的翻译目的，这一点我们可以从吴汝纶撰写的序言中找到证据："抑严子之译是书，不惟自传其文而已，盖谓赫胥黎氏以人持天，以人治之日新，卫其种族之说，其义富，其辞危，使读焉者怵焉知变，于国论殆有助乎？"孙宝瑄在日记中也写道："诚如斯言，大地之上，我黄种及黑种、红种其危哉。"从以上叙述中可知，正如译者所期望的那样，读者在《天演论》中读到了民族所面临的危机以及变革的必要性和紧迫性。它撼动了人们的心灵，震醒了国人的灵魂。自此，中国开始走上了启蒙、保种、救国的道路。

《天演论》的成功绝非偶然。一方面，读者被其华丽的语言和典雅的风格所吸引；另一方面，译文中所含的大量信息也恰好满足了读者的需求。从以上的论述中不难发现，严复特意选择了古雅的文体和语言，并有意增加了解释、评论和其他补充性的文字，从而促成了该部"厚译"作品的诞生。也正是译者所采取的特殊的翻译策略——"厚译"为这部译作带来了成功的效应。

究竟《天演论》带来了怎样的社会影响？又是怎样推动中国历史进程的发展的呢？应当说，《天演论》是推动中国革命进程的原动力。严复呼吁国人救国救民的目的在译文中显而易见，尤其是其增加的译文。如例 8 中所述，在按语部分严复论述了一个国家强大或弱小背后存在的原因，表达了对晚清政府不觉醒无作为的忧虑。在例 11 中，严复呼吁晚清的保守分子，如果他们仅仅是高谈阔论中西的差异而不采取行动，强者将更强而弱者将更弱，这于现实的改变是毫无裨益的。总的说来，译文中反复强调的"适者生存"，提醒着国人其所处的弱势地位、以激励其革命的决心。译者的论述在读者，尤其是知识分子们的心中留下了深刻的印象。当然，《天演论》所产生的影响不仅仅局限于知识分子，对后起的革命家也起到了积极的引导作用。比如，在辛亥革命和新文化运动中，"进化论"思想就起到了积极的作用，"生存竞争""自然选择"等词语就曾被辛亥革命的领导人所采纳，新文化运动的领导者也将进化论作为其理论武器，民主和科学的思想得到了弘扬，启发了中国先进的知识分子，带来了思想的解放。

几千年来，中国的封建文化一直居于统治地位。直到 19 世纪后半叶，西学的引进才开始撼动传统封建文化和封建意识形态的稳固地位。《天演论》正诞生于这一关键的中国文化转型时期，并发挥了积极的推进作用。严复所翻译的这部著作第一次向中国读者介绍了进化论和伦理学理论，为当时闭关锁国的中国和中国人民带来了很大的冲击和震撼。在例10中，严复通过"厚译"的方式向读者详细阐释了宇宙万物变化发展的道理，强调思想解放、社会进步的重要性。《天演论》是一个符号，标志西学正式进入中国。严复也因此被誉为向中国系统介绍西方社会政治思想的第一人。几千年的封建文化根基当然不可能在一夜之间瓦解，但这坚实一步的迈出具有特殊而重要的历史意义。

二、"厚译"的价值和理论意义

综观《天演论》中的"厚译"现象，主要涉及以下六个方面的内容：其一，对西方学者及其著作和学术观点的介绍；其二，对专业术语和概念的诠释；其三，通过中国典故或增加比喻的方式进行进一步论述；其四，译者忧国忧民情绪的表达；其五，对原作作者观点的点评；其六，突出论述的精髓。从形式上看，"厚译"主要表现为以下四种形式：首先，以下标形式出现的"厚译"，有些以"案"字为标记；其次，"厚译"表现为章节的重新划分以及标题的添加；再次，正文中添加的词句；最后，正文后添加的按语，并带有明显的如"复案"或"又案"的标记。作为一种翻译策略，"厚译"的价值在于丰富译文，弥补中西方文化的差异，促进读者对译文的理解和接受。

或许，按当前翻译界普遍认同的"忠实"标准来看，严复翻译《天演论》并未百分之百"忠实"于原文和原作者。但《天演论》译本"厚译"策略背后所蕴含的深刻背景和目的意识是不容忽视的。作为社会文化的历史产物，《天演论》的翻译作为一剂强心针推动了社会发展。从这个角度出发，我们能够更好地理解严复作品中所呈现的翻译策略和翻译特色，肯定其积极影响。通过"厚译"，可以弥补不同语言间的文化差异，为作者和读者之间搭建起一座桥梁，从而使读者更好地理解原文并接受译文。具体就《天演论》而言，在将西方著作介绍到中国的过程中，严复引用中国的人物和事件进一步论述，对专业术语和概念进行解释，一方面使读者更容易接受其译本，另一方面也有利于其思想和目的深入人心。同样，我们在将中国作品，尤其是诸如《道德经》《红楼梦》《论语》一类的传统文学著作翻译成外文的时候，同样可以运用"厚译"的策略对与中国传统文化息息相关的概念、意向或事件进行补充说明，使译文读者更好地理解原文。

"厚译"对译文的丰富主要体现在以下两个方面：一即内容，二即语言。以《天演论》为例，从内容的角度看，译文中的"厚译"部分为读者提供了相关的背景知识乃至评论；就语言而言，译者对桐城派文体的崇尚间接地增加了译文"厚译"的色彩，也正是古雅的语言风格和文体帮助译者赢得了其心目中的读者。鉴于当时的历史背景，应当说运用"厚译"策略的《天演论》是成功的。而严复在《天演论》中所运用的"厚译"策略是否应当毫无保留地提倡和执行又是一个值得进一步讨论的问题。究竟什么时候应当采用"厚译"？"厚译"的程度又应当如何断定呢？

就科技翻译而论，概念准确、内容客观、语言标准、论述有逻辑性显得尤为重要。在科技翻译中运用"厚译"似乎极易破坏上述标准，但事情从来不是绝对的。就旅游翻译而言，会涉及许多历史典故或神话故事，这些内容都极具鲜明的当地特色，在此"厚译"就显得尤为必要了。在翻译文学作品，尤其是古典文学作品时，若想在目标语读者中获得与源语读者相同的效果，对于缺乏相关背景知识的读者而言，对某些地点、人物或是意象的进一步诠释是十分必要的。当然，不同的文本对"厚译"的要求也不同。在《天演论》中，"厚译"部分占到了全文的三分之一。如果不考虑其翻译背景，对作者的做法似乎有些难以理解。在笔者看来，严复对背景知识的补充以及对某些概念进行诠释的做法在今天依然可行，而其添加评论的做法似乎越过了译者的职责，而行评论家之职了。译者可以帮助读者理解原文，但不应代替读者理解原文，当然，《天演论》的翻译有其特殊的历史背景，应另当别论。鉴于文本的多样性和内容的差异性，"厚译"的程度绝非有统一的数字标准可行，"厚译"究竟"厚"到什么程度，要取决于翻译的目的，以及决定该翻译目的的背景，包括意识形态、诗学、赞助人和读者对象。

通过对《天演论》这个译本的分析，我们对"厚译"在理论上做了进一步的探索。值得一提的是，我们的分析主要从意识形态、诗学、赞助人、读者对象这几个因素着手。提到读者，我们同样可以在奈达的理论中找到共识。在奈达看来，翻译是意义的再生产以及意义的传递，它有两个维度：长度和难度。源语读者的理解能力与信息的结构是相符合的，该能力便由信息的长度和难度两个尺度决定。而对于目标语读者而言，理解信息的难度将有所增加，若加强信息的长度将降低信息的难度，从而有利于译文读者的消化吸收。因此，译文的长度大于原文是十分常见的一种现象。同理，为了使赫胥黎的《进化论和伦理学及其他》便于理解，在《天演论》的翻译中译者以"厚译"的形式加长了信息的长度，从而降低了其难度。从阅读与接受的角度而论，"厚译"不失为一种合适的策略。

总的说来，作为一种重要的翻译策略，"厚译"有着多样的表现形式，也承载着丰富的信息。"厚译"的价值便在于将译本置于丰富的文化和语言环境下，以弥补中西方的文化差异，从而实现读者对原文的透彻理解以及对译文的接受。虽然"厚译"的形式和内容极为丰富，"厚译"的使用也绝非是随心所欲的。译者需要牢记于心的是其所处的文化社会环境以及原文产生的历史背景，而"厚译"的"厚度"也同样取决于文本的题材风格及其所产生的社会背景。

三、对翻译策略与文化目的的关系的反思

如前所述，严复"厚译"策略的选择无不与翻译目的息息相关。在民族危机、生死存亡的背景下，在救国救民、振兴中华思想的指引下，严复通过"厚译"向人民揭示了他们应有的危机意识和应该担负的历史使命，使得读者能够依照译者的目的去理解译文、感受其中的深意。在"厚译"的背后，是译者为自己或者赞助人的翻译目的服务。在翻译目的的关照下，翻译绝不是语言的简单理解、转化和输出，而是在特定历史文化背景下，有选择或是有修饰地输出。这种带有强烈的译者主体性的选择性或修饰性输出，其表现形式亦

是千姿百态。

在翻译过程中,译者总是有意无意地带着某种目的进行翻译活动。不同文化目的下的翻译行为常常有不同的策略,导致不同译本的产生。文学翻译如林纾,科技翻译如杜临甫,无论是"厚译"、重写还是删节,他们的作品均立足于当时的文化背景,受控于翻译目的,为译文读者提供了与传统中国社会完全不同的新的价值观念、伦理思想、社会制度、文化氛围和科学思想。此时,译文也是译者翻译目的和所选择的翻译手段和策略的体现。这种灵活变化的翻译策略,在今天也有很强的指导意义。对于外译汉而言,要翻译承载着文化目的或者历史使命的文本,在某种意义上能使译本更好地被中国读者所接受,甚至在中国的文化土壤中生根发芽,成为中华文化不可或缺的一部分。同样,对于汉译外而言,灵活的翻译策略也有利于文化的输出和被接受,以解构主义翻译家的视角来审视,文本在异域的被接受便是赋予了原作新的生命。如前文所言,"厚译"有其限度,有其特定的历史文化背景。同理,在文化目的关照下的翻译,总是在一定范围内与所谓的条例和规范相悖;然而,也正是因为对常规的打破,翻译影响了文化的发展,从而赋予了作品更多的时代意义。

第五章 翻译的主体文化研究

　　翻译的主体文化，是翻译界普遍关注的一个问题。在翻译史上，对于翻译的主体性的诉求贯穿始终，主体性正在影响着人们对于翻译与文化的认识和选择。那么，究竟谁是翻译主体？不同的学者从不同的角度进行了阐述，并得出了不同的结论。尽管看法不同，但对译者主体性的肯定，已经成为翻译界的普遍话语。本章将从翻译的主体和主体性的概念出发，结合鲁迅的翻译理论和实践，从鲁迅的弱势文学翻译中的主体性、科学翻译中的主体性和童话翻译中的主体性等三个层面入手，探讨文化转型时期的译者主体性与文化之间的关系。

第一节 翻译的主体性

　　"主体"之说源于哲学，属于哲学范畴。早在17世纪，笛卡尔（R. Descartes）就提出了"我思故我在"的哲学命题，明确地指出了人的主体性问题。后来，在黑格尔和费尔巴哈等人研究的基础上，马克思、恩格斯通过对近代主体性思想的批评完成了对主体性原则的建构，提出了唯物的、辩证的关于主体人的理论。马克思认为，主体是从事实际活动的人。这表明，马克思意义上的主体性实际上就是指人在实践活动中所表现出来的主观能动性。至于"谁是翻译主体"，学界亦众说纷纭，结论主要有四种：一是认为译者是翻译主体，二是认为原作者与译者是翻译主体，三是认为译者与读者是翻译主体，四是认为原作者、译者与读者均为翻译主体。尽管有四种看法，但不难看出，每一种认识中都包含了译者，显示出译者在翻译中的重要作用。笔者认为，作者、译者与读者都可以是翻译的主体，译者是狭义的主体，作者和读者则是广义的主体。翻译的主体性就是指翻译主体在翻译过程中的主观能动性。在不同的翻译情境下，译者主体性都起关键作用，但是，其作用与原作者的意图和读者的反应也是密切相关的。在本章中，主要探讨的是译者的主体性。

　　作为译语文化语境中的成员，译者的审美取向、意识形态、价值标准等必然会深深打上这种文化的烙印，从而影响到他的翻译行为。任何主体都不是孤立的，而是一个历史和文化的载体。因此，译者的主体性在很大程度上是文化影响的一种折射。譬如，译者对翻译材料和翻译策略的选择受到文化因素的影响，译者的翻译策略可以偏向源语文化，也可以偏向译语文化；译者既受制于与翻译相关的两种文化也可以改写这两种文化。翻译活动可以彰显译者的文化态度，也可以反映译者的文化身份，表现出他们对未来文化的选择。因此，译者作为翻译主体，其翻译目的、翻译方法和翻译心理与译者的文化需要和文化结构都是息息相关的。只有具备高超的实践技能和丰富的文化知识结构的译者，才能在翻译实践中表现和巩固自己对于客体的主导地位，从而创造出优秀的翻译作品。由此可见，翻译的主体性与文化因素密不可分。因此，对翻译的主体文化的研究就具有其独特的文化价值。

第二节　翻译的主体性具体分析

一、弱势文学翻译中的主体性

在下文中，我们将首先研究作为译者的鲁迅在弱势文学翻译活动中的主体性，进而分析鲁迅的弱势文学翻译与译者主体性在社会文化演进过程中的作用。

鲁迅大规模地从事文学翻译的"五四"时期是中国历史上重大的文化转型期。"五四"新文化运动是我国20世纪第一次产生巨大影响的思想解放运动，对当时中国的政治、学术、意识形态等领域都产生了极其深远的影响，同时也给中国的历史文化和社会各方面带来了全方位的冲击，从文化形式到文化内容都经历了深度改革，成为新思想与旧思想、新文化与旧文化的分水岭，影响了20世纪中国历史的发展进程。

在这样重要的文化转型期，鲁迅为什么会选择弱势文学翻译作为文化改造的突破口呢？回答只有两个字：需要。

需要，是主体活动的原始动力。译者在着手翻译之前，首先应该明白自己和社会的需要，根据需要进行翻译选择。广义的需要是指人对物质生活条件和精神生活条件的自觉反应，狭义的需要则专指人们对某种目标的渴求和欲望。而作为翻译主体的需要，正是以上这两种需要的综合反映。根据马斯洛（Maslow）提出的"需要层次论"，人的基本需要可以归纳为五类：生理需要、安全需要、归属与社会活动的需要（社会需要）、自我（自尊）需要和自我实现的需要。这五种需要体现了从低级到高级的层次，下层的需要若无相当的满足，上层的需要就不会满足。但是，在任何时候，主体的五个层次的需要往往都同时起作用，只是当某一种需要处于优势地位时，其他需要则处于次要地位。鲁迅从事弱势文学翻译，正是源于当时的社会文化的需要。20世纪初的中国正值晚清时期，风雨如磐，清王朝及洋务派当权，实行野蛮的封建文化专制制度。因此，当时的中国在经济上贫弱不堪，国民精神萎靡不振，文化上保守陈腐，文学佳作极为匮乏，盛行的是衰朽且贫乏的文言文和八股文。在这种恶劣的形势下，严复译介的赫胥黎的《天演论》，就宛如一股清风，吹遍了当时的中国文化思想界，也给鲁迅的思想以巨大的冲击。鲁迅开始学西方、倡科技、重"立人",主张在发展科技的同时要格外注重民族文化的重构。他认为,要改变中国乃至整个世界,必须依靠科学革命,顺应科技发展的潮流。然而,当时的国人的精神状况的低迷给鲁迅以巨大的震撼。他认为,中国当时的第一需要,是要唤醒国人的精神。因此,对"人"的精神状况非常关注的弱势文学作品,就成为鲁迅通过翻译来改造"国民性"的一个突破口。

下面,我们从弱势文学的定义着手,来探讨鲁迅从事弱势文学翻译的目的,分析其翻译作品中的主题、特点和意义,以此切入对鲁迅弱势文学翻译中的主体性的分析。

(一)弱势文学的定义

所谓"弱势文学",根据凡努蒂的定义,是指在文化、政治或文学上处于从属地位的国家的文学。处于该地位的国家的语言和文学缺乏权威性,不标准,不经典,不被那些文化上占统治地位的民族所传颂和阅读。当时的东欧和北欧的一些国家都属此列。但是,在鲁迅的翻译作品中,我们也看到一些来自俄国和日本的文学也被归入弱势文学中,这又是为什么呢?凡努蒂继续说道:"弱国还包括以下这些国家和社会群体,……在政治上处于弱势,不具有代表性,他们被剥夺了选举权,他们是被侮辱与被迫害的群体。"凡努蒂的这段话很好地回答了为什么当时的日、俄文学属于"弱势文学"的问题。在凡努蒂的理论中,这种"弱势文学"的译介被认为是"异化"理论所讨论的范畴,能使一些处于边缘或弱势阶层的文学作品通过翻译进入大众的视野,引起普遍关注和借鉴,从而彰显文化的多样性。因此,弱势文学作品往往呈现出反权威、反等级制度、反文化霸权的诗学旨趣。而这样的诗学旨趣,正好迎合了当时中国的社会文化需要,也符合鲁迅改造国民性和改造中国文化的理想目标。

据统计,鲁迅翻译的弱势文学作品主要包括:东欧、北欧的《域外小说集》,荷兰的《小约翰》,日本的《苦闷的象征》《一个青年的梦》《出了象牙之塔》《现代日本小说集》和《现代新兴文学的诸问题》;俄国的《爱罗先珂童话集》《工人绥惠略夫》《桃色的云》《坏孩子和别的奇闻》《死魂灵》《艺术论》《文艺与批评》《十月》《毁灭》《竖琴》《一天的工作》和《俄罗斯的童话》。可以看出,这些作品大部分来自东、北欧国家及日本。它们不但代表弱势国家,而且其中很多作品的主题都表现了弱国人民或弱势群体的奋斗精神,因而会进入鲁迅的视野。

(二)鲁迅翻译弱势文学的目的及其主体性

鲁迅对弱势文学作品的选择和翻译,有其鲜明的目的性。那么,首先让我们从目的的角度出发,来透视鲁迅弱势文学翻译过程中的主体性。

鲁迅翻译比较通俗的书,其目的之一是"卖钱",但翻译介绍外国文学却赔了钱。据周作人介绍,"经营了好久,总算印出了两册《域外小说集》",而且总共不过卖出了二十本。为什么明知赔钱,却还要继续做下去呢?甚至还要选择弱势文学作品呢?

鲁迅文学造诣深厚，对世界各国的文学都颇有了解。无论是对英、美、法、德等先进资本主义国家的才人巨匠、传世经典还是对东欧、北欧这些国家文学落后、乏善可陈的窘况，他都有十分精深的研究。然而，在从事文学翻译事业后，鲁迅却放弃了译介这些文学大国的作品，转而把精力放在俄国、波兰、匈牙利、荷兰、芬兰、保加利亚、罗马尼亚等东欧、北欧国家的文学作品上，主要是因为这些作品大多反映本国历史、揭露本国存在的问题，而这些问题与当时中国存在的一些问题十分相似。鲁迅热爱日本文学的翻译工作也是基于同样的原因，因为这些日本文学作品大多具有人道主义精神，能够为解决当时中国的问题提供借鉴。1909 年，鲁迅在谈到翻译《域外小说集》的原则和目的时这样写道：

《域外小说集》为书，词致朴讷，不足方近世名人译本。特收录至审慎，移译亦期弗失文情。异域文术新宗，自此始入华土。……

鲁迅又说：我们在日本留学时候，有一种茫然的希望：以为文艺是可以转移性情，改造社会的。因为这意见，便自然而然地想到介绍外国新文学这一件事。

从"异域文术新宗，自此始入华土""转移性情，改造社会"这些出自鲁迅之口的说法，不难看出鲁迅翻译这些弱势国家文学作品的目的在于传播他国的文化和新思想，以改造落后的中国，唤醒愚昧的民众。东欧、北欧等国和中国一样，长期遭受帝国主义的侵略，他们的文学也反映了本国受压迫的血泪史。鲁迅试图通过翻译这些国家的作品，让国人读到这些同样被侵略国家的民众的生活状态，引起国人的共鸣，让民众能看清当前国内的形势，从而幡然觉醒、奋而向上，改变当前受压迫的状况，这些都体现了鲁迅作为一名译者的主体性。在下面的一段话中，鲁迅更清楚明确地阐述了为什么会选择翻译外国的弱势文学。

"但也不是自己想创作，注重的倒在介绍，在翻译，而尤其注重于短篇，特别是被压迫民族中的作者的作品。因为那时正盛行着排满论，有些青年，都与那叫喊和反抗的作者同调的……因为所求的作品是叫喊和反抗，势必至于倾向了东欧，因此所看的俄国、波兰以及巴尔干诸小国作家的东西就特别多。也曾热心的搜求印度、埃及的作品，但是得不到。记得当时最爱看的作者，是俄国的果戈理（N. Gogol）和波兰的显克微支（H. Sienkiewitz）。日本的，是夏目漱石和森鸥外。"

由此可见，身处半殖民地半封建社会国家的鲁迅，在感情上靠近外国被压迫民族。他翻译引进被压迫国家的文学作品，主要是希望通过反映当地民众生活状况来折射中国的现实，以期达到改良社会、唤醒民众之目的。所以，他才会由最初醉心于翻译科幻小说转向翻译被压迫民族国家的文学作品。鲁迅率先向中国译介了波兰和保加利亚的文学作品，与周作人、茅盾一样，他也是第一批翻译芬兰和罗马尼亚等国文学作品的中国译者，他还向中国读者热情地介绍了拜伦、密茨凯维奇、果戈理、裴多菲和显克微支等作家。鲁迅之所以翻译这些作家的作品，主要是要让国人学习被压迫的民族的抗争精神，而不是从什么"艺术之宫"里伸出手来，"拔了海外的奇花瑶草，来移植在华国的艺苑"。鲁迅还这样说道：

记得世界大战之后，许多新兴的国家出现的时候，我们曾经非常高兴过，因为我们自己也是曾被压迫，挣扎出来的人民。

他说,波兰诗人密茨凯维奇"是波兰在异族压迫之下的时代的诗人,他所鼓吹的是复仇,所希求的是解放,在二三十年前,是很足以招致中国青年的共鸣的"。后来,鲁迅还回忆道:

其实,那时Byron之所以比较的为中国人所知,还有别一原因,就是他的助希腊独立。时当清的末年,在一部分中国青年的心中,革命思潮正盛,凡有叫喊复仇和反抗的,便容易惹起感应。

鲁迅之所以翻译外国文学,其根本原因在于"别求新声于异邦",以期"新国人的思想和精神",即通过翻译让国人来了解其他国家的变化,听到他国民众的心声,学习他们为国家独立富强而努力的精神,进而达到激励国人抗争、振兴国民的目的。这就解释了为什么他翻译的作品一定要能够反映被压迫民族反抗的心声以及为什么俄国文学和东欧文学的主旨更符合鲁迅的口味。《未名丛刊》里面就收入了鲁迅翻译的《小约翰》。为了尽可能多地介绍一些弱小国家的文学作品,朝华社甚至将"介绍东欧和北欧文学"确定为该社的主要任务。正因为此,鲁迅翻译了大量的反映巴尔干各国憎恶仇恨强权者的作品,东欧文学成了鲁迅关注的重点。20世纪20年代,鲁迅扩大了翻译的范围,开始翻译俄国、日本、芬兰、挪威、荷兰、丹麦、捷克、匈牙利、南斯拉夫等国家和民族的文学作品,翻译了安特莱夫、迦尔洵、阿尔志跋绥夫、爱罗先珂、武者小路实笃、夏目漱石、芥川龙之介等作家的短篇小说。

从鲁迅的译本选择上来看,他不盲目追随当时的世界文学主流,为了改变中国当时贫弱的文化和国民精神,他选择翻译那些与自己的文化目的紧密相关的文本来从事实践活动。可见,译者的主体性在很大程度上受到翻译目的和当时的文化需要的影响。

(三) 从作品的主题看鲁迅的译者主体性

鲁迅在翻译和传播外国文学工作方面满腔热忱,不遗余力。从他对作品主题的选择可以看出他强烈的译者主体意识。

《域外小说集》是近代翻译史上一部影响巨大的译作,由鲁迅与其弟周作人合译,出版于1909年,再版于1921年。该书为外国短篇小说集,共两册,收入37篇作品,其中3篇是鲁迅翻译的俄国作家的作品,包括:安特莱夫的《谩》《默》和迦尔洵的《四日》。这部小说集的作品集中反映了弱小国家受压迫、受欺凌的景况以及统治者对大众的严酷压制。鲁迅在序言中介绍说:

《域外小说集》初出的时候,见过的人,往往摇头说:"以为他才开头,却已完了!"那时短篇小说还很少,读书人看惯了一两百回的章回体,所以短篇便等于无物。现在已不是那时候,不必虑了。

这个短篇小说集中的作品,主要是表现俄国、北欧、波兰等国人民为民族解放而痛苦抗争的主题。鲁迅的目的一是为了鼓舞中国人民奋起斗争的革命士气,二是为了向中国输入短篇小说这种文学形式。虽然《域外小说集》在当时并没有带来很好的经济效益也没有产生很大的影响,但是,这本书以弱势文学为翻译对象,对于唤醒同样弱势的中国国民的斗争意识和引进新文学发挥了很大的作用，这也正是鲁迅最为看重的。因此，他不惜用"硬译"的手法来处理文本，这正是译者主体性的体现。

在鲁迅译介的外国作家作品中，有一半以上是俄罗斯文学，而在这些作家中，阿尔志跋绥夫是鲁迅最喜爱和重视的作家之一。鲁迅认为阿尔志跋绥夫是一个"主观的作家"，是俄国新兴文学典型的代表作家，属于写实派。1922年，鲁迅翻译了阿尔志跋绥夫的小说——《工人绥惠略夫》。他认为，该书中所写到的"许多事情竟和中国很相像"，譬如，"改革者、代表者的受苦，不消说了；便是教人要安本分的老婆子，也正如我们的文人学士一般"。

鲁迅认为，中篇小说《工人绥惠略夫》风格慷慨激昂，书中主人公的境遇与中国改革者的情况有诸多相似，原作的写作意图也与鲁迅的"改造国民性"的目的相当吻合，所以他很重视这部小说。在1926年的一次演讲中，鲁迅谈到了为何会翻译这部作品，他说：

那一堆书里文学书多得很，为什么那时偏要挑中这一篇呢？那意思，我现在有点记不真切了。大概，觉得民国以前，以后，我们也有许多改革者，境遇和绥惠略夫很相像，所以借借他人的酒杯罢。

"借借他人的酒杯罢"，鲁迅亲口道出了翻译《工人绥惠略夫》的目的。工人绥惠略夫手中烦闷的酒杯也反映了民国之前我们许多改革者郁郁不得志的情况，这激起了鲁迅强烈的共鸣。该书情节如下：主人公是名大学生，无政府党人，被判死刑，却得以侥幸逃脱。逃脱之后，他变换了身份，成了失业的金属旋盘工绥惠略夫，并住进了一家低等旅馆。在此，他遇到了革命时期闹过罢工、担任过工人代表、但现在却濒临绝境的铁匠，以及从无政府团体退出、改信托尔斯泰主义的穷大学生亚拉借夫。他们一起回忆革命的经历，当铁匠说到革命失败后代表们吃尽苦头、受尽磨难，而其他工人却不敢反抗，只回报他们以冷漠或无声的哭泣时，外表淡漠、表面不为所动的绥惠略夫的心中却刮起了狂风暴雨。这部作品中无动于衷的工人与当时的中国民众非常相似。鲁迅翻译这部作品就是要让国人从中看到自己的影子，进而奋起反抗。

救亡、救国、救民，是鲁迅进行弱势文学翻译的最根本目的，因此，他所选择的作品的主题大多与此相关。

在《路加福音》的题词中，鲁迅曾这样写道："正当那时候，有人在那里，将彼拉多使加利利人的血和他们的祭物，掺杂在一处的事，告诉耶稣。耶稣回答说：你们以为这些加利利人比众加利利人更有罪，所以受这害么？我告诉你们：不是；你们若不悔改，都要如此灭亡。"此处，"众加利利人"隐喻麻木自私的民众，"加利利人"隐喻绥惠略夫式的牺牲者。这使人们想起了鲁迅在仙台医专的教室里看见一个关于日俄战争的幻灯片里，一名中国人因为做间谍而被砍头，而旁边却有一群中国人在麻木地欣赏着。此情此景使鲁迅的内心受到了强烈的震动和刺激，他决心弃医从文。鲁迅对国民麻木的普遍性的认识是深刻的，因此，鲁迅选译和创作的作品里大多有这样的场景。小说《药》里就有这样令人窒息的悲剧场面：一个大时代的来临，只有孤孤单单的一个夏瑜看出来，喊出来。群众的愚昧，笼罩着整部小说。《阿Q正传》的笔法，据周作人说，是来源于外国短篇小说，其中主要是受俄国的果戈理与波兰的显克微支的影响，另外还受到了日本的夏目漱石和森鸥外作品的影响。笔者认为，鲁迅在选择文学翻译作品时，之所以偏爱以"救国""救民"为主题的作品，主要是受到了"幻灯片事件"的刺激。可见，对翻译作品主题的选择，与译者的经历和对社会的认知相关，译者的主体性的大小往往与他们的经历的坎坷程度以及对社会认识的深刻程度密不可分。

另一部作品《现代日本小说集》中收录了鲁迅翻译的夏目漱石、菊池宽、芥川龙之介、江口涣、有岛武郎和森鸥外等人的作品，包括《复仇的话》《峡谷的夜》《与幼小者》《游戏》《挂幅》等，鲁迅同时还翻译了厨川白村的很多作品。他说："作者对于他的本国的缺点的猛烈的攻击法，真是一个霹雳手。但大约因为同是立国于东亚，情形大抵相像之故罢，他所狙击的要害，我觉得往往也就是中国的病痛的要害；这是我们大可以借此深思、反省的。"通过对厨川作品的翻译，鲁迅迫切希望达到救治中国传统痼疾的目的。

鲁迅对所选翻译作品主题的选择，也反映了译者的主体意识。有几件事情可以说明这一点。第一，他翻译了大量反映苏联国内革命战争的作品。第二，他不但自己动手翻译法捷耶夫的《毁灭》，还帮助《铁流》的译者曹靖华组织出版费用。这两部小说所弘扬的英勇的战斗精神，正是当时的中国所需要的，因而鼓舞了当时在共产党领导下的革命战士的士气，同时也使广大读者由此及彼，联想到本国现实，坚定了对斗争胜利的信心。

为了让中国人民进一步正视中国的现实，鼓起革命斗志，鲁迅还翻译了果戈理的作品《死魂灵》。在鲁迅看来，《死魂灵》就是折射中国社会的一面多棱镜，从中不但可以反观自己，看到中国的遭遇与小说中的描述非常相近，也可以让人民感受到饱受侵略的人们是如何坚强地进行斗争的。只有互相支持，努力奋斗，才能取得全世界革命斗争的最后胜利。由此可见，鲁迅是有意识地把翻译事业与被压迫人民和民族的解放斗争紧密相连，与中国革命的需要紧密相连。作为译者主体，鲁迅就是这样十分自觉地把个人的专长与国家利益和人民的利益紧密地联系在一起，充分显示了主体性的发挥与文化需要和环境改造之间的关系。

鲁迅主张文学应当"为人生"。他认为19世纪以来的俄国文学就是"为人生"的，无论它的主意是在探究，或在解决，或者堕入神秘，沦于颓唐，而其主流还是一个：为人生。鲁迅所关注的安特莱夫和阿尔志跋绥夫就是两个"堕入神秘，沦于颓唐"的作家，因此，他翻译他们的作品完全是为了批判这些作品中所表现出来的悲观厌世思想，当然，在批判的同时他也肯定了这些作品暴露沙俄社会黑暗现实的可取之处。他的目的在于唤起人民的批判意识，揭露落后的社会现实以及反动派对于革命者的迫害。鲁迅认为，革命首先是要唤醒人民的参与意识，通过人民切身参与的体验来寻找改革社会的良药，从而达到彻底改造人生和社会大环境的目的。

鲁迅也非常重视反映社会现实的作品。在《译文序跋集·〈小约翰〉引言》中，鲁迅就肯定了它正视现实的倾向，他说：

这诚如序文所说，是一篇"象征写实底童话诗"。无韵的诗，成人的童话。因为作者的博识和敏感，或者竟已超过了一般成人的童话了。……我也不愿意别人劝我去吃他所爱吃的东西，然而我所爱吃的，却往往不自觉地劝人吃。看的东西也一样，《小约翰》即是其一，是自己爱看，又愿意别人也看的书，于是不知不觉，遂有了翻成中文的意思。

由此可见，正是对社会现实的正视和对国人生存状况的关注，激发了鲁迅作为译者的主体性。

鲁迅不仅亲手翻译弱势文学，而且非常乐意自己的创作被译成弱势文学的语言。当鲁迅得知自己的作品被捷克的汉学家普实克翻译，而即将出现在捷克人民的面前时，他激动地说："这在我，实在比被译成通行很广的别国语言更高兴。"鲁迅深信，中国和捷克，以及和其他很多弱国，"虽然民族不同，地域相隔，交通又很少，但是可以互相了解，接近的，因为我们都曾经走过苦难的道路，现在还在走——一面寻求着光明"。据不完全统计，从青年时代起一直到晚年，经鲁迅翻译和创作的弱势文学作品竟达几十本。他始终注意把译介外国文学与中国人民的解放事业联系起来，他把翻译外国文学作为参与历史发展的一种手段，积极引进"叫喊与反抗"的文学作品，启蒙新民，促进革命的发展，推动社会的进步，其主体意识和主体性的发挥是与国家和民族的兴亡不可分割的。

二、科学翻译中的主体性

科学翻译，是鲁迅翻译实践中非常重要的组成部分，从中也可以看出他作为译者的主体性的表现方式。

从史料来看，鲁迅从事科学翻译活动与当时的社会现状相关。那时候的清政府软弱无能，洋务派以兴实学为名，试图引进国外先进技术。实际上，国内势力与帝国主义相勾结，名义上要保护"中国国粹"，为振兴实业而引进西洋科技知识，实际上是出卖主权，在"中学为体，西学为用"的招牌下推行封建文化专制主义，为中国大地主、大官僚和大买办的成长提供了土壤。当时的中国不但人心涣散，国力也日渐衰弱，在科技发展方面已大大落后于西方发达国家。作为翻译主体的鲁迅，开始寻求合适的救国之路。

在寻寻觅觅的过程中，有两件事给鲁迅以深刻影响。一是19世纪中叶西方近代科学技术传入中国，二是19世纪末严复开始翻译赫胥黎的《天演论》，该书以"厚译"的方式介绍了"物竞天择，适者生存"和"保种救国"的思想。这两件事不但从根本上冲击了中国的思想文化界，也给鲁迅的心灵和思想以巨大的震撼，他的眼睛开始瞄向"科学救国"的道路。科学翻译，便是他实现梦想的一种途径。

为了实现这个梦想，鲁迅翻译了大量国外的科学书籍和文章，他翻译的科学作品大致可以归纳如下：1903年翻译了《月界旅行》《地底旅行》和《说铇》，1904年译《元素周期则》《世界史》《北极探险记》和《物理新诠》，1905年译《造人术》，1930年译《药用价值》。其中，《说铇》是中国第一篇专门介绍镭的科学读物，发表在1903年10月《浙江潮》第8期上。《月界旅行》是鲁迅根据法国科学小说家儒勒·凡尔纳（原译为美国培仑）

的作品《自地球到月球的 97 小时 20 分》的日译本进行的重译,由东京进化社出版。《地底旅行》原作也是凡尔纳(原译为英国威男),前两回发表于《浙江潮》月刊 1903 年第 10 期,全书译完后于 1906 年 3 月由南京启新书局出版。1904 年,他利用课余时间翻译了《世界史》《北极探险记》和《物理新诠》(仅译二章)。他翻译的美国路易斯·托伦的科幻小说《造人术》,发表于上海《女子世界》1905 年第 4、5 期合刊上。1930 年他翻译的日本版本的《药用价值》,发表于当年《自然界》月刊第 5 卷第 9、10 期,后列为《中学生自然研究丛书》之一。鲁迅的这些译作,对中国当时的新文化运动起了极其重要的作用。对科学作品的选择,说明鲁迅作为翻译主体的眼光独到,填补了当时的社会文化和文学之不足,为中国文学引入了新的形式。

(一)鲁迅的科学翻译思想与主体性的关系

鲁迅之所以对科学翻译情有独钟,也不仅仅是当时的社会需要所致。事实上,鲁迅对科学翻译的兴趣与他在江南水师学堂的学习、严复的《天演论》的影响以及在日本留学期间的熏染都不无关联。在这里,我们可以看到不同的文化熏陶和审美旨趣与译者主体性之间的关系。

第一,鲁迅的科学翻译思想受到西方的科学思想和当时中国新的社会思潮的影响。20 世纪初,西方的科学思想对中国知识界已有较大的影响,有些知识分子甚至提出了"科学救国"的口号。新的社会思潮对青年鲁迅无疑也产生了影响,于是,1898 年,在洋务运动的影响下,青年鲁迅开始了他的寻觅之路。他先后到南京江南水师学堂和江南水师学堂附设的矿务铁路学堂学习,在那里,鲁迅学习非常认真刻苦,《译学汇编》《金石识别》都是他仔细钻研的对象。不仅如此,他还经常手抄各类课本,在很多教材的书页空白处都留下了听课笔记和学习心得,他还曾费时费力费心地把英国著名地质学家赖尔的《地学浅说》译文抄录,把书中精密的地质构造图也描摹下来。就是以这种孜孜以求的精神,鲁迅系统地学习了近代西方的自然科学知识。可见,这些科学知识的积累,为日后鲁迅作为一个科学翻译译者的主体性的发挥打下了基础。

第二,鲁迅的科学翻译思想受到严复翻译的《天演论》的影响。如上所述,当时的中国正处于动荡之中。在风雨变幻的岁月中,鲁迅经历了心灵的沧桑。特别是在南京的几年时间里,鲁迅目睹了中国惊心动魄的历史剧变,目睹了戊戌变法的失败和八国联军对国土的侵略,种种国难使他更加急迫地寻找救国救民的真理。鲁迅阅读过很多西欧近代科学、社会学和文学的译著,其中,赫胥黎的《天演论》对他的影响最大。当时,严复译述的英国赫胥黎的《天演论》的出版,在中国的思想界引起了轰动。《天演论》中所阐述的新颖的科学思想和进化论思想深深地吸引着鲁迅,为鲁迅接受思想的启蒙提供了通道。后来,在进一步的钻研和学习过程中,鲁迅对进化论的理解更加深入,逐渐找到了反帝反封建的思想武器,进而找到了分析社会问题的工具。通过严复翻译的《天演论》,他不但找到了开启国民性的钥匙,而且还从严复别具一格的"厚译"方法和极具创造特色的译者主体性中受到深刻的启迪，为他在科学翻译过程中的主体性的彰显和创造性的发挥找到了支持话语。

第三，鲁迅从小就喜爱文学，因此，他对兼具科学和艺术特色的科幻小说表现出浓厚的兴趣。当时凡尔纳的《海底旅行》已经译成中文，很受读者的欢迎。早在1900年就有人翻译了凡尔纳的《八十日环游记》，鲁迅怀着极其浓厚的兴趣读了这众多的科幻小说后，逐步认识到利用文艺形式宣传和普及科学思想于国于民都很有好处。况且，中国过去从来没有出现过此类作品，鲁迅认为很有必要大力介绍这一文学新品种。可见，译者的主体性与译者的思想倾向和审美倾向是大有关联的。只有选择了合适的译本形式和文本风格，才能使科学翻译文本和科学思想得到更好的接受，否则，译本的流通就要受到影响。

第四，鲁迅赴日学医，是因为他了解到日本维新大半发端于西方医学的事实，他想用医学来促进"国人对于维新的信仰"。他有非常明确的学习目的，即通过学习和掌握先进的科学文化知识来实现为国家和民族服务的目的。因此，在日本弘文学院留学期间，他不仅学习动物学、植物学、理化学、代数学、算学、几何学、地理、历史等相关的科普知识以及德语、日语等语言知识，还广泛接触了当时的自然科学和社会学说，并十分推崇达尔文的进化论，奠定了他唯物主义自然观和发展进化的历史观的基础。他十分喜欢林纾翻译的小说，"只要他印出一部，来到东京，便一定跑到神田的中国书林，去把它买来"。在此期间，鲁迅博览了西方许多的科学著作，他在认真思考了西方自然科学的发展历史之后，认识到科学在改造自然和改造社会方面所起的作用，同时也深深体会到爱国必须爱科学、强国富民必须依靠科学的道理。他毫不犹豫地拿起战斗的笔，翻译科学著作，大力介绍、传播、普及西方科学知识，力图用科学武装国人的头脑，改变他们的精神面貌，从而改造落后的旧中国，创造科学的新世界。正是异国的文化熏陶触动了鲁迅作为一个译者的灵魂，先进的科学知识激发了他的爱国热情和民族自尊心，使他在科学翻译的过程中充分地发挥了自己的主观能动性。

总之，青年时期的鲁迅是以救国、救亡、救民为历史使命来选择翻译对象的，而这种选择，正是译者主体性在翻译选材阶段的体现。从事实来看，正是这种对祖国、对人民、对民族的深切的爱，使鲁迅把科学翻译作为革命生涯的起点，他不但学习科学知识，翻译和引进科学知识，还在有关科学发展史的教材中突出了世界各国人民以科学技术为武器而成功抵御外敌的故事来激励国人为国家振兴而努力。鲁迅认为，只有举国家之力，坚持不懈地发展工业和矿业，国之兴盛才能指日可待。鲁迅总结道："知有科学在，而后之战胜必矣。"可见，鲁迅意识到实现国家富强需要掌握先进的科学知识。而就当时中国落后的科技水平来看，掌握先进的科学知识就意味着需要从国外引进，这其中自然包括大量国外科学著作的翻译。正是因为看到了这一点，鲁迅选择了科学翻译。

鲁迅认为，人类的历史必然会在曲折中前进。终其一生，他的这一信仰始终虔诚坚定，认为人类会最终走向美好的未来。在《月界旅行·辨言》中，他写道，人类历史跟自然界一样，"泠然神行，无有障碍"，他对人类光明未来的信仰对他的翻译选择产生了正面的影响。

青年鲁迅十分推崇科学。除了翻译，他还撰写了大量论文向国人普及自然科学知识。

1903年,他在《浙江潮》上发表了《中国地质略论》,并与他人合编了《中国矿物志》。同年,他还发表了《说钼》(钼即镭),而此时距离居里夫妇发现镭和钋才刚刚过去五年,可见鲁迅的科学热情有多高。1934年,鲁迅在《致杨霁云》的信中是这么解释的:"我因为向(鲁迅原文用的是'向',意思是'想')学科学,所以喜欢科学小说。"个人的兴趣爱好和知识经验都使他选择了科学小说作为最初的翻译对象。

这一时期,鲁迅撰写的自然科学以及科学发展史的几篇论文反映了他相当高的自然科学理论水平。他对自然科学界的新发现和新进步都有极高的敏感度并抱有极大的热情。他极力赞扬达尔文的进化论思想,反映了达尔文进化论思想对他历史观的影响。此外,他还在论文《说钼》中高度评价了这一19世纪自然科学界的重大发现,说它是"辉新世纪之曙光,破旧学者之迷梦"的"伟功"。鲁迅说,科学上"自X线之研究,而得钼线;由钼线之研究,而生电子说",代替了原子说,证明了物质的可分性和元素可以互相转化,因而使旧的"关于物质之观念,倏一震动,生大变象"。他指出这是一种"吐故纳新"的现象,"败果既落",必然"新葩欲吐",是科学上的巨大进步。这说明,在主体性的创造过程中,译者的翻译策略的选择是与译者的个人爱好、信仰和知识结构紧密地联系在一起的。

(二) 从鲁迅科学翻译的意图看译者主体性

鲁迅的科学翻译思想为他日后的翻译策略的选择定下了基调。那么,鲁迅从事科学翻译的意图,与他从事其他文学作品的翻译又有何不同?其中又表现了怎样的主体性呢?下面,我们来考察一下这个问题。

1903年,鲁迅翻译并出版了凡尔纳的《月界旅行》,开始了他漫长的科学翻译生涯,也就是说,鲁迅是从科学小说和自然科学著作上初试译笔的。对青年鲁迅而言,翻译有两个作用:既可以"巩固新学的日文","也能够赚取一些稿费"。在这里,我们看到了马斯洛的"需要层次论"在现实生活中的生动表现。译者作为主体,其选择在很多时候也受制于物质条件和精神条件。

综观鲁迅的翻译活动,可以明显地看出,青年时期的鲁迅的翻译重心在西方科幻小说、科普小说和自然科学史。鲁迅极其偏重科学小说的翻译,主要就是为了开民风、启民智。

鲁迅在《月界旅行·辨言》中指出,科学具有"改良思想,补助文明"的功效。更深一层的意思是,科学小说可以破除迷信,塑造国民精神。对此,鲁迅给予了解释:

我国说部,若言情谈故刺时志怪者,架栋汗牛,而独于科学小说,乃如麟角。智识荒隘,此实一端。故苟欲弥今日译界之缺点,导中国人群以进行,必自科学小说始。

在鲁迅的主体意识中,为了传播知识,引进"补助文明"的西方文化,防止"智识荒隘",普及科学知识既可以改善国人科学知识不足的现状,也可"弥今日译界之缺点",可见,鲁迅翻译科学小说是慎重选择的结果。

不但如此,鲁迅在阅读物的兴趣度方面也有所取舍。因为根据他个人的经历,正是对科学知识的接触,使他感受到世界的新奇,而他获得这些知识的途径都是通过有趣的科学杂志和书籍。因此，他决定借助通俗杂志的小说刊载来引起国人的兴趣。鲁迅说道：

单为在校的青年计，可看的书报实在太缺乏了，我觉得至少还该有一种通俗的科学杂志，要浅显而且有趣的。可惜中国现在的科学家不大做文章，有做的也过于高深，于是就很枯燥。

从这段话中可以看出，鲁迅准备将枯燥的科学知识以通俗的手法译介给广大民众。在他的主体意识深处，他始终是贴近人民大众的。

鲁迅对凡尔纳小说推崇有加，书中奇异科幻的世界和人物积极努力的精神他都非常赞赏。《月界旅行·辨言》中有这样一段话：

然人类者，有希望进步之生物也，故其一部分，略得光明，犹不知餍，发大希望，思斥吸力，胜空气，泠然神行，无有障碍。若培伦氏，实以其尚武之精神，写此希望之进化者也。

鲁迅把凡尔纳看作是"以其尚武之精神，写此希望之进化者"。在《辨言》的第一段结尾处他还写道："冥冥黄族，可以兴矣。"这充分表现了他对中华民族的鼓舞之情。

由此可见，鲁迅翻译科幻小说，并非为了猎奇，而是为了使读者能够"于不知不觉间，获一斑之智识，破遗传之迷信，改良思想，补助文明"。鲁迅翻译的目的不是一般的文学交流或传播，他的翻译动机根植于中国社会的现实情况。在他的翻译视界中，科幻小说充当着思想启蒙的工具。

根据对鲁迅翻译序跋的研究，在翻译外国作品时，鲁迅一般都会写下译者序言或跋语，从中可以看出他选择译本的取向、翻译的意图、手法和感想。但是，在翻译《地底旅行》时，鲁迅没有写下序跋。但根据推测，《月界旅行》《地底旅行》和《北极探险记》是出于同一作者之手。因此，从时代背景和鲁迅翻译《月界旅行》的意图来看，《地底旅行》的翻译意图应该与之趋向一致：都是从民族危机意识出发，唤起国人为民族的未来奋起斗争，即如他所说的那样，"以其尚武之精神，写此希望之进化者也"。

科学小说中传达的进取和向上的精神正是当时的中国人所缺乏的，鲁迅译介科学小说正是希望借此砥砺国人奋起直追、发愤图强。因此，作为翻译主体，译者对翻译客体和翻译策略的选择都会围绕着他的意图来进行。

（三）从鲁迅科学翻译的特点看译者主体性

鲁迅从事科学翻译，与他从事文学翻译的特点大不相同，其主体性的发挥方式也与文学翻译中的方式不尽相同。

首先，在语言方面，鲁迅科学翻译的基本特点是采用白话文或文言文与白话文相杂糅的方式。在《月界旅行·辨言》里，鲁迅说明了他翻译的语言策略："初拟译以俗语，稍逸读者之思索，然纯用俗语，复嫌冗繁，因参用文言，以省篇页。"《月界旅行》通篇文字通俗易懂，译者首要追求的是译作的趣味性和可读性。而《北极探险记》则采用"叙事用文言，对话用白话"的方式。以下这段取自《月界旅行》第一回中的对话能够形象地说明鲁迅采用的语言策略：

麦思敦发恨道："那是什么话呢！难道以后就没有改良火器的事情吗？就没有试验我们火器的好机会吗？难道我们的炮火，辉映空中的时候，竟会没有吗？同大西洋外面国度的国际上纷争，就永远绝迹了吗？……"众人齐声答道："果然如此，则我们亦当奉陪。"

又如，在《地底旅行》中的对话也都是采用白话文：

船长却悠然答道："阁下何必着急如是呢？荒村景色，处处宜人，策杖寻幽，岂不大佳么？"亚黎士亦在旁笑道："终日奔驰，独未探得此事，此刻有什么法子呢？"

而他在叙事时则用的都是文言文：

是时，斯捺勿黎火山，已在目前。光泽莹然，形如覆釜。周围直径凡五千尺，深约二万万尺。探首俯视，杳如黄泉。……

由此可知，在译本语言的选择方面，鲁迅的主体性表现在不同于流俗的语言观。鲁迅认为，在文学创作和翻译时完全使用文言会使文本过于艰涩难懂，降低可读性，不利于文学的传播，因此，他力主使用白话文。然而，如果过度使用白话文又会造成文章烦琐冗长，因此，在遇到此种情况时，他就采用文言与白话相结合的策略。一边在翻译中进行大胆的语言实验，一边又根据新语言的效果和读者的接受能力进行及时的调整，以逐步实现文学革命的目标，这正是译者主体性高扬的明证。

鲁迅科学翻译的第二个特点是对原著采用"直译""硬译"或"音译"的翻译策略。例如，鲁迅在翻译短篇小说《造人术》时，有时会采用归化法，译文因而显得古朴深奥；有时夹以严复的译述法，故而语句简洁明快；有时却又采用硬译法。仅以下面几句译文为例，就不难看到严复译的《天演论》对鲁迅的影响：

疏林居中，与正室隔。一小庐，三面围峻篱。窗仅一，长方形，南向，垂青缟幔。光灼然，常透照庭面，内燃劲电，无间昼夜，故然。

鲁迅推崇"直译"和"硬译"，他甚至因此与梁实秋进行过激烈的论战，即著名的"鲁梁论争"。以今日看来，鲁迅的"直译"观和"硬译"观背后有其深刻意义，对现代翻译史也有深远的影响。他曾在《关于翻译的通信》中这样写道："中国的文或话，法子实在太不精密了，作文的秘诀，是在避去熟字，删掉虚字，就是好文章，讲话的时候，也时时要辞不达意，这就是话不够用。"他认为，这种"语法不精密"的现象对应着"思路不精密"或脑筋糊涂的病症。于是，他提出了一个治病的方案："要医这病，我以为只好陆续吃一点苦，装进异样的句法去，古的，外省外府的，外国的，后来便可以据为己有。""直译"和"硬译"正是这个改造汉语方案的组成部分。由此，我们不难发现，鲁迅在选择翻译策略的时候彰显了他的个人主体意识，他不顾梁实秋等文学大家的公然反对，为了民族语言的改革，他断然采取"直译"和"硬译"法，目的就是要在汉语中"装进异样的句法去"，不管是"古的，外省外府的"还是"外国的"，只要能够"据为己有"，能医"语法不精密"的"病"，就是"陆续吃一点苦"，也是值得的。

其次，从"音译"策略中，我们也可以看出鲁迅对异国文化的尊重。在处理科学翻译中的人名、地名等专有名词时，鲁迅都一律采用"音译"。鲁迅认为，音译既能保持原作的音美和韵律美，且陌生的发音会带来一定的神秘性，因此有利于"保持原作的风姿"。例如，小说《狭的笼》中的"Sati"原意是"贞节的妇女"，鲁迅直接译为"撒提"；对于一些学科专门知识，比如数学中复杂的公式计算，他都尽可能地保留，主要目的在于保留原文的异国风情。因为他担心一旦处理不当，则"美丑太相悬殊，一翻便损了作品的美"。从这个现象可以看出，作为译者的鲁迅对源语国家文化和异质文化是非常尊重的，从中可以看出译者主体性与原作者主体性之间的对话。

最后，鲁迅科学翻译的第三个特点是标题用词古色古香，且多借用中国传统的章回小说的形式，经常对原文进行增删、颠倒次序、改变原文语言风格等。他还采用了传统说书人的全知叙事方式，叙述人在译本里的凸显和身份的改变使得整部小说的叙事方式发生了变化。这些增加的内容主要是和章回小说固有的形式有关。鲁迅选用"章回形式"翻译，意味着他不得不选择那一套使小说的叙述语言能得以实现的旧形式。譬如，章回小说一般在故事开始之前用一段故事或相关的诗词作为进入故事的导入语。鲁迅在《月界旅行》卷首所添加的每一回里都编撰了对仗工整的诗句作为回目，在结尾处则附上概括该回内容的诗句和"究竟为着甚事，且听下回分解""欲知后事如何且听下回分解"等套语；《月界旅行》里几乎每一回开头都加上了承上启下的"前回""却说"这样的话语。

例如，在《月界旅行》的第一回的结尾处，鲁迅的译文是这样的：

社员看毕，没一个晓得这哑谜儿，惟有面面相觑，那性急的，恨不能立刻就到初五，一听社长的报告。正是：壮士不甘空岁月，秋鸿何事下庭除。究竟为着甚事，且听下回分解。

接着在第二回，鲁迅是这样开头的：

却说社员接了书信以后，光阴迅速，不觉初五。好容易挨到八点钟，天色也黑了，连忙整理衣冠，跑到纽翁思开尔街第二十一号枪炮会社。

从以上两例的结尾和开头的风格中，可以明显看出鲁迅在翻译过程中所表现出来的主体性。他不随原作的形式和叙事风格，而改用中国文化中大家熟悉的格式，就是为了在吸收外国先进文化因素的同时，以读者熟悉的格调来吸引读者的注意力，使读者以晓畅明白的方式接受那些异质文化中新鲜的文化元素。

《月界旅行》是根据井上勤的日译本重译的，日译本共28章，其法文原著也共有28章，但经过鲁迅的"截长补短"，改译成了14回的文言章回小说。鲁迅在《月界旅行·辨言》中承认，"……其措辞无味，不适于我国人者，删易少许"。这说明，鲁迅虽然崇尚"直译"和"硬译"，但是，遇到原文中"措辞无味""不适于我国人者"，他就会做出"少许""删易"。从中我们可以看出他作为一个译者面对不同语篇时所表现出来的灵活的主体性。

再比如，《地底旅行》的法文原著有45章，鲁迅的译文却只有12回。原著各章节没有小标题，但在鲁迅译的《地底旅行》中每一回都加了标题，颇有武侠小说的味道。且看：

《地底旅行》
　Ⅰ　奇书照眼九地路通
　　　流光逼人尺波电谢
　Ⅱ　割爱情挥手上征途
　　　教冒险登高吓游子
　Ⅲ　助探险壮士识途
　　　纾贫辛荒村驻马
　Ⅳ　拼生命奋身入火口
　　　择中道联步向地心
……

可以看出，鲁迅自己增加的这些类似章回小说的标题颇具中国风格，标题的语言风格也并非外国格调，而是典型的中国武侠小说的风格。很显然，鲁迅试图以一种中国读者所了解的、轻松自然的民间文化方式来讲述外国故事。不按原文逐字逐句地翻译，而是根据国内受众的思维习惯和接受心理，对原文信息进行能动的加工，以迎合读者的审美和经验期待。鲁迅作为翻译的主体，为实现翻译目的而在翻译活动中表现出来的主观能动性是显而易见的。

然而，鲁迅在科学翻译中的主体性表现远远不止这些。他不但长于融中国风格和外国故事于翻译文本之中，有时还会像严复和林纾一样，有意在文本中增加文字，来表明自己的某种观点。比如，在《造人术》的结尾部分，就有一番原文所没有的关于科学救国、以创造世界为快事的豪言壮语，兴奋、自信、气势磅礴，显然是出自鲁迅的手笔：

假世界有第一造物主，则吾非其亚耶？生命，吾能创作；世界，吾能创作。天上天下，造化之主，舍我其谁。吾人之人之人也，吾王之王之王也。人生而为造物主，快哉！

对原文进行大范围删改或增补的现象是晚清译者群体主体性的表现，因为对晚清译者来说，他们的首要目的并非是准确地传达原文的意义，而是通过翻译外国的作品来达到"师夷长技"的目的。因此，采用归化的方法，改写原文，使原文所传达的思想内容能够为当时的中国所用。从中，我们可以看到当时的社会文化环境和改造社会的主体意识给译者的主体性的发挥带来了怎样的影响。

总之，鲁迅翻译了大量的科学小说、科普读物和教材，介绍西方的自然科学知识，目的是为了用科学知识来拯救国家。在实际的翻译中，为了增加译本的可读性和趣味性，他甚至采用了风行一时的章回体小说的形式，开辟了一个崭新的翻译领域。他的翻译策略始终是现实的，始终是根据普通读者的需求和翻译的目的而定的。正是因为鲁迅自身的科学意识，使得他的翻译承担了时代赋予的救亡使命。虽然鲁迅并非中国科学翻译的始祖，但是，他的大量科学翻译实践对于打破中国旧的文化传统、开阔国人的眼界，甚至是救国于水火之中都起到了极为重要的引领作用。鲁迅科学翻译活动中表现出来的主观能动性体现了译者对于异国文化、本国文化、原作以及同一文化圈中的其他译者的态度，表现出强烈的、独立不羁的主体性。

三、童话翻译中的主体性

鲁迅在他的一生中翻译、创作了大量的优秀童话作品。在他看来，儿童代表着国家的希望和未来，因此，儿童文学的意义重大，影响深远。本着对国家、对同胞和对儿童一贯的爱与关切，他以满腔热情投入到优秀童话和儿童文学批评作品的翻译事业中来，为我国未来儿童文学的长足发展起到了举足轻重的示范作用，也为我国儿童文学的发展引入了异国模式。鲁迅为什么在当时极为恶劣的生存环境之下还要花费大量的时间和精力将外国童话翻译并介绍到中国来呢？他的翻译目的、价值、特色及其主体性都值得我们进一步探究。

（一）鲁迅翻译童话的目的及其主体性

鲁迅对外国童话的翻译和引进，可谓呕心沥血，其用意其实不言而喻。因为在鲁迅的一生中，他一直把救人救世、救国救民看作最重要的使命。他认为要达到这个目的，首先要从儿童开始。其具体目的及其主体性的表现主要有三点：

第一，要借教育和保护手段实现富国强民之梦。1840年鸦片战争后，中国开始艰难地走出传统，走向现代。鲁迅认为，要想改变中国社会，让国人呈现新的精神风貌，首先要立"个人"，而后再立"妇女"，立"儿童"。因此，在鲁迅的译作中，有不少是与儿童有关的作品。鲁迅选译这些作品，跟他立"儿童"的价值追求有着直接的关系。然而，在半殖民地半封建的旧中国，儿童一直是受人轻视的弱势群体，他们的身心遭到残害，他们在生活上和精神上的需要也从来无人问津，儿童教育和儿童读物问题一直到20世纪初才开始被人注意。正是在这种情况下，鲁迅从中国革命的前途着眼，非常重视儿童教育，尤其关注深刻影响孩子们成长的儿童读物，密切注视儿童文学的发展。因此，在他的译作中，与儿童有关的作品占了很大的比重，内容涉及儿童的社会地位、儿童的教育和儿童文学本身。他试图从儿童的教育入手，逐渐提高国民素质，实现富国强民的梦想。

鲁迅不仅非常热爱儿童，而且尊重儿童，相信儿童，特别注重保护儿童的未来和中国的未来。在鲁迅的眼里，将来的世界是子孙的世界，中国的未来、中国的独立和富强都需要靠子孙去建立。鲁迅对儿童即中国的未来寄予了厚望，他说，"未来"包含着各种不确定性，有无限的可能，因而能给人无限的憧憬和希望。一提到中国和她的未来，鲁迅就觉得精神百倍，干劲十足。他认为："后起的生命，总比以前的更有意义，更近完全，因此也更有价值，更可宝贵；前者的生命，应该牺牲于他。"1936年3月26日，他在给曹白的信中说："人生现在实在苦痛，但我们总要战取光明，即使自己遇不到，也可以留给后来的。"鲁迅时刻想到中国的未来，想到未来的中国人——儿童。他说，凡高等动物，"总是从幼到壮，从壮到老，从老到死……所以，新的应该欢天喜地的向前走去，这便是壮，旧的也应该欢天喜地的向前走去，这便是死；各各如此走去，便是进化的路。"鲁迅又说，"老人应该让开路，催促着，奖励着，让新人走去。路上有深渊，便用自己的身体填平了，让新人顺利地向前走。"他认为，应该把儿童教育成为"完全的人""独立的人""超过祖先的新人"——"有耐劳作的体力，纯洁高尚的道德，广博自由能容纳新潮流的精神，也就是能在世界新潮流中游泳，不被淹没的力量。"1936年3月18日，在鲁迅病重、生命即将走到尽头的时候，他还在想着要为中国的未来做点事情。"中国要做的事很多，而我做得有限，真是不值得说的。不过中国正需要肯做苦工的人，而这种工人很少，我又年纪渐老，体力不济起来，却是一件憾事。"正是基于这样博大的情怀和远大的目光，鲁迅选择了富有进取精神的儿童文学作品和富于幻想的科幻作品作为翻译的对象，表现了深刻的民族忧患意识和宏大的报国理想。由此可见，译者在童话翻译的取向上所表现出来的主体性与其人生观和世界观密切相关。

第二，要填补文化空缺，为儿童提供成长的养分。鲁迅认为，要想让中国有光明的未来，就必须把全部的心思和精力都倾注在儿童身上，就必须为儿童的健康成长创造条件。鲁迅曾深情地说："童年的情形，便是将来的命运。"可见，鲁迅是把少年儿童的命运和民族的未来联系在一起，并一向把改造社会的希望寄托在年轻一代身上。他说："看十来岁的孩子，便可以逆料二十年后中国的情形；看二十多岁的青年，……便可以推测他儿子孙子，晓得五十年后七十年后中国的情形。"因此，鲁迅试图通过"童话的花衣"来揭示人类"斑斓的血汗"，教育孩子们从小忧国忧民。正是怀着这种深重的忧患意识，鲁迅呼吁社会为儿童提供更多更好的读物。在当时的中国，儿童文学作品奇缺。根据中国的社会现状和文学界的情况，要想在短期内创造出一大批有益于儿童成长的文学作品是不可能的。鲁迅便针对现实，以"他山之石"来"攻玉"，他不但译介了大量外国儿童文学读物，还写了许多生动的序言和后记，为孩子们正确地理解这些儿童文学作品的真谛而费心尽力。鲁迅之举虽然不可能全面地拯救当时中国文学和社会的病弱，但确实在某种程度上解了中国的燃眉之急。鲁迅有选择性地翻译并出版了大量的外国儿童文学和科幻小说作品，其中包括《爱罗先珂童话集》《小约翰》《表》《月界旅行》《小彼得》和《勇敢的约翰》等。鲁迅认为，这些文学作品能够反映新时代的新面目和新兴思想，是可供儿童阅读的优秀的通俗科学作品。这些优秀作品的翻译和引进，使得当时中国儿童文学严重不足的情况得以改善，为儿童们提供了宝贵的精神食粮。这充分地体现了作为翻译主体的鲁迅对国家文化空缺和人民精神所需的敏感性，治国家羸弱之病，救人民精神之急，这是鲁迅作为一个翻译家和文学家最伟大的地方。由此，也让我们认识到译者的主体性与精神文化之间的关联。

第三，要表现他的政治立场，呼吁人民为生存而斗争。鲁迅十分关注中国儿童和青年的教育和成长问题，认为儿童的未来发展对中国的未来起着决定性的作用，应该从小就培养他们对新思想的接受能力以及对封建思想的反抗精神。因此，在翻译外国童话时，他的倾向十分明显，在文本的选择方面也有自己的侧重点。他翻译的儿童文学作品大多思想性较强，内容与当时中国的现实相符，主题能反映中国人民反帝反封建的政治立场，能对当时中国尚处萌芽阶段的儿童文学的发展有一定的促进作用。比如，在《小彼得》的序言中，鲁迅说道：作为匈牙利的一位社会主义作家，海尔密尼亚·至尔·妙伦（Hermynia zur Muehlen)主张人们的生存权应该通过战斗而获得。鲁迅希望借此告诉小读者们，中国未来的独立以及他们个人的发展都需要通过不懈的战斗来获得。鲁迅翻译外国童话作品的目的和意图，从中可见一斑。很明显，作为翻译主体的鲁迅，试图通过恰当的选材和翻译的附文本——序言的阐释，来表明他的政治观点，同时也指明了为夺取政治斗争的胜利而应采取的行动。

其实，鲁迅所翻译的童话不仅仅针对儿童，很多时候也是针对成人而作。他选译的大多数童话，多有教诲气，充其量是为十岁左右的少年而译的。鲁迅之所以要翻译这种"成人的童话"，甚至于"竟已超过了一般成人的童话"，其原因可以在《小约翰·引言》中找到。鲁迅说：高尔基是一位小说家和戏剧家，绝不会有人说他是童话作家，"然而，他偏偏要做童话。他所做的童话里，再三再四的教人不要忘记这是童话，然而又偏偏不大像童话。说是做给成人看的童话罢，那自然倒也可以的。"从鲁迅的这段话中可以看出，鲁迅翻译的这种"高尔基"式童话面向的不仅是儿童，更是成人。他选择这种文本，目的在于通过这些作品激励民众为改变生存环境而奋斗。在这里，我们能清晰地看到译者的主观能动性与他的政治理想之间的关系。

（二）从鲁迅童话翻译的主题看译者主体性

鲁迅一生中翻译过很多孩子们所喜爱的外国童话。在翻译材料的选择方面，作为翻译主体的鲁迅表现出很强的包容性与宏阔的视野，他十分注意题材的广泛性和内容的多样性。主要作品包括：1919年翻译的《一个青年的梦》，1922年翻译的《爱罗先珂童话集》（收童话13篇），1923年翻译的爱罗先珂的三幕童话剧《桃色的云》，1927年翻译的荷兰弗莱德里克·望·蔼覃（Frederik Willem van Eeden）的长篇童话《小约翰》，1929年编译的匈牙利女作家海尔密尼亚·至尔·妙伦的系列童话集《小彼得》（收童话6篇），1935年翻译的班苔莱耶夫的中篇童话《表》、高尔基的《俄罗斯的童话》以及契诃夫的《坏孩子和别的奇闻》。

以上这些作品又大致可分为三类：一是社会童话，如《俄罗斯的童话》；二是理想童话，如《爱罗先珂童话集》《桃色的云》；三是教育童话，如《小彼得》《表》《小约翰》和《坏孩子和别的奇闻》。

鲁迅翻译的童话虽然故事各不相同，但主题都与当时中国的社会现实相关。比如，宣扬西方社会推崇的"自由、平等、博爱"、针砭时政、揭露社会的黑暗面，有的作品则反映了鲁迅对未来的愿景，如描述儿童在新兴社会中如何成长的作品。这些主题不一的外国童话，给中国儿童提供了新鲜的养料，惠及社会其他阶层。以下，我们来看几个具体的文本。

社会童话《俄罗斯童话集》以高尔基和爱罗先珂的童话作品为主，包括《爱罗先珂的童话》《狭的笼》《鱼的悲哀》《池边》《雕的心》以及《春夜的梦》。其中，有的故事优美动人，内容健康向上，教人友善待人、热爱劳动、尊老爱幼。这些作品不但描述了俄罗斯大自然的美丽和神秘，而且赋予了作品以特殊的品格，令人感受到俄罗斯大自然的温柔和宽阔，感受到童话世界中主人公的坚强和宽厚的秉性，以及俄国社会的众生相。

鲁迅翻译的理想童话共六部，其中两部出自俄国盲诗人爱罗先珂之笔。为什么鲁迅如此喜欢他的作品呢？爱罗先珂在当时并非赫赫有名的诗人，在1921年他被日本政府驱逐出日本之后，鲁迅才"留心到这漂泊的失明的诗人"。爱罗先珂被日本政府放逐时，还遭到了辱骂与殴打。鲁迅对此有独特的认识："如一切被打的人们，往往遗下物件或鲜血一样，爱罗先珂也遗下东西来，这是他的创作集。"鲁迅认为爱罗先珂的童话"只是梦幻，纯白，而有大心"，他之所以热情地将爱罗先珂的童话译介给中国读者，主要是因为他的童话的内容和主题表现出了对于被压迫者的同情。鲁迅这样说道："我觉得作者所要叫彻人间的是无所不爱，然而不得所爱的悲哀，而我所展开来的是童心的，美的，然而有真实性的梦。""他有着一个幼稚的，然而优美的纯洁的心，人间的疆界也不能限制他的梦幻。""看见别个捉去被杀的事，在我，是比自己被杀更苦恼，则便是我们在俄国作家的作品中常能遇到的，那边的伟大的精神。"作为梦幻的使者，爱罗先珂向往自由，歌颂和平，憧憬光明。例如，他的童话剧《桃色的云》写的就是地老鼠想跑到地面上来寻找光明。

鲁迅翻译的教育童话，主要有匈牙利社会主义女作家至尔·妙伦的童话集《小彼得》。该童话集大胆宣传革命，洋溢着革命的思想。童话中，作者对穷人辛苦却贫穷而富人安逸却富有进行了鲜明的对照。鲁迅翻译该童话集，主要目的是教育广大少年儿童。不过，鲁迅也感觉到了其中的难处："作者的本意，是写给劳动者的孩子们看的，但输入中国，结果却又不如此。首先的缘故，是劳动者的孩子们轮不到受教育，不能认识这四方形的字和格子布模样的文章，所以，在他们，和这是毫无关系，且不说他们的无钱可买书和无暇去读书。"鲁迅希望所有的孩子都能读到这些书，但他同时也知道贫苦劳动者的孩子根本"无钱买书"，也"无暇读书"。但是，他依然翻译，以期留给后代子孙。

鲁迅翻译的教育童话还有苏联作家班苔莱耶夫的中篇童话《表》。故事的主人公是失去双亲、无家可归的流浪儿彼蒂加，故事围绕一块表展开。当了小偷的彼蒂加因偷窃被关进拘留所。在这里，他骗取了一个醉汉的金表，并把它藏在教养院的园子里。后来他发现表的藏匿点堆满了木材，因此，他十分努力地帮忙搬运木材，他的这一行为得到了大家的赞赏。然而，众人的赞美却让他十分羞愧，他的心理也渐渐开始发生变化。他意识到了自己的错误，并且为醉汉丢表而感到难过，最后终于主动把表归还给失主。这个童话生动讲述了彼蒂加从偷表到发现错误再到最后主动把表交还给失主的整个故事。故事的教育意义也非常明显：只要能够勇于承认错误并且善于改正，就依然不失为一个好孩子。这样的童话对少年儿童来说很有感染力，对教育儿童和规范他们的行为都有很好的辅助作用。鲁迅很看重这部童话，在《表·译者的话》里，鲁迅这样写道："在开译以前，自己确曾抱了不小的野心。第一，是要将这样的崭新的童话，绍介一点进中国来，以供孩子们的父母、师长以及教育家和童话作家来参考；第二，想不用什么难字，给十岁上下的孩子们也可以看。"这段话表明了鲁迅翻译这部童话的目的。

鲁迅翻译的另外一部作品《小约翰》既属于教育童话也属于理想童话，主要描写人与自然、人与其他物种的关系。例如，萤火虫因担心人类的追捕而忧心忡忡："就因为我们有发光的天赋，别的动物也哀矜我们，没有鸟来攻击我们。只有一种动物，是一切中最低级的那个，搜寻我们，还捉了我们去，那就是人，是造物的最蛮横的出产。"通过书中虫鸟的叙述，鲁迅表达了对人极大的不满："他们砍倒树木，在他们的地方造起笨重的四角的房子来。他们任性踏坏花朵们，还为了他们的高兴，杀戮那凡有在他们的范围之内的各动物。"人不仅伤害其他动物，还破坏自己生存的环境。在人类聚居地，河流干枯，森林荒芜，空气中弥漫着刺鼻的味道。听到鸟虫这样说，小约翰很是不解。为了弄清事情的原委，他决定亲自向科学家数码博士求助。然而数码博士根本不尊重热爱任何生命，他人生最大的乐趣就在于把自然界中的所有生物都变成白纸上的符号。最后，小约翰只得无奈离开。这部童话将幻想和实际相结合，借动物之口控诉了人类种种残暴的行为。翻译这部童话，体现了鲁迅对弱者的同情，对强权的不满和对人类未来的担心。

从以上这些童话的主题思想中，我们不难发现鲁迅在面对翻译的"初始规范"（preliminary norms）即选材过程中所表现出来的主体性。鲁迅之所以选择社会童话、理想童话和教育童话为翻译对象，主要还是针对当时中国社会的弊端。他试图通过这些童话的传播，教育儿童和成人来关心社会，关心他人，团结一致，奔向光明的未来。

（三）从鲁迅童话翻译的特点看译者主体性

鲁迅童话翻译的语言与科学翻译的语言不同。他的科学翻译的语言主要是白话文言相参，而他的童话翻译基本上全部采用白话文，语言简洁活泼、明快通畅、浅显易懂，采用这种风格的语言主要是因为译文的读者多为少年儿童，浅显的语言利于他们的阅读和理解，这也从一个侧面反映了鲁迅作为一名译者充分发挥了自己的主体性。他翻译俄国爱罗先珂的《桃色的云》《爱罗先珂童话集》，是有感于作家善于用明白晓畅的语言"画出自己的心和梦"，欣赏作家用"如虹"的诗句描绘的童心。基于此，鲁迅翻译的童话，基本上都很容易读懂。以《表》的开场为例：

彼蒂加·华来德做过的事情，都胡涂得很。他在市场里到处的走，什么都想过了。他又懊恼，又伤心。他饿了，然而买点吃的东西的钱却是一文也没有。

又如他翻译的《俄罗斯的童话》的第十章：

有一个好人，在仔仔细细的想着他应该做什么。终于决了心——

"不要再用暴力来反抗恶罢，还是用忍耐来把恶征服！"他并不是一个没有个性的人，所以决了心之后，就坐着忍耐了起来。

在翻译爱罗先珂的作品时，鲁迅的语言非常地通顺流畅，主要原因是他十分喜爱爱罗先珂的作品和文风，他希望能够用明白易懂的语言翻译爱罗先珂的思想和理想，同时也译出自己的梦想与心声。

但是，即便是童话翻译，鲁迅有时也会采用"硬译"法。比如，在《小约翰·引言》中有这样一句话："Und mit seinem Begleiter ging er den frostigen Nachtwinde entgegen den schweren Weg nach der grossen, finstern Stadt, wo die Menschheit war und ihr Weh." 对于这句话,鲁迅是这样翻译的:"并且和他的同伴,他逆着凛冽的夜风,上了走向那大而黑暗的都市,即人性和他们的悲痛之所在的艰难的路。"鲁迅自己也认为该译文"冗长而且费解",并且说在他看来没有更好的译法,"因为倘一解散,精神和力量就很不同"。我们现在来看这句话,也同样感觉晦涩。笔者曾咨询过懂德文的同事,他们说这句话的原文是很好理解的:在他的陪同下,他顶着寒冷的晚风走上了通向那座大而黑的都市的艰难的道路,那里有人性和他们的悲痛。而鲁迅却偏偏采用了"硬译"方法,这很可能还是像他本人所说的那样,是为了保住原作的"精神和力量"。在鲁迅看来,这种"精神和力量"比文本本身对儿童和成人都更重要。因为我们知道,翻译方式决不单单是处理语言的方式,各种复杂的因素都卷入其中。时代的变迁,鲁迅个人的价值追求,文化理想和政治关怀都会影响、制约乃至决定着他对翻译方式的选择。对于原文或原作者的意图,译者必然会加入自己的理解或偏见,也就必然会把自己的历史性带进他的理解中去,这就体现出了译者的主体意识,这种主体意识将直接影响他对原文的翻译策略的选择。

鲁迅翻译童话的第二个特色是人物名均采用意译。细心的读者一定还记忆犹新,鲁迅在翻译科学小说时对待人名的处理主要是采用"音译"法。那么,对童话中的人名,为什么又采用"意译"法呢?鲁迅曾经这样说过:"和文字的翻译近于直译相反,人物却意译,因为它是象征。"在《小约翰·引言》中,鲁迅也谈到了自己翻译这部童话里的人名时的想法:

小鬼头 Wistik 去年商定的是"盖然",现因"盖"者疑词,稍有不妥,索性擅改作"将知"了。科学研究的冷酷的精灵 Pleuzer 即德译的 Klauber,本来最好是译作"挑剔者",挑谓挑选,剔谓吹求。但自从陈源教授造出"挑剔风潮"这一妙语以来,我即敬避不用,因为恐怕《闲话》的教导力十分伟大,这译名也将蓦地被解为"挑拨"。以此为学者的别名,则形同刀笔,于是又有重罪了,不如简直译作"穿凿"。

可见,为了充分表达人物的象征意义,为了避嫌,译者会随时调整自己的翻译策略,表现了作为翻译主体的渊博和智慧。

尽管翻译的是儿童文学,但鲁迅却是一样的严谨认真,对细节的处理同样也是一丝不苟。例如,在翻译《小约翰》时,为了确认书中多处动植物译名的翻译,他托人多次往返上海查阅词典。为了方便读者查阅,他甚至还编写了《动植物译名小记》,以方便小读者更好地了解动植物的性能,由此,可以看出他高度的责任感和对儿童的爱与看重。对于人名的翻译,他也要与朋友讨论多次才最终确定。如把"小鬼头"译作"将知",把科学研究的"精灵"译为"穿凿",把"小姑娘"译为"荣儿",等等。又如,《表》最早在《译文》上发表时,把 Gannove 译为"怪物",后认为不妥,印行单行本时改为"头儿"。隔了半年,从朋友处了解到这个词源于犹太语,意思是"偷儿",近似上海方言的"贼骨头"。搞清原意后,他特地给《译文》编者写信,在终刊号上更正。这种一丝不苟的严肃认真的精神,贯穿于他的全部翻译工作中,更体现在他的儿童文学译作之中。由此,我们也可以看出译者主体性的可变性。针对翻译中的误译，译者会根据实际情况和实际需要与赞助部门进行对话，改正翻译错误，促使翻译作品以正常的面貌在社会上流通。

鲁迅童话翻译的第三个特色是翻译方法并不统一，有时直译，有时意译。比如：鲁迅有时会把日文的词汇原封不动地照搬，如在武者小路实笃的《一个青年的梦》里出现的"火曜日""日曜日"等词汇，在鲁迅的译文中就是照搬，而没有译成国人熟悉的"星期二""星期日"。众所周知，主体的本质表现在其能动性、受动性、为我性的特征中，而这些特征构成了译者的主体性。笔者认为，鲁迅的这种从日语中直接"拿来"的做法，跟他改造汉语的思想有着密切的关系，体现了译者主体的为我性。

尽管鲁迅的童话翻译有时读来有晦涩之感，不像童话，但在当时有益于孩子们身心健康的童话还十分缺乏的情况下，却"应"了"补缺"之"急"。由于鲁迅和其他一批文学家的共同努力，童话作品翻译在中国渐渐有了起色。鲁迅在翻译儿童文学作品方面所做的长期艰苦的工作，对我国儿童的教育培养和我国儿童文学的健康发展，都有着深远的意义。鲁迅在儿童文学翻译方面的建树，是一笔非常珍贵的遗产。鲁迅对待儿童文学翻译的认真态度，值得我们学习，鲁迅的儿童教育思想对当代教育改革仍具有很强的现实意义。鲁迅在儿童文学翻译中所体现出来的译者主体性，也是值得我们认真思索和研究的。

四、鲁迅的译者主体性及其文化意义

从鲁迅的翻译实践和翻译思想的形成过程中，读者不难看出他强烈的主体意识。无论是从他的翻译目的、翻译文本的选择，还是从翻译思想和翻译策略的确定和变化过程中，都可以看出他与当时的其他译者截然不同的倾向和创造特色。其主体性的表现与国家文化建设和文学的改革息息相关，因而具有重要的文化意义。具体包括如下几点：

第一，鲁迅的翻译实践和翻译思想与其社会文化属性和文化实践之间有着紧密的联系。作为译者主体，作为民族文化建构的重要参与者，鲁迅充分地了解自身在翻译实践中的主体作用，并在翻译过程中体现出极强的主体意识和创造性，这说明译者的社会文化属性正是构成译者主体性的重要成因。为了拯救社会、国家、民众，建构和发展新的语言文化形式，鲁迅可以说是呕心沥血、身体力行。他的弱势文学翻译、科学翻译和童话翻译，以及他所尝试的各种翻译方法，都生动地展示了他作为一个伟大的翻译家对于转型时期的文化的选择和推动作用。因此，研究鲁迅的翻译实践和翻译思想，对于我们重新认识翻译与社会文化的关系，有着独特的学术价值。

第二，鲁迅的翻译观和翻译策略的变化与他的文化观的变化息息相通。通过分析鲁迅翻译实践的几个层面，我们发现鲁迅的翻译观和翻译策略都经历了一个不断变化并逐步趋于完善的过程。早年的鲁迅热衷于编译、改译，后来则提倡"直译""音译"乃至"硬译"、主张"欧化"和"宁信而不顺"，到晚年又经常转向"意译"。他的翻译观和翻译策略的不断变化，与当时中国社会正在进行的新文化运动是密不可分的。当时的鲁迅正处于文化观发生重大改变的时期，是由文化观的变化引起了翻译观和翻译策略的变化，是鲁迅经过对中外语言文化做了一番仔细的观察和分析之后所做出的一系列理性的、科学的翻译选择，是经过大量的翻译实践和不断的文化上的反思与探索并结合当时的社会文化现状而形成的。翻译是受特定文化环境、特定的时代、特定的社会、特定的文化价值观和审美观等诸多因素制约的行为，因此，作为译语文化的翻译主体，译者的取向也会与当时的文化倾向遥相呼应，进而影响到翻译的文本形态的生成和译本的接受效果。所以，我们不能简单地从翻译的语言转换的角度，而要从历史的、文化的角度来理解鲁迅的翻译实践及其翻译决策。作为一种文化的阐释，翻译其实也彰显了译者的文化身份和文化诉求。

第三，翻译客体是翻译主体实现文化理想的通道。此处所讲的翻译客体，是指作为翻译实践的对象，即翻译材料。从以上的论述中不难发现，鲁迅非常重视翻译实践，他的翻译思想也是在大量翻译实践的基础上逐渐形成的。也正是通过这些翻译实践中作为翻译主体的鲁迅对翻译素材即翻译客体的处理方式，我们看到了鲁迅隐藏在这些策略之后的文化理想。尤其是在他的"硬译"和"欧化"的主张和策略中，我们能够感受到鲁迅对于未来文化的构想。如上所述，鲁迅翻译《域外小说集》，用的就是"硬译"法。他认为该译文"句子生硬，佶屈聱牙"。既然如此，那为什么还要如此锲而不舍地追求"硬译"，以至于宁可让译文"中不像中，西不像西"呢？究其原因，可以从鲁迅的《关于翻译的通信》一文中找到答案："这样的译本，不但在输入新的内容，也在输入新的表现法。"因此，在处理翻译客体的时候，鲁迅主张"宁信而不顺"。众所周知，汉语与西语两种语言在"直译"时会表现出矛盾性，但鲁迅还是坚持让汉语尽可能去适应西语复杂的句式和文法，艰难地把"硬译"贯彻到底，其译者主体性彰显无遗。鲁迅在"硬译"中显示出了大胆的试验精神。通过"硬译"，鲁迅实际上是在苦苦地试验汉语的张力和汉语变形的最高极限。"硬译"展示了汉语与西语之间遥远的距离，也显现了鲁迅为跨越这种距离而做出的艰辛努力。

鲁迅提倡翻译的语言应该"欧化"，与"硬译"之策略一脉相承，其目的可以总结为如下三点：其一，是要借他山之石以攻玉，将中国传统文化中缺少的异质性引进来，先求异再求同。他曾这样说道："人往往以神话中的 Prometheus 比革命者，以为窃火给人，虽遭天帝之虐待不悔，其博大坚忍正相同。但我从别国窃得火来，本意却在煮自己的肉的。"其二，是为了"益智"。与到外国旅游相似，翻译必须要有"异国情调"。其三，是为了输入新形式，以改进中文文法。也就是说，鲁迅的"欧化"主张，是站在中国语言改革的高度，通过翻译，向译语语言、文学、文化、思想等领域输入新的词语、句法、新奇的表现手法以及新型的思维方式。总之，鲁迅就是以这种"硬译"方式和"欧化"主张，促进了文化界对于中国语言文化之不足的认识，从而加快了中国语言文字改革的速度，推动了中国新文化的发展。

第四，译者主体性的发挥对理想的翻译和理想的文化起着推动作用。在鲁迅的一生中，除了大量从事多种语言和多种类别的翻译实践以及提出了"硬译"等代表性的翻译观之外，他还提出了翻译的"复译"观和"重译"观。从中体现了一个译者对翻译质量的关注，以及对完美的翻译和理想的文化的追求。针对当时出现的"乱译"现象，鲁迅提出了"复译"

观。他认为，要想击退这些乱译，唠叨是没有用的，唯一的好办法就是将它复译一次。如果还不行，就再来一次。他提倡"复译"的另一个原因是，即使有好的译本，"复译"也是有必要的。原有文言译本的，也可改译成白话文。而且，随着时代的发展，语言也在变化，将来还可以有新的复译本，复译七八次也不为奇。在鲁迅看来，取旧译本的长处，再加上复译者自己的新体会，这样的译文会更趋于完美。鲁迅本人并没有做过复译工作，但是，在鲁迅的积极倡导之下，中国的翻译界出现了"百花齐放，百家争鸣"的喜人局势。《红楼梦》《水浒传》《西游记》《西厢记》等文学名著多个译本的相继出现，或许就是对鲁迅复译主张的积极响应，也在某种程度上证明了"复译"主张的正确性。

结合中国的国情，鲁迅还明确地提出了"重译"的翻译主张。他所讲的"重译"，并不是重新翻译，而是我们现在所讲的"转译"，即根据已有的译本，转用别的语种再进行翻译；虽然鲁迅认为理想的翻译应"由精通原文的译者从原著直接译出"，但是，在旧中国，大多数东欧、北欧国家的小语种没有人懂，而迫于形势，这些国家的文学作品又亟须翻译，要想让国民读到这些文学作品，只有让他们阅读从英语或日语转译过来的译本。这样，"重译"就拓宽了阅读的范围。另外，鲁迅认为，重译时有几个本子参考，这样，翻译就可以简单一些。因为"甲译本可疑时，能够参看乙译本及其注释，而原书上不一定有，直接译就不然了，一有不懂的地方，便无法可想了"。当然，现在的学者大多认为"重译"有局限，或多或少会造成对原文的不忠，这样的译本最终会遭淘汰。但在当时的情况下，这却是一种权宜之计。关于这个问题，鲁迅在重译日译本《俄罗斯的童话》的译序中说得很清楚，"只因别无译本，姑且在空地里称雄。倘有人从原文译起来，一定会好得远远，那时我就欣然消灭。"正是因为有了这个指导思想，鲁迅能够翻译十五个国家的各种作品，其中许多都归功于"重译"。鲁迅的"重译"观充分体现了他实事求是的科学态度以及针对当时的国情所做的灵活恰当的策略调整，为文化的多元发展做出了贡献。

第三节 对主体性的反思

翻译是一种跨文化的交际行为，对民族文化的发展和交流有着重要意义。翻译的主体性是客观存在的，也是翻译界争论不休的一个问题。翻译中应该凸显译者主体性还是应该遮蔽译者主体性？它们又各有什么利弊呢？

在过去的传统翻译研究中，译者长期被认为是"仆人""折射镜"，甚至是"隐形人"，凸显的是原作者和原著至高无上的地位。在"原意"说的框架内，翻译的阅读过程被视为单一的过程，译者只是一个阿尔都塞意义上的"屈从体"，那时的翻译界崇尚的是"直译"和"忠实"，原作是"上帝"，译者必须维护原作的地位，像传达"上帝"的旨意一样传达原作者的意旨。译者的主体性处于被遮蔽的状态。

20世纪60年代以来，翻译的多元系统论以及后来的规范论将译者从"源语中心论"的束缚下解放出来，译者和译语文化得到了重视，译者主体性的发挥得以彰显，但是，译者又被套上了译语文化的枷锁。

随着尼采、胡塞尔和德里达等哲学家的出现，反逻各斯中心主义的后现代哲学话语和翻译的"主体间性"得以张扬。取消权威、凸显差异、强调对话，成了后现代翻译观的主旋律。

从鲁迅的翻译实践中，我们能够看到这几种翻译观念的交融。鲁迅既提倡"直译""硬译"和"音译"，同时也主张"意译"和"改译"。在与鲁迅同时代的翻译家和后世的翻译家的翻译实践中，我们也看到这种综合、交叉的翻译取向。这说明，翻译其实是译者主体和原作者主体以及读者主体的统一，根据不同的翻译目的和社会文化的需要，不同的主体会在不同的时候"显形"。

因此，在翻译过程中，我们无须背负历史的重负，也无须标榜哪种翻译方法最好。凡是能对国家文化的进步和民族素养的提高起到巨大推进作用的翻译策略，就是值得提倡的翻译策略。至于谁是主体，其实并不重要。重要的是作为一个译者，如何充分地发挥某种主体性，为国家的富强和文化的发展服务。

第六章 翻译与文化误读分析

文化误读是当今世界学术界普遍关注的一种文化现象。作为一种阅读态度，误读正在影响着人们对于文化的认识和选择。在翻译界，对原作的正读或误读往往会导致不同译本的产生，从而展示出不同的文化态度，表现出人们对于文化的不同理解和认识。因此，对于翻译的文化误读的研究就具有独特的文化意义。

在本章中，我们将从文化误读理论视角切入，对《围城》英译本中的文化误读现象及其文化意义做深入的探讨。

第一节 文化误读的概念

作为一个术语，"误读"最早是比较文学界在研究不同文化背景下的文学作品过程中提出来的。在解读外国文学作品时，读者同作者之间往往会存在某些理解上的偏差，由此引起许多学者对"误读"现象的关注。学术界一般采用"misreading"来对这一术语进行表述。

20世纪70年代，美国解构主义大师哈罗德·布鲁姆（Harold Bloom）提出了"误读"理论。在其《影响的焦虑》（*The Anxiety of Influence*）和《误读的地图》（*A Map of Misreading*）等著作中，布鲁姆用了相当的篇幅，探讨了文学尤其是诗歌创作中的误读现象。他认为，"诗歌的影响——只要涉及两位重要的、真正的诗人——总是要通过对以前的诗人的误读来进行的，这种创造性的矫正行为实际上是一种必要的误解。文艺复兴以来，作为西方诗歌主要传统的富有成效的诗歌影响的历史，是一部充满焦虑、自救漫画式的历史，是歪曲的历史，反常的和随心所欲刻意去修正的历史，没有它，现代诗歌就根本不可能存在。……诗歌是影响的焦虑，是误读，是训练有素的反常。诗歌是误解、误释，是不适当的联合"。

保罗·德·曼（Paul de Man）从语言的修辞性角度来剖析"误读"。他认为，"语言的修辞性"一旦确立，就必然带来指意出轨的可能性，从而颠覆了文本的指意性。一切文学文本都要依靠修辞性语言，而修辞性语言就是用一个文本描述另一个文本，用一个修辞语代替另一个修辞语，所以文本的本意就不再存在，语言不可能表示确定的意义，一切的阅读也就都成为误读。

翁贝尔托·埃科（Umberto Eco）从文化学角度出发，提出了"错误认同"的概念。他认为"我们周游、探索世界的同时，总是携带着不少背景书籍，它们并非是体力意义上的携带，而是说，我们周游世界之前，就有了一个关于这个世界的先入为主的观念，它们来自我们自身的文化传统……这些背景书籍的影响力如此之大，以至于它可以无视旅行者实际所见所闻，而将每件事物用它自己的语言加以介绍和解释"。

乐黛云对"误读"也有过界定。她指出，所谓误读，就是指人们与他种文化接触时，很难摆脱自身的文化传统、思维方式，往往只能按照自己所熟悉的一切来理解别人的阅读方式。

文化误读又分为"消极文化误读"和"积极文化误读"。在文化交往过程中，与作为不同文化之载体的个体进行接触时，由于存在文化差异而出现无意识的误读往往在所难免，这就是"消极的文化误读"。"消极文化误读"经常会造成负面结果——误解和曲解，甚至产生文化的冲突，影响文化的交往和文学作品的有效传播。"积极的文化误读"则是有意识的误读，这种误读往往怀有某种特定的文化目的，虽然会导致作品的变形，但却有助于文化创新，比如说，有意识的改写，就是一种积极的误读。所以，谢天振先生称其为"创造性的误读"。

第二节　文化误读与翻译的关系

文化误读理论在学术领域产生了广泛而深远的影响，这种影响也延伸到了翻译研究和其他领域。1995年秋在北京召开的"文化对话与文化误读"国际研讨会上，就专设了"误读与翻译"的讨论专题，不少中外学者就翻译与文化、翻译与文化变革、文化误读与文化翻译等问题展开了深入的讨论。

作为跨文化交际的桥梁，翻译的过程从某种意义上来说就是一种文化对另一种文化不断产生误读的过程。翻译中的文化误读是指译者因受主观因素的制约而把错误的、扭曲变形的或经过加工改造的源语文化信息移植到译语文化中。从译者的主体性角度来看，翻译中的文化误读也有"积极的文化误读"和"消极的文化误读"之分。

翻译中"积极的文化误读"是指"译者为了某种目的或适应一定的需要，包括读者接受的需要、文化判断与表达的需要等，故意对原文的语言内涵、表达方式等做清醒、理智的选择、增删、改换形式等"。在特定的历史文化语境中，译者在翻译中的积极误读具有一定的文化意义。它可以促进译文与译入语文化的融合，并启迪译入语读者在阅读译本时进行创新。例如，庞德对于中国古诗的翻译误读在修改原作的同时，激发了西方人对中国古诗的兴趣，并创造出意象派诗歌，为东西方文化交流做出了巨大的贡献。可见，翻译中的误读有时可以积极促进不同文化间的交流与融合。

翻译中"消极的文化误读"则是指"因为译者知识、水平等的欠缺，对原文的语言内涵或文化背景缺少足够的了解与把握，将有的内容译错"。消极的文化误读容易使译者无法正确把握原文的意义，从而在翻译时造成失误。因此，在某些情况下，文化误读对翻译产生的消极作用更甚，它扭曲了原文，甚至由于译者对认知对象理解不充分，分析不科学，从而断章取义，以偏概全，在很大程度上成为跨文化交际中读者全面真实地了解源语文化的障碍。

由于翻译中的积极误读已有很多学者做过大量研究，本书中亦有许多例证与之相关。因此，本章的视角主要聚焦于翻译中"消极的文化误读"，试图从《围城》的原本和译本出发，通过对《围城》英译本中的"消极的文化误读"的表现形式的比较分析，探讨造成"消极的文化误读"的原因及其意义，以期对文学与文化的传播提供一种启迪。

第三节　《围城》英译本中文化误读具体分析

一、《围城》原本与译本简介

长篇小说《围城》是我国著名文学家钱钟书先生的杰作，发表于20世纪40年代中期，刊载在郑振铎、李健吾主编的进步期刊《文艺复兴》上，并从1947年起，连续三年进行重版，在国内文坛上引起了轰动。但是，《围城》发表的时期正是急风暴雨般的民族战争、阶级斗争接连震撼着中国的时期，当时，进步文学作为革命事业不可分割的一部分，就必须为革命斗争服务。而《围城》虽然广为读者所喜爱，但是由于题材和内容的限制、带有书斋思考的意味以及先进人物的缺失，其影响力在当时比不上其他一些进步作家的作品，甚至一度还因其政治思想性受到一些文艺期刊的激烈围攻。自20世纪40年代末，《围城》被湮没了很长一段时间，在国内一直没有重版，直到1980年再次重版，十三万册不出百天全部脱销。可见陈年醇酒，味可醉人。

《围城》将"人生如同围城"这一具有哲学意味的人生感叹带到人们面前，引发无数国人的共鸣乃至深思。《围城》，恍如一阵秋风，吹开了国人用来遮掩荒谬现实的面纱，将人类本身的种种丑陋和人性缺陷展露在世人面前。这部致力于揭示人性丑陋与现实荒诞的文学巨著，描述了留洋归国的青年学子方鸿渐从十里洋场的上海辗转到穷乡僻壤的三闾大学的经历，期间所遭遇的种种怪诞现实，在作者的笔下栩栩如生，活灵活现，令读者啼笑皆非之余，不禁为其披露现实的犀利文风与诙谐妙笔而啧啧称奇。钱钟书，这位学贯中西、博古通今的学者型作家，以其独到的诙谐幽默、戏谑又不失睿智的笔锋，对当时昏庸无能的政府、衣冠楚楚的学者、唯利是图的小市民等的种种丑陋人性进行了无情的嘲讽和批判，将当时中国知识分子群体追求人格独立与自主，却无法实现这一要求的现实情况进行了深入而细致的刻画。《围城》以其对纷繁世相的准确把握，对人性与人格的深层透视，成为代代流传的经典之作，其高超的艺术性被众多现实主义作家所叹服。就其荟萃中西文化精髓而言，学贯中西的大文学家笔下的《围城》也成了东西方文化艺术的混血儿，其文化的多样性和融合性正是钱钟书小说的独特风格。作品的象征性手法袒露着西方文学色彩，而文中随处可见的白描式写法又透露出它的中国血统，其诙谐戏谑的笔调则与《儒林外史》一脉相承，但是，就揭露人类普遍弱点的深刻性而论，《围城》显然比《儒林外史》更胜一筹。正是由于其深刻的思想性和高度的艺术性，《围城》自面世以来就引起轰动。虽然历经时代的变迁与磨难，但它至今依然是照亮中国文学史的一颗璀璨的明珠。

正是这样一部独一无二的融合了东西方文化的文学巨著，在世界上各种肤色的汉语研究者的认同与推广下长久流行于世界文坛。美国作家、翻译家珍妮·凯莉（Jeanne Kelly）与美籍华人学者茅国权（Nathan K. Mao）联袂将其译为英文，苏联索洛金、日本荒井健分别将其译成俄文和日文，法国克里斯蒂安·布热瓦出版社于1987年出版了法译本，其德文与西班牙文译本也于1988年、1992年相继出版，来自世界各国的读者和研究人员对这部巨著给予了高度评价。随着其翻译版本的增加，其文学地位也不断提高，被誉为最杰出的中国现代文学作品之一。

1979年，由美国作家、翻译家珍妮·凯莉和美籍华人学者茅国权合译，由美国印第安纳大学出版社出版的《围城》英译本一度在美国掀起了中国文学热潮，"《围城》热"拉近了美国读者与现代中国文学的距离，引发了美国人阅读现代中国文学作品的强烈兴趣。美国民众的阅读热情也引起了学界的关注，耶鲁大学教授乔纳森·斯彭思（Jonathan Spence）撰文称此书的重要性非同一般。

但是，对于《围城》这样的名著，人们对其译作的期待值自然很高。如果译文含有一些"消极的文化误读"，就会妨碍中国文学与文化的有效传播。研究发现，《围城》英译本中确实存在大量的"消极的文化误读"现象。因此，对这个问题的研究将有助于我们从一个不同的角度来反观文化对于翻译的反作用，从而促使我们思考如何在未来的翻译和文化传播过程中采取合适的策略，避免不必要的文化误读，促进文学与文化以更加真实的面貌在异域传播。

二、《围城》英译本中的社会文化误读

根据我们的研究，《围城》英译本存在多种文化误读。译者对原著的误解或曲解，在很大程度上造成了以己度人、以偏概全的消极后果，成为跨文化交际中读者全面真实地了解源语文化的障碍。

《围城》英译本的译者茅国权曾指出，《围城》是一部学者型小说。小说涉及中西方的文学、哲学、逻辑、风俗、法律、教育体制等领域，涵盖了丰富的社会文化因素，稍有不慎则极易导致译本中的文化缺省与文化误读。因此，对于《围城》英译本的社会文化误读是笔者关注的一个关键层面。

（一）社会礼仪方面的文化误读

"礼仪的表达折射出一种文化的社会行为方式。礼仪的概念似乎是普遍的、一般的，然而，文化背景不同的人们表达礼仪却有着截然不同的方式。"

中国几千年的封建社会历来倡导礼治。正如《礼记·曲礼》所言："鹦鹉能言，不离飞鸟，猩猩能言，不离禽兽。今人而无礼，虽能言，不亦禽兽之心乎？"中国的礼仪源远流长，《左传》中所谓"非礼勿视，非礼勿听，非礼勿言，非礼勿动"就是要求人们的举手投足都要循规蹈矩，符合礼仪。译者对东方礼仪的不理解甚至误解会导致对原著的文化误读。比如，《围城》中有这样一句话："'我你他'小姐，咱们没有'举碗齐眉'的缘分，希望另有好运气的人来爱上你。"这里译者将"咱们没有'举碗齐眉'的缘分"译成"we just weren't meant to raise the bowl to the eyebrows"让英语读者无法理解。其实，熟知汉语的读者都知道"举碗齐眉"源自成语"举案齐眉"，这一成语典故出自《后汉书·梁鸿传》。相传，梁鸿携妻带子来到吴地隐居后，白天为富人家舂米，晚上拖着疲倦的身子回家时，爱妻孟光已为他做好了可口的饭菜。贤惠的孟光非常敬重丈夫，每次给梁鸿盛饭不敢抬头直视，而是半曲身子将盛着饭菜的托盘举至眉前端给梁鸿吃。有一次梁鸿受雇的主人前来找梁鸿，正巧碰到了这一幕，非常惊讶，感叹道："能使妻子这样敬重自己的人必非常人！"随即换了大房子给梁鸿夫妇居住。自此，梁鸿方得以潜心修学，闭门著书十余篇。梁鸿受雇的主人也将梁鸿和孟光的恩爱故事传了出去。"举案齐眉"在古代封建社会中一直被人们视为妻子敬爱丈夫的典范，梁鸿和孟光也被称为千古第一婚配。把"案"替换成"碗"是因为上文中提到女人看了那些书要把丈夫当成"饭碗"。译者对"举碗齐眉"的直译令译文十分晦涩。其实，这里的"举碗齐眉"和"举案齐眉"一样表达的是妻子敬重丈夫的一种礼仪，用以形容夫妻相敬如宾。对此，我们不妨做这样的修改："Miss Wo-Ni-Ta, we just don't have the predestined relationship to be as an affectionate couple as those whose wives raise the bowl to the eyebrows to show the respecting for their husbands. I hope some other lucky guy falls in love with you."如果说译者由于对原作中的礼仪文化缺乏诠释而导致了读者的费解还情有可原的话，译作中有几处完全不顾源语礼仪文化而将语言片面地翻译成外语则会令目的语读者感到莫名其妙，最终会引起公众的误读。在小说第三章中，方鸿渐在席间醉酒，苏文纨体贴地要送他回家，预备先离席，礼貌地对仍在就餐的客人说："褚先生，董先生请慢用。"而译者却将她说的这句话译成"Mr. Ch'u, Mr. Tung, please take your time."在中国，饭后说"请慢用"是一种饮食的礼仪。如果吃完饭后，你一句话也没说就离开，这是很失礼的。然而，在西方却没有自己吃完饭后就叫人家慢慢吃这种习惯。译成"please take your time"会让英语读者误以为苏文纨是在劝慰他们，还有足够的时间，不必吃得太急。他们不了解这仅仅是一种中国人在宴会中先离席时的礼仪，从而造成读者对源语文化的误读。此处，我们可以考虑译成："Excuse me, Mr. Ch'u, Mr. Tung, I have to go now, please enjoy your meals."

再比如，方鸿渐离开三闾大学之时，同事假意惋惜地说："好，好，遵命，那么就欠礼了。"译本中将之译成"Well then, I'll just have to dispense（施行）with courtesy（礼貌，礼貌的行为）."就有些不妥。因为有一定汉语文言知识的人都知道，"欠礼"表达的意思就是"有欠礼数"而绝非"礼貌"的意思。如果改译为"Well then, sorry for my breach of etiquette."就要妥当一些。类似的例子还有很多，比如："鸿渐打躬作揖，自认不是，要拉她出去吃冰。"将"打躬作揖"译成"bowed and genuflected（屈膝，跪拜）"，可见译者对中国的礼节缺乏了解与考察。在《公羊传·僖》中有"献公揖而进之"的记载，说明"打躬作揖"是中国旧时的一种礼节，两手合抱致敬，弯身抱拳行礼，表示恭敬顺从或恳求的样子。我们不妨把它译成："Hung-chien folded his hands and made deep bows."

礼仪文化是人们了解一个国家的窗口，而译者是文化交流的使者，要以减少消极文化误读为己任。因此，译者在翻译文学作品的过程中，不能只限于通晓异国语言，还需要深入了解这种语言的文化背景，考察相关的社会礼仪文化，才能够尽可能全面、真实地反映原作风貌。

（二）社会政治方面的文化误读

在社会政治方面，由于不同政体的文化归依不一，也会导致误读的发生。中国封建社会长达数千年，封建统治阶级采用专制集权的政治制度，权力高度集中导致了人治现象的出现。《诗经·小雅·北山》有云，"普天之下，莫非王土；率土之滨，莫非王臣"，这正是对古代王权统治的形象反映。而在西方的传统政治活动中，法的意识则比较凸显。古希腊伟大的哲学家、思想家亚里士多德就认为法治优于人治，说"法"是"最优良的统治者"。古希腊著名哲学家赫拉克利特也提出"法律对所有的人都同样地公正"。正是中西方政治文化背景的巨大差异，使得译者在对于原著相关内容的理解上常常出现偏差，从而造成社会政治文化方面的误读。例如：

在《围城》的"序"中，钱钟书先生回忆自己的著书过程时这样写道："两年里忧世伤生，屡想中止。"译文是这样表达的："It was a time of great grief and disruption, during which I thought several times of giving up."在有些研究人员看来，钱钟书的思想饱含着一种"忧世伤生"的情怀，不同于鲁迅的"忧国忧民"。因为钱钟书所"伤"的"世"是全世界而非特指某国，"生"则泛指芸芸众生，而非专指国民。可以说，"忧世伤生"是"为世界而感忧，为人类而伤怀"。但是，正直真诚之人似不为当时的社会所欢迎，他的"忧世伤生"或许意在此处。将之译为"great grief and disruption"则将这种高尚的政治情怀等同于普通的悲伤情绪，令原文的思想性大打折扣。我们可以做这样的修改："It was a time of being worried and concerned about the world and the human being, during which I thought several times of giving up."

我们再来看看赵辛楣与方鸿渐斗嘴的这一段。方鸿渐回敬赵辛楣，当初他告诉赵辛楣韩学愈薪水高一级时有这样的句子和译文："你要气得掼纱帽不干呢？""Why did you get so mad you wanted to throw away your cone-shaped hat?" "纱帽"是古代君主或官员所戴的一种帽子。以纱制成，故名"纱帽"。从明代开始定为文武官常礼服，后泛指官帽。在中国的古典名著《红楼梦》中就有"因嫌纱帽小，致使枷锁扛"之类的句子。在中国古代的政治文化当中，"纱帽"便是一个人身份地位、官职的象征。在此，它当然不是指一顶普通的瓜皮帽，而是隐喻官职。译文将之译成"cone-shaped hat"是译者对中国古代政治文化知之甚少的表现。改为"Why did you get so mad you wanted to throw away your 'black gauze cap'？"可能还妥当一点。

还有，小说中刘东方是一个趋炎附势、斤斤计较、喜欢拉帮结派的人。他为请代课老师一事煞费苦心，可"人家全明白是门户之见"。此处，译者将之译为"Everyone could see it was a selfish act."。"门户之见"一词颇具中国古代政治文化色彩，其典故出自《新唐书·韦云起传》："大业初，改谒者，建言今朝廷多山东人，自作门户，附下罔上，为朋党。"根据《辞源》的解释，"谓树朋党者曰立门户，又私其一家言者，谓之门户之见"。可见，"门户"即指"派别"。将"门户之见"译成"it was a selfish act"就完全失去了这个成语当中所蕴含的政治色彩，更是影响到对刘东方这个人物性格的刻画。我们把这句改译成："Everyone could see it was just for sectarian bias."也许更能让读者领略到原著中的政治内涵。

赵辛楣与方鸿渐在船上有一段经典的谈话，赵辛楣发恨"要靠了裙带得意，那人算没有骨气了"。"If a man has to hold onto a woman's apron strings to advance himself, then he has no will of his own."译文用"hold onto a woman's apron strings"代表"靠了裙带"，从表面来看，似乎行文流畅，无可指责。但仔细推敲就会发现不当之处。英语中"hold onto a woman's apron strings"表达的意思是"too long or too much under her control"（深受母亲或妻子所操纵或支配的）。而汉语中"裙带"一词最早出现于宋代。《朝野类要》卷三有这样的记载："亲王南班之婿，号曰西官，即所谓郡马也。俗谓裙带头官。"根据《辞源》上"裙带官"的词条有这样的注释："因妻妾关系而得的官职。"宋周辉《清波杂志》也有这样的记载："蔡卞之妻七夫人，颇知书，能诗词。蔡每有国事，先谋之于床笫，然后宣之于庙堂……蔡拜右相，家宴张乐，伶人扬言曰：'右丞今日大拜，都是夫人裙带。'讥其官职自妻而致。"原来卞妻为王安石之女，由此可见，古人所谓"裙带"关系，主要指由妻妾亲缘联络扭结的利益关系，现在则用得比较广泛，只要是利用妻女姊妹等亲属关系，相互勾结攀缘的，均适用这种解释。所以，原文中"靠了裙带得意"，是指因妇女亲戚关系而勾结攀缘得官。此处借喻译成"If a man has to advance himself with the help of his female relatives, then he has no will of his own."也许稍能达意。在这个例子中，同样的词语，在中、英文中却蕴含了不同的政治文化内涵，引起不同的心理联想。译者在翻译过程中缺乏对中国政治文化背景知识精深通透的了解和把握，致使译文在文字和意义上都偏离了原著，产生了误读。

(三)社会教育方面的文化误读

中西方不同的教育渊源也是导致误读的原因。我国礼教经典之一的《大学》开宗明义:"大学之道,在明德,在亲民,在止于至善",就是把德行观念、人格培育的观念渗透到教育活动的全过程。教育更多的是以"孔孟之道"为纲,以政治教化为主,其办学目的是"所以明人伦也"。"教以人伦:父子有亲,君臣有义,夫妇有别,长幼有序,朋友有信。"(《孟子·藤文公》)。中国所讲的"人伦",通常是指君臣、父子、兄弟、夫妇、朋友间的相互关系。将这些关系明确处之,就是所谓的"明人伦"。在中国,教育注重培养"共性"的人格,主张将宣扬道德伦理与营造社会文化氛围相糅合。中国的统治者历来以诗、书、礼、乐对人们进行知识教育,又将忠、孝、仁、爱立为思想行为准则,向人们灌输道德观念。西方教育理念则不同,自古希腊民主时期以来,培养与训练人的生存能力是贯穿西方教育始终的主线。尤其在文艺复兴以后,西方教育更明确要培养人的适应力与竞争力,注重个性的培养与技能的发展。正因为这种教育理念的差异,导致了译者对原著中一些教育方面的文化误读。例如:

小说中介绍褚慎明,原名叫褚家宝,成名后嫌"家宝"不符合哲学家身份,换称"慎明",取"慎思明辨"之意。译本中将"慎思明辨"译为"consider carefully and argue clearly"就明显地误解了这个成语所包含的教育文化内涵。"明辨"源自《左传·隐》:"明贵贱,辨等列。"此处的"辨"在《辞源》中解释为"辨别"而不是"争论"。在中国古代教育当中,"明贵贱,辨等列"是纲常、礼法教育的基础。而且在中国文人的思维中,能做到"慎思明辨"是一种境界。把"辨"误读为"争论",则完全背离了这种境界。此处作者正是要借这个成语来讽刺褚慎明的不学无术、爱慕虚荣。此处改译成:"consider carefully and distinguish clearly"可能要好一些。

对东方教育文化背景知识缺乏了解,有时也会导致译文用词大打折扣,不够分量。例如,方鸿渐得知自己错把苏文纨的"得意之作"当成王尔恺的"旧作"而胡乱批评了一通时,气急败坏地骂王尔恺:"这文理不通的无聊政客。"译文将"文理不通的无聊政客"译成 moron(蠢人),two-bit politician(没用的政客)。根据《现代汉语词典》的解释,"文理不通"是指文章内容方面和词句方面的条理不清楚,不通顺。在中国古代,文人墨客要步入政坛仅有一条途径,那就是科举取士。在科举考试中,八股文的优劣决定考试的次第。所以,若说一个文人"文理不通",无疑是对其极大的羞辱。与其斥责一个风流政客"笨拙",倒不如谴责他的"文理不通",加上当时方鸿渐对于王尔恺让自己出了洋相而感到非常羞恼,我们不妨把它译成:"That silly politician, who knows nothing about writing."

再举一例,在赵辛楣为苏小姐等人所设的宴席上,董斜川吟诵起"同光体"诗词,意在炫耀自己"旧学深厚""诗才超人",像这样凸显自己学养的时机自然是不容错过的。他这样讽刺方鸿渐这类留学生:"东洋留学生捧苏曼殊,西洋留学生捧黄公度。留学生不知道苏东坡、黄山谷,心目间只有这一对苏黄。我没说错罢?"译文为"Students returning from Japan worship Su Man-shu; Western returned students admire Huang Kung-tu. Am I wrong?"很明显，译者对"留学生不知道苏东坡、黄山谷，心目间只有这一对苏黄"没有翻译。这一删减极大地破坏了原文的语气，甚至可以说删减之后这句话就没有意义了，完全没有达到他炫耀的目的。董斜川在他所知道的诗人中，单选出苏曼殊与黄公度两位，除了告知众人自己的"旧学深厚"，还炫耀自己谙熟"苏黄"的典故。在《宋史·黄庭坚传》中有云："与张耒、晁补之、秦观俱游苏轼门，天下称为四学士，而庭坚于文章尤长于诗，蜀、江西君子以庭坚配轼，故称苏、黄。"宋刘克庄在《后村集·诗话》中也有："元祐后，诗人迭起，一种则波澜富而句律疏，一种则锻炼精而情性远，要之，不出苏黄二体而已。"因此，苏黄，指的就是苏轼与黄庭坚。在中国传统的教育理念中，说文解字能够引经据典，才能体现出才学渊博，接受过良好的教育。译者正因为不了解中国的这种教育文化，才没能意识到这句话的分量，而轻易地做出了删减的处理。

要消除翻译中社会文化的误读，就必须对原语言中所涵盖的礼仪、政治、教育等方面的文化内涵有全面的理解。稍有不慎，就很容易造成理解上的错位。翻译不仅仅是两种语言形式的置换，更需要走进各自文化的深层。译者只有持这种态度，才有可能尽量避免在翻译中出现"消极的文化误读"。

三、《围城》英译本中的语言文化误读

钱钟书先生在他的《七缀集》中指出，"一国文字和另一国文字之间必然有距离，译者的理解和文风跟原作品的内容和形式之间也不会没有距离，而且译者的体会和自己的表达能力之间还时常有距离。"

钱钟书先生所说的这种"距离"即是两种语言系统在音位、语义、语法、语用等方面的客观差异。汉语属于汉藏语系，英语属于印欧语系，这两种不同的语言体系无论在语音、文字、语法及形式上都有很大差异。这些差异影响着译者的理解和阐释，从而会导致译文失真、走样，产生语言方面的文化误读。

从《围城》英译本来看，也存在着词汇、句法和语义等层面的消极误读。以下，我们将从这三个方面来谈谈它们的具体表现形式。

（一）词法方面的文化误读

根据《现代汉语词典》的解释，词法就是语言学上的形态学，也包括构词法。比较英汉两种语言的词法，会发现两者虽不同，却不乏相似之处。譬如，汉语合成词可分成复合词、附加词等，在构词法上可与英语的合成词或派生词对应。不过，汉语中的成语却为汉语所独有。成语的结构独特，不论是表层意思还是深层含义，几乎都有可追溯的中国古代文化的渊源，可以说是中华民族语言的精髓。要辨析汉语成语，首先需要译者具有较为深厚的汉语文化功底，而要领悟甚至转换汉语成语，对于译者而言是一项巨大的挑战。更何况成语往往含义深刻，构词却异常严谨，所以，要求译者把握词法结构，将出现的语言和

文化矛盾逐一化解。在小说《围城》中，所使用的汉语成语近300个，译文中不免出现了一些词法方面的文化误读。例如：

在小说中，方鸿渐的父亲方遯翁为了省钱，不肯为二孙子请乳母，可他跟媳妇解释的时候只说"上海不比家乡，是个藏污纳垢之区，下等女人少有干净的"。译文为"Shanghai wasn't like their village but a disreputable place where very few of the lower-class girls were clean."译文将"藏污纳垢"译成"disreputable（名声不好的）"，将这个包含了两个动宾词组的联合关系复合型汉语成语简单地等同于一个形容词的用法，大大削减了这个成语的表现力。"藏污纳垢"出自《左传·宣公十五年》"川泽纳污，山薮藏疾，瑾瑜匿瑕，国君含垢，天之道也。"后来称"容纳坏人坏事"为"藏污纳垢"。"藏"和"纳"是同义，表"包容""藏匿"；"污"和"垢"也是同义，比喻"坏人坏事"。采用这一同义复合的成语可以加强说话人的语气，非常符合说话人的身份。因为方父之所以采用此词，主要是不想让儿媳妇在上海请乳母。"藏污纳垢"一词既表达出他的坚决态度，又很符合他作为读书人的用词习惯。翻译时须将这个联合关系的复合型成语所传达的痛恨语气充分表现出来，因此，我们不妨做如下的修改："Shanghai wasn't like their village but a sink of iniquity where very few of the lower-class girls were clean."

如果说上例中词法的文化误读只是造成用词语气的削减，尚且情有可原的话，译作中有几处肆意删减篡改原文词法结构，从而扭曲、偏离了原著，就使得译文变了质、褪了色、走了调，影响到读者对原著甚至是源语文化的认识和把握了。例如：在小说中，汪处厚为拉拢方鸿渐，许诺他许多好处。有人刻意栽培，方鸿渐便特别地上心卖劲："鸿渐既然格外卖力，不免也起名利双收的妄想。""Since Hung-chien was putting so much effort into his teaching, it was only natural that he should begin to have wild dreams of glory."译者将"名利双收"一词译为"glory"，意思是"荣耀"。"名利双收"为复合词，属动宾结构，指的是将个人的地位和利益同时收入囊中。"荣耀"大体相当于"名"，但是，译者没有将成语中的复合宾语"利"译出，造成了译文语义的缺损和意境的遮蔽。小说内容本指方鸿渐在做"知名教授"美梦时，还幻想将自己的"讲义著作"出版作为"指定教本"，赚取钱财，这样，"名"和"利"可以兼收。其实，前文有明确的描述和"名利双收"相呼应，译者的这番处理离原文语境相距甚远。为了保留原义，我们不妨做出这样的修改："Since Hung-chien was putting effort into his teaching, it was only natural that he should begin to have wild dreams of gaining both fame and wealth."

再举一例，赵辛楣向高松年请长假离开之后，高松年把方鸿渐请过去问话，完了之后，"鸿渐鞠躬领教，兴辞而出，'phew'了一口长气。"此处，译者的处理是："Hung-chien bowed politely, and saying goodbye, he left, letting out a long drawn-out 'phew'."译者将"鞠躬领教"译为"bowed politely"，说明没有将词的意思全面理解。"鞠躬领教"不仅仅是"恭敬行礼"之意，它是偏正结构，不能等同于1+1=2；实际上，"鞠躬"代表形式，"领教"才是目的，也就是方鸿渐所要表达的深层用意。因此，在翻译过程中要特别注意把握原文词语的结构和深义。在此例中，译者正是因为没有读透这个词语的词法结构，才轻易地做出了删减处理，导致原文中关键信息的丢失，使翻译产生了词法方面的文化误读。如果译成："Hung-chien accepted his instruction, bowed politely, then saying goodbye, he left, letting out a long drawn-out 'phew'."效果就要好一些。

另外，还有一些词语的表达，仅为汉语所特有。这类词语虽然也能在其他语言中找到近似的表达，却难以形神兼备地将源语透过词法结构所传递的语气、源语中所涵盖的文化特质以及独特的寓意完全展现出来。例如：在去三闾大学的途中，方鸿渐与赵辛楣千辛万苦才乘上一辆公共汽车，可"这辆车久历风尘，该庆古稀高寿"。"After a long, hard life on the road, this bus should have been celebrating its golden anniversary."显然，译者用"金婚纪念"的对应词"golden anniversary"来译原文之"古稀高寿"，是取两词都有表示时间久远而显珍贵的事物的意思。但是，译者没有体会到原作者使用"古稀高寿"的独特用意。"古稀高寿"是表联合关系的复合词，从字面上看，"古稀"也就是"高寿"的意思，源自唐朝著名诗人杜甫所著《杜工部草堂诗笺》中的《曲江二首》：酒债寻常行处有，人生七十古来稀。实际上，"古稀"和"高寿"两者重叠使用，不仅可以加强语气，还包含了"古来稀"（从古至今极为罕见）的内涵，是对当时陈旧落后的公共交通设施，以及当权者对民生状况漠不关心的现象的嘲讽，同时，还与下文中"抗战时期，未便退休"形成呼应。译者未能理清词的语法结构，也没有深究原文的意味和原著作者的匠心，在译文中做了不恰当的处理。这不仅让读者难解其意，也未传递出原文的讽刺意味，甚至导致了上下文内容的衔接不畅。

（二）句法方面的文化误读

英汉两种语言的句法结构与功能有很大差异，英语句法注重形合，被动结构的使用较频繁，名词化现象也较为普遍；长句、复合句使用较多，结构规整、严密而富有逻辑性，呈静态倾向。汉语则注重意合，多主动句，句子结构比较松散，模糊性强，往往需要从上下文关系来把握逻辑关系；汉语短句和简单句较多，句子排列自由，常常犹如行云流水，呈动态倾向。这两种语言句法的客观差异，增加了对原文理解的难度，致使译者稍有不慎，便会犯下文化误读的"错"。例如：婚后方鸿渐在柔嘉的姑母家挨了教训，两人出来在大街上拌嘴，方鸿渐委屈道："今天我不认错的，是你姑母冤枉我。" "One thing I'm not mistaken about today is that your aunt accused me unfairly."根据原文的意思，"你姑母冤枉我"是"今天我不认错"的原因，表示的是因果关系。但是，译者在翻译时，却将这个句子理解为一个带表语从句的复合句，将汉语中的"是"与英语中"is"的概念混为一谈，即在句法功能上将"是"等同于"is"，将"是你姑母冤枉我"理解为系表结构，使译文出现了相反的效果。殊不知，这正是英汉语在词性与句子结构方面的差异。系动词是英语的词类，而汉语中没有系动词，"是"的句法功能较为模糊，需要根据上下文的语意进行定夺。因此，在翻译时应该仔细推敲，否则，失之毫厘，将会谬以千里。经过推敲，这个句子的深层结构的意思应当是：今天我是不会认错的，因为你姑母冤枉了我。因此，我们应当把译文中这个句子修改成一个带有原因状语从句的复合句："I won't apologize today because it's your aunt who accused me unfairly."

　　英汉两种语言在句子关系上的差异很大，译者稍有不慎，便极易误读原文的句法结构。例如：小说中，在回上海的途中，方鸿渐听了赵辛楣的话，在香港与孙小姐草草结婚，两人忙得失魂落魄，"临了还要寄相片到家里，催款子"。"At the last minute they sent the pictures home, even though they were hard-pressed for money."（虽然他们被催款，但最终还是把相片寄回家了。）译文与原文所传递的信息大相径庭，叫人瞠目结舌。深入分析其原因，我们会发现：原文中的"催款子"和"寄相片"都是动宾词组，但是，哪一个是主句的谓语却未明示，两词的语法关系也不明显，这正是汉语句法松散模糊特点的体现，需要读者统一把握上下文来推衍。由于上文提到两人"写信通知家里要钱"，我们可以推断出两词的语法关系——"寄相片"的意图是"催款子"。可见，译者没有根据汉语句法的特点对上下文进行推敲，不仅把这个句子译成一个带有让步状语从句的复合句，还把"催款子"译成了被动词组，这样一来，译文完全背离了原文。深入分析了原文的句法结构后，我们可以把这个句子还原成："At the last minute they sent the pictures home to press for the money."

　　汉语中动词的使用非常频繁。汉语句中动词一般依照事情发生的先后顺序排列，句子的因果关系、转折关系等也是通过动词出现的先后顺序和具体词义来体现的。由于英语句子注重词语的逻辑关联，在英汉翻译时更要对句法关系斟酌再三。例如：方鸿渐吩咐李妈晒自己的衣服："今天太阳好，你替我拿出去晒一晒，回头给小姐收起来。""It's sunny today so would you take them out and sun them for me? You can store them up later for the mistress."译文将"回头给小姐收起来"译成"You can store them up for the mistress"，乍看起来，这句话翻译得好像是天衣无缝。但是，如果我们根据汉语句法结构的特点进行推敲，根据上下文语境的意义来进行深究的话，这句话的翻译确实有误。从语义和句式上来看，汉语的"给"有两种理解，一种是"为某人"，也就是"为小姐收起来"，此时"收"是句子的谓语，是佣人"收"，这正是译文的理解；另一种是"拿给"，也就是"把衣服拿给小姐，让她收起来"。那么，"给"才是句子的谓语，"收"的动作是宾语"小姐"发出的。这样一来，句式就变成兼语句了。究竟哪种正确呢？通过对上下文的语境的考察，其实不难发现，既然衣服是方鸿渐的，若让佣人"收"衣服，方鸿渐会直接告诉佣人"回头为我收起来"，而不是"回头为小姐收起来"。所以，此处应当是叫佣人晒好衣服后拿给小姐，让小姐收起来。因此，以兼语句式来理解这句话才是正确的。对于这个句子，我们可以这样修改："It's sunny today. So would you take them out and sun them for me? Later you can give them to the mistress for storage."这样，才符合原文的句意。

　　英汉两种语言的句法迥异，因此，译者在翻译的过程中，须依靠源语的语法、修辞知识和上下文等来确定句子的语法关系，还原句子的深层结构，力求准确、全面、透彻地理解原文的句式结构,这样才能有效地避免产生句法方面的文化误读,从而恰当、充分地将原文的内容传递给目的语读者。

(三)语义方面的文化误读

各民族的文化都有其独特性,展现这种独特性的最佳载体非语言文字莫属。正是这种独特性,造就了不同民族的人对同一件事物有不同的理解,反映在语言上,就是会产生不同的语义联想,因此,即使是相同的表达,也会在不同的民族文化影响下生成相异的语义。因此,进行翻译时,对语义的考虑和研究尤为重要。在翻译的过程中,译者对源语语义的理解力求准确,不仅要了解文字的表层意思,有的还必须把握其深层含义。这样,译文才能准确无误。稍一疏忽,便有失之毫厘,谬以千里的可能,难免贻笑大方。例如:

在小说中,唐晓芙抱怨,给方鸿渐打电话时被周太太误以为是苏小姐,白听了一大堆恭维话,"我想这迷汤灌错了耳朵,便不客气把听筒挂上了"。"I thought all that rice gruel was being poured down the wrong ear. so I very rudely hung up on her." 译文将"迷汤"译成了"rice gruel(米汤)",不免令人失笑,更让英语读者费解。汉语读者都知道"迷汤"指的就是"迷魂汤",这是一种迷信传说,根据《辞源》的解释:"人死以后服迷魂汤,即尽忘生前之事。""后用以比喻媚惑他人的话。"在把握了"迷汤"的深层语义之后,我们应当巧妙地将其转换成目的语读者可以接收的信息,以达到语义文化内涵的等值传递。此处可译成:"I thought all those honey words were being poured down the wrong ear, so I very rudely hung up on her."

另举一例,初到三闾大学时,高松年没有兑现自己在聘书中让方鸿渐当上教授的许诺,只聘他当了个副教授,并让赵辛楣代为转告。高松年不知方鸿渐没有等到赵辛楣就径直来访,看到方鸿渐和颜悦色,"不相信世界上会有这样脾气好或者城府深的人"。"He thought Fang was either a very good natured or conniving sort of fellow." 译者将"城府深"译成"conniving(纵容、默许)",是对汉语中"城府"一词典型的语义误读。"城府"源自《文选·晋纪总论》:"昔高祖宣皇帝(司马懿)……性深阻有如城府,而能宽绰以容纳。"后称人胸怀坦白者为胸无城府,相反则称城府深。所以此处的"城府深"是比喻人的心机深隐难测。译者对于原著中一些独特文化词语的理解,不能脱离其独特的历史文化环境,而是需要深入考察其语义内涵。这个句子如果译成"He couldn't believe that there is such a good natured or shrewd and deep sort of fellow in the world.",或许更能生动地刻画出人物的心理特征。

听说孙小姐和陆子潇通信一事,方鸿渐一夜没睡好。第二天,见到孙小姐说起通信一事的怒容,"鸿渐心里的结忽然解松了"。"The knot in Hung-chien's throat loosened." 译者把"心里的结"译成"the knot in his throat",使原文寓意全失。在汉语中"心结"一词的语义被赋予了浓郁的东方古典文化与情感色彩。宋代张先的词《千秋岁》中,以"心似双丝网,中有千千结"来喻指一个女子惜春怀人却不可为人道也的情愫。原著用

"心结"之意，来表达方鸿渐对孙柔嘉的用心，自有作者的一番用意，译成"the knot in his throat"当然难以再现原文的隐含意义，从而误导了读者的想象及其对原著的解读。对于这个句子我们可以稍做修改："The knot in Hung-chien's heart loosened."

赵辛楣请长假离开之后，高松年害怕丑事败露，在得知方鸿渐"有点知道"赵辛楣去的缘故后，乘机找了个借口，下学年没有给方鸿渐送聘约。方鸿渐原想质问他，转念寻思"自己冒失寻衅，万一下不来台，反给他笑"。"If he risked going in to start a quarrel and found himself out on a limb，he'd just be laughed at."译者将"下不来台"译成"found himself out on a limb（孤立无助的）"，完全脱离了原文。这样的译文不仅不能传达原著的意思，反而会致使西方读者不得要领，引起文化误读。"下不来台"是汉语中一句俗语，比喻在僵持而受窘的局面中找不到化解的途径或机会。为使译语更贴近原文，我们不妨做这样的修改："If he risked going in to start a quarrel and was unable to back down with good grace, he'd just be laughed at."

四、《围城》英译本中的思想文化误读

人类生活在同一个物质世界，虽然不同的民族语言各异，但是人们却有着部分相同的思维方式，这就是人类思维的共性。然而，人类思维在共性之外也被赋予了一定的个性。不同民族在历史、价值、宗教信仰、思维方式、民俗等方面的差异形成了交流的障碍，在跨文化交流中甚至导致了思想文化的误读。

（一）价值观方面的文化误读

中国在经历了两千多年封建礼教的熏陶之后，在道德观、审美观等价值观方面自然与西方国家相较甚远。这些差异影响着译者对原著的理解，从而导致了价值观方面的误读。

自古以来，随着孔子学说的盛行，中国对于女性的道德训诫有别于许多西方国家，从而形成了独特的女性道德观。儒家学说主张社会各阶层的尊卑有别，要求女性遵守"三从四德"——所谓的"三从"，是指：未嫁从父，既嫁从夫，夫死从子。所谓的"四德"指的是：德、容、言、功。"德"是品德——能正身立本；"容"是相貌——出入端庄稳重持礼，不可轻浮随便；"言"是言语——与人交谈要会随意附义，能理解别人所言，并知道自己该言与不该言的语句；"功"是治家之道——包括相夫教子、尊老爱幼、勤俭节约等。在古代的道德观念中，要求女性在交往中蛰伏守礼，男女之间礼教森严，即使是姊妹兄弟，如果姊妹已然出嫁，则不可再与兄弟同桌用餐，严格限制了女性的社交权利，这一点是崇尚平等自由的西方国家所不能理解的东方礼仪。这种独特的东方道德文化，致使译者在理解原著时出现了误读。例如：

在小说中，方鸿渐与孙小姐订婚后同回上海，途经香港时见到老友赵辛楣。赵辛楣私下提醒方鸿渐道，"你们这一次，照我第三者看起来，她煞费苦心" "As a third party, it seems to me that she went through all kinds of trouble" 译者根据字面的意思以及西方人的理

解方式，将原著中的"煞费苦心"译成"went through all kinds of trouble（经受了各种困难）"，忽略了源语中独特的女性道德文化背景，将原文中表贬义的词误读为褒义，更背离了赵辛楣嘱咐方鸿渐的初衷——提醒方鸿渐警惕孙小姐心机很深，从而让英语读者对下文中孙小姐反感甚至躲避赵辛楣的行为无法理解。古人云："女子无才便是德。"中国人自古就认为：妇女没有什么才学，才称得上是贤良淑德。在婚姻方面，以父母之命为依归更是一个贤德女子应当遵从的金科玉律。家教良好的女子"笑不露齿""话不高声"。勇敢地追求爱情，与自己心仪的男人私订终身，是为东方传统道德伦理所不容的。就犹如宝黛之恋，不管宝玉和黛玉如何互相倾慕，在封建礼教的世俗面前，终究也只能留下一行无奈的辛酸泪。因此，孙小姐为了能嫁给方鸿渐而"煞费苦心"的行为，在骨子里渗透着儒学思想的赵辛楣眼里是有辱道德规范的，是危险的。经过这样东方道德观的背景分析，我们可以将译文做如下的修改："As a third party, it seems to me that she has racked her brains to achieve the engagement."

再比如，方鸿渐与孙小姐婚后了解到，孙小姐的父母并非像孙小姐嘴里所说的那样放不下这个女儿，而是淡漠得近乎放任。甚至进一步了解到"孙太太老来得子，孙家是三代单传，把儿子的抚养作为宗教"。"Mrs. Sun had given birth to a son quite late in life. Having had only one male descendent continuously for three generations, the Suns made a religion out of raising their son, keeping his hair slick and his clothes starched like a high-class hairdresser in a beauty salon or a waiter in a Western restaurant." 译者在译文中添加了"keeping his hair slick and his clothes starched like a high-class hairdresser in a beauty salon or a waiter in a Western restaurant（让他头发溜光，衣装笔挺，活像美容沙龙里的高级美发师或西餐厅里的侍者）"。显然是为了解释"把儿子的抚养作为宗教"一句。而且，译文将"把儿子的抚养作为宗教"的主语定位为孙家而不是孙太太。在这里，也是由于译者没能深入了解源语国的道德文化背景，而造成了对原著的误读。由于中国古代几千年中一直以男性为中心，"不孝有三，无后为大"的续嗣观深植于民间。"后"一词专指男性子孙，如果一位女子不能为夫家生下儿子，那简直就是犯下了天大的"罪过"。明朝的法律明文规定，"凡男子年满四十而无后嗣者，得娶妾"，因此，《红楼梦》中的凤姐尽管精明能干而要强，依然因不能为家族开枝散叶而倍感无光。原文介绍"孙太太老来得子""孙家三代单传"，愈发显得与女儿相比，这个儿子珍贵、重要得多，尤其是对于孙太太在孙家的地位而言。因此，在这样的前提之下，"把儿子的抚养作为宗教"的，应该是指深受古代道德文化影响的孙太太。此外，将小儿的抚养一事作为宗教，绝非指孙太太溺爱儿子，乃是幽默的一笔，一方面凸显孙太太在养儿一事上如教徒们一样虔诚的态度，另一方面也印证了孙小姐之前所言纯粹是为了能嫁予方鸿渐而"煞费苦心"地抬高自己。要知道，宗教信仰往往是专一的。所以，此处并非刻意地描绘孙太太一家对儿子是如何宠爱的，译文中内容的添加反倒让读者产生错觉，实属多此一举。笔者认为可以把译文稍做修改："Mrs. Sun had given birth to a son quite late in life. She made a religion out of raising her son, since the Suns have had only one male descendent continuously for three generations."这样，应该更贴近原文。

除此之外，中西方文化背景迥异，民族审美方式也大相径庭。一个民族的文化，需要经历极为漫长的时间才能积淀成型，在此过程中所累积的历史性原因，往往会造就其审美方式的独特性。西方人的审美观与古希腊文化是分不开的：古希腊文化崇尚自然美，真实而自然是美的基础。而中国人的审美观受到古代政治伦理文化的影响，"善"与"不善"才是判断美的条件，不符合伦理道德的东西是不美的。因此，一尊赤身裸体的人或神的塑像，在西方人看来，完全是对自然真实的表达，而对于中国人而言，则与传统的伦理道德规范相悖，难言其美。这种东西方审美观的差异，也使得译者在理解原文的过程中出现了误读。例如：方鸿渐从苏文纨家中出来，上了电车，看到一对谈恋爱的中学生。那女孩儿十六七岁，脸上妆化得很浓，"可是这女孩的脸假得老实"。"But this girl's face was so obviously faked."译者将"假得老实"译为"obviously faked（假得明显）"，与下文也能衔接起来，"因为决没有人相信贴在她脸上的那张脂粉薄饼会是她的本来面目。"似乎译得流畅，无可挑剔。从西方人的审美角度来看，女孩涂脂抹粉的脸孔显然不美，因为它经过脂粉的装饰之后已融入了假象，违背了西方人崇尚真实和自然的美学观。译者在此处保留了"假"，但却失去了原文中"假"的修饰语——"老实"，因而失去了原文的讽刺意味和伦理特色。根据原意，女孩"油漆粉刷"的"门面"是用来"招徕男人的"，"这是外国也少有的"。可见，粉饰是为了庸俗的买卖，这显然为中国的伦理道德所不容，也与东方美中"善"的标准相冲。可是，原作者偏偏采用"假得老实"这一矛盾修饰法来表现他极度的嘲讽：女孩"老实"得让自己精心粉刷的脸"假"得没人相信。讽喻之余，女孩的浅薄无知与愚蠢庸俗跃然纸上。为了保留原著的风格，我们不妨做这样的修改："But this girl's face was so honestly faked."

（二）思维方式方面的文化误读

傅雷曾经说过："东方人与西方人之思想方式有基本分歧,我人重综合,重归纳,重暗示,重含蓄；西方人重分析,细微曲折,挖掘惟恐不尽,描写惟恐不周：此两种 mentalite 殊难彼此融合交流。"人类的思维从不同的角度、不同的侧面来观察和反映客观世界，也对客观世界进行分析和综合。某个民族将长期以来对现实的认识凝聚成经验和习惯，借助语言形成思想又赋予思想以一定的方式，就形成了这一民族所特有的思维方式，思维方式是沟通语言和文化的桥梁。因此，思维方式的差异是造成思想文化误读的一个重要原因。比如：

在小说中，方鸿渐在报馆工作时偶遇熟人沈太太，回到家中跟柔嘉谈起，感慨万分。可孙柔嘉对方鸿渐所说的话十分敏感，总联想到自己，方鸿渐不得已跟她解释"你总是死心眼儿，喜欢扯到自己身上"。"You are so small-minded that you have to apply everything to yourself."译者在翻译这个句子时，将"死心眼儿"译成"small-minded（心胸狭窄的，气量小的）"，完全改变了原著的意图——这不是劝慰，反是责备了。孙柔嘉此刻若真听到方鸿渐这样说自己，不恼怒才怪。看到此处，难免不让英语读者感到莫名其妙。为什么翻译中会出现这样的偏差呢？这就是东西方思维方式的差异使然。中国人的思维倾向于具体化，其语言表达偏向于用具体的形状、图像、声音以及色彩来传递其情感和信息。西方文化则具有理性色彩，典型的西方式表达注重推理和逻辑。这种差异的根源就在于中国传统偏重于经验、悟性和直觉思维，而西方传统推崇理性和逻辑思维。中西思维差异从深层影响着语言的具体应用。譬如，中国人喜欢使用形象的比喻去阐释深奥抽象的理论，如用"火烧眉毛"强调形势紧迫，大材小用被生动地比喻为"牛鼎烹鸡"，"七窍生烟"则用来描绘气愤之极的形象画面。汉语中喻指的手法也层出不穷，因此很多词都描绘着一个具体的意象。在将中文西译时，很多富于意境的表达会丢失原有的意味，实在十分可惜。译者意识到在汉语当中"心眼儿"可用来比喻人的胸怀气度，"心眼小"就是指"心胸狭窄"，因而把有几分相似的"死心眼儿"当作"心眼小"理解。然而，有具体化倾向的中国人的思维反映在用形象词语表达抽象思维上，常常也会"差之毫厘，谬以千里"。相同的词置于不同的情境也会有迥异的意象。"心眼"一词用在不同的地方就会有不同的理解。苏辙的"吾弟有儒才，见事心眼明"中的"心眼"就是指心和眼。而原著此处的"死心眼儿"应该是"比喻人固执，顽固"。我们可以对这句译文稍做修改："You are such a person with a one-track-mind that you have to apply everything to yourself."这样就比较符合原文，看似在责备，其实是心疼她不懂爱惜自己。听到这样的劝慰，柔嘉当然会容易接受得多，读者也能顺畅地理解了。

另外，在三闾大学时，汪太太要给范小姐做媒。与孙小姐同房的范小姐心眼小，虚荣心又盛，文学修养浅薄到喜欢把剧本中一些口号当作人生警句来默诵。她也有不快活的时候，"譬如好月亮引起了身世之感"。译文为"such as when a beautiful moon aroused personal thoughts"。"身世之感"在此被译成"personal thoughts（个人想法）"就背离了原文，使原本具有讽刺意味的幽默的原文变得平淡无奇。"身世之感"原指由于身世的原因而引起的伤感，这是一种典型的中国古典文人多愁善感的思维风格。中国古代的诗人大多消极厌世，诗词中透露出的情感也大多以伤感无奈、离愁别绪为主。因此，古代诗人写出类似"感时花溅泪，恨别鸟惊心""问君能有几多愁，恰似一江春水向东流"的诗句也就不足为奇了。东方人感性却显模糊的思维方式，令理性而思维缜密的西方人尤其困惑，况且，译者也没有意识到，范小姐本人并无文学造诣，所以，一番扭捏作态、多愁善感的表达，其实是在刻意提醒旁人自己的文人气质。原作者对其矫揉造作之态的刻画，产生了喜剧性的滑稽效果。对句中"身世之感"一词进行了这样的深入探讨之后，我们不难得出更妥帖的译法："such as when a beautiful moon aroused sigh with emotion for life experiences"以期还原原著中的讽刺风格。在翻译的过程中，译者只有按照源语民族的思维方式准确地把握原文，才能避免误读，从而准确地传递原文的信息。

（三）民俗方面的文化误读

民俗是人们在社会实践中世代传承、相沿成习的精神文化，是某一社会群体在语言行为和心理上形成的共同思维习惯和生活模式，主要包括社会组织民俗、民间信仰、民间口头文学等。不同的民族心理产生不同的民俗文化，由于历史文化、地理条件和经济发展的状况不同，英、汉民俗从饮食、服饰、住所、婚葬到节日喜庆等方面都有很大的差异，也给译者的翻译带来了障碍。

民俗不仅是民间文化自我传承的产物，更是一个民族自由表达情感、展现独特内心世界和精神风貌的一种行为方式，这在人们的民间信仰上表现得尤为充分。例如：在小说中，赵辛楣见老友方鸿渐到了香港自然尽地主之谊，邀请他和孙柔嘉去饭馆吃饭。孙柔嘉推说自己不舒服，让方鸿渐跟他单独去了。可等方鸿渐吃完饭回到旅馆，孙柔嘉却因为寂寞、不舒服而闹起了情绪，加上以前对赵辛楣的种种不满，开始数落起方鸿渐来："辛楣一来，就像阎王派来的勾魂使者，你什么都不管了。" "As soon as Hsin-mei got here as though he were a messenger sent by the King of Hades, you became oblivious to everything else." 译文将"阎王派来的勾魂使者"译成"messenger sent by the King of Hades（阎王派来的使者）"，这一细微的删减，似乎与原文没什么区别。可是，将东西方关于死亡说法的差异相比较，便会觉察出个中问题。中国人信仰佛教的人数较多，佛教相信轮回之说，认为人死后都要去阎王那儿报到，让地府判官把生前的功过评判一番，才能转世投胎。而在西方国家，大部分人信仰基督教和天主教，教民普遍认为好人死后入天堂享受，坏人则要进地狱受罚。关于这一点，我们从西方的一些谚语当中就可得知："It is easier for a camel to go through the eye of a needle than for a rich man to get into heaven." "Better go to heaven in rags than to hell in embroidery." 等。在原作中，孙柔嘉把赵辛楣比作"阎王派来的勾魂使者"，其中饱含着对方鸿渐的责怪和对赵辛楣的不满。译者将"勾魂"二字删除，在意象尽失之时更忽略了中西方的信仰差异。西方读者面对这样的译文或许会问：为什么孙柔嘉会把赵辛楣比喻成地狱的使者而不是天堂的使者？方鸿渐又怎会愿意跟他走？他做了什么坏事非得受罚吗？因此，为避免诸多误解，翻译的时候最简单的方法就是，将定语"勾魂"还原："As soon as Hsin-mei got here as though he were a messenger to summon spirits, who was sent by the King of Hades, you became oblivious to everything else." 这样，英语读者也能理解——使者的目的就是勾魂，方鸿渐当然得跟他走——不致引起误读。

此外，由于不同民族生活的环境不同、观察的角度不同，对颜色的感受往往也不尽相同。不同民族的民俗在颜色取向上的差异也很明显，比如：日本人忌黄，泰国人忌红，巴西人忌绿，比利时人忌蓝。这种民俗的差异往往也会导致翻译过程中的文化误读。例如：方鸿渐、赵辛楣一干人等初到三闾大学，马上就感受到了世态炎凉。从前来拜访的同事之多，就可看出"辛楣是校长的红人"。"Hsin-mei was the president's man of the hour." 译者将"校长的红人"译成"the president's man of the hour"，省略了原著中的"红"字，使原文传递的信息大打折扣。汉民族自古喜爱红色，因为太阳和火焰的颜色象征着幸福、喜庆、欢乐、热烈、光明、成功、吉祥。人们把结婚称作红喜事，新娘要穿红衣，顶红盖头，新郎要披红绸，戴红花。过年过节门上挂红灯笼。身体健康的人"红光满面"；幸福的日子过得"红红火火";观众喜爱的明星叫"当红明星",特别受欢迎的能"红透半边天"。原著中的"红人"就是沿袭了这种民俗,专指特别受领导器重和信任的人。然而,英美人却视红色为"不祥之兆",英语中 red ruin 指"火灾",a red battle 是"血战",red tape 是指官僚作风。正因为英、汉民俗在颜色取向上的这种差异,使译者忽略了这个"红"字在原著中所起的作用,轻易地删减了这个蕴含着汉民族民俗文化且寓意深远的字,使译文偏离了原著,不能体现出"红人"所体现出的"受宠幸"的味道。

《围城》之所以被比作新《儒林外史》就是因其冷嘲似的讽刺笔调和幽默的文风,嬉笑怒骂皆成文章。如果在翻译的过程当中不考虑东西方价值观、思维方式、民俗等思想文化的差异,不深入了解源语文化的特点,译文就很难保持原著的风格,或者说《围城》所特有的钱钟书风格。

五、《围城》英译本中的生态、生产方式方面的文化误读

中国与西方国家相比,在地理位置和社会发展的程度上都存在巨大的差异。不同的地理位置、不同的气候条件带来的是迥然不同的生态文化,而东西方不同的社会发展水平则引起了生产方式的差异。

(一)生态方面的文化误读

众所周知,英国是一个岛国,地处中高纬度地区,气候温和宜人,加之四面环海,带有温带海洋性气候特点。即使在温度最高的 7 月,也保持在 20 度左右;气温最低的时候,平均温度也在 5 度左右。而中国幅员辽阔,跨越多个气候带,因此呈现出多样化的气候,四季极为分明。当中国南方夏季炎热,让人发出"骄阳似火"的感叹时,英国却凉爽而舒适。因此,莎士比亚在他的十四行诗里将情人比作夏天——意思是可爱、温柔而令人舒坦。但是,如果不了解两国的地理文化差异,中国人就会对莎士比亚的这番深情款款的表达感到困惑。同样,两国的植物品种和生长情况也各不相同。中国的四季果蔬花卉异常丰富,而对于常年温度适中的英国来说,这样的景致实属罕见。在翻译的过程中,这种生态文化的差异难免会引起误读。例如:

在小说中,方鸿渐、赵辛楣一行人在去三闾大学的途中投住在鹰潭的一家小店里,小店楼下卖茶带饭,饮食做得很不卫生,虽已是深秋,苍蝇还是满天飞。作者讽刺道:"这东西(苍蝇)跟蚊子臭虫算得小饭店里的岁寒三友。""These, along with the mosquitoes and bedbugs, are considered the 'three companions of winter' at small inns"。此处,译者将"岁寒三友"译作"three companions of winter"(冬天的三个伙伴)不免让英语读者感到茫然,更使得原著此处的讽刺意味荡然无存。在中国的一些地域,严寒的冬天是何等的萧索孤寂。古人有诗云:"千山鸟飞绝,万径人踪灭。孤舟蓑笠翁,独钓寒江雪。"正是真实的写照。而作为"岁寒三友"的"松、竹、梅"出现在天寒地冻的季节时,人们陡然一惊,看苍茫大地上尚有一线生机,不免对其顽强的品格肃然起敬。因此,人们惯用"岁寒三友"这个

词来褒扬傲霜斗雪、坚定不移的高贵品质。在原文中，作者是反其道而用之，将饭店中与"松、竹、梅"一样经寒耐冻的苍蝇、蚊子、臭虫称作"岁寒三友"，恰与脏乱差的饭店相配。此喻深刻而辛辣，让人叹服。但是，由于东西方生态文化的差异，译者没能了解到这个"岁寒三友"在源语国的独特所指及其深刻意味，将其过于简单地处理，致使出现了生态文化方面的误读。

另外，方鸿渐与孙柔嘉婚后回到上海单住一处，请来孙柔嘉在娘家时的奶妈帮忙干活。可这奶妈偏心，事事维护小姐，"譬如鸿渐叫她买青菜，她就说：'小姐爱吃菠菜的，我要先问问她。'" "For example, if Hung-chien told her to buy vegetables, she would say, 'Young Lady likes spinach, so I will ask her about it first.'" 译者在此将"青菜"译成"vegetables"是对原文的误读，因为vegetables是"蔬菜"的总称，而"青菜"是蔬菜中的一种。中国气候变化大，四季分明，蔬菜水果也种类繁多。原著此处的"青菜"估计是方鸿渐所喜爱的种类，与下文中小姐爱吃的"菠菜"形成对比，强调奶妈的偏心。英国地处高纬度地区，加之土壤和气候等因素的影响，不利于青菜的生长；另外，由于英国国内的劳动成本高，国际贸易与物流在作者当时所处的时代还不发达，因此，英国国内产的蔬菜和水果较少，进口的蔬菜品种也不多，像冬瓜、蒜苗、丝瓜等中国常见的蔬菜在伦敦的菜场很难见到，青菜就更少见了。正是由于中西方地理位置以及生态文化的这种差异，形成了译者对源语国生态文化理解上的障碍，不知道源语国有"青菜"这种蔬菜，从而导致了误读。

（二）生产方式方面的文化误读

生产方式的不同，也会引起误读。《老子》中有一段关于中国古代生产方式的经典描述："小国寡民，使有什伯之器而不用，使民重死而不远徙。虽有舟舆，无所乘之，虽有甲兵，无所陈之。使人复结绳而用之。甘其食，美其服，安其居，乐其俗。邻国相望，鸡犬之声相闻，民至老死而不相往来。"中国幅员辽阔，生活资源相对来说比较丰富。长期以来，人们以自给自足的方式生活，农业经济因此呈现出分散独立的状态。《围城》中所描述的20世纪三十年代的中国正处在半封建半殖民地的社会，家庭手工业为社会的主要生产方式。而在西方国家，社会生产方式从16世纪到18世纪已经发生了巨变。以英国为例，16世纪时，家庭手工业向以分工合作为特点的工场手工业过渡；到18世纪中叶，机器的发明导致以人力劳动为特点的工场手工业衰落，大规模工厂化生产逐渐取代个体工场手工生产，整个资本主义生产转向机器大工业生产。然而，在翻译的过程中，由于对这种东西方生产方式的差异缺少了解，译者在翻译的过程中便产生了对原著的误读。

例如，汪太太给赵辛楣、方鸿渐做媒，把大家请到家中吃饭，闲谈中聊起自家的佣人不好使。那老妈子有个儿子，逢着家中请客，"她就叫他来，挑好的给他躲在米间吃"。"She calls him over and picks out the best pieces for him, which she hides in the rice." 将"躲在米间吃"译成"which she hides in the rice（把菜藏在米饭里）"显然是译者对原文理解有误。自古以来，中国多少代人一直以自给自足的小农经济为主要的经济形式，同时，家庭手工业也起到极大的作用。尤其是在半封建半殖民地社会，家庭手工业更是人们生活的主要支柱。每家每户都要自己舂米、耕种、纺织，以满足日常所需，富实的家庭为了储米在家中设有"米间"。而在西方国家，工业革命的效应使得生产率得到极大的提高，经济突飞猛进，分工合作的思想深入人心，并极大地渗透到生活和工作之中，生活方式和生产方式泾渭分明，不再混为一体，因此，家中早已不再设立与生产有关的"功能间"了。译者在翻译过程中未能深入了解源语国当时的实际生产方式，以及由此所受到影响的生活方式，想当然地排除了原著中"米间"就是指"储米的房间"的可能，导致了对原文的误读。其实，原文此处的"躲在米间吃"就是指她儿子躲在储米的房间吃，而不是译者所想象的"把菜藏在米饭里"。笔者对此稍做修改："She calls him over and picks out the best pieces for him, which he would secretly take in the storehouse."

又比如，方鸿渐在三闾大学给孙小姐代英语课时，外语系主任刘东方私下给方鸿渐传经送宝，教他批分数得雪中送炭，"切不可锦上添花，让学生把分数看得太贱，功课看得太容易"。"On the other hand should one gild the lily, letting the students regard grades as too cheap or their schoolwork as too easy." 译者在此将"锦上添花"译成"gild the lily（多此一举、画蛇添足）"似乎含意接近，行文也流畅。然而，仔细推敲原著中这个成语的意思，就会发现译语和原文的明显差距。要了解汉语成语"锦上添花"的具体含义，首先得知道什么是"锦"。中国自古纺织业十分发达，半坡原始居民已学会纺线、织布、制衣，父系氏族时期有了养蚕缫丝业。汉代的丝织业很发达，人们开始使用提花机，染色的技术也很高，还能织出精美的花纹。到三国时期，在丝织业发达的蜀国出现了"锦"，蜀锦行销三国。至明正德年间纺织品已多达十几种，有：锦、蚕丝、罗、纱、绫、绢、纳、木棉布、药斑布、苎布、缣丝布、綦花布、斜纹布、麻布、黄草布等。达官贵人着绫罗绸缎，平民百姓则穿苎棉麻布。而其中"锦"，一种有彩色花纹的丝织品，是最为华贵精美的织品。关于这一点，我们从许多成语当中就可得知，如"锦绣前程""花团锦簇""锦衣玉食"等等，都是用"锦"来指代最好最美的织品。而在西方社会，尽管从大约公元一世纪起便接受着通过丝绸之路运送到他们国家的丝、绸、绫、缎、绢等丝织品，并在其上流社会广为流传，但对于这些丝织品的种类、制作过程甚至工艺质量的区分，并没有形成非常清晰的认识。东西方对纺织品生产工艺了解的差异造成了译者对这个成语的误读。"锦"本是有彩色花纹的丝织品，"锦上添花"指在锦上再绣花，则表示好上加好，美上添美，而并非"多此一举"之意。笔者将这个句子稍做修改："On the other hand should one embellish what is already good or beautiful so as to make it better, letting the students regard grades as too cheap or their schoolwork as too easy."

六、对《围城》英译本中的文化误读的思考

人类思维的工具——语言具有很多共性，正是基于这些共性，不同的语言才可以互译。

然而，每个民族的文化本身都有自己的特点，它们在社会制度、生态环境、历史背景等方面存在着巨大的差异。不同的语言在礼仪、政治、教育、语法、语义、价值观、思维方式、民俗、生态、生产方式等方面必然有其民族文化的烙印，隐含着民族文化的内涵，这都给翻译带来障碍与困难，致使译本中出现种种文化误读的现象。

由上可知，《围城》英译本的变形基本上是译者消极误读的结果。首先，由于中西方文化的差异性，译者往往会从自己所熟悉的文化观念和思维模式出发来理解"他者"文化；其次，由于译者对源语文化缺乏应有的了解，从而忽视了不同语言间固有的差别，忽视了原著人物不同文化背景之间的差别，忽视了中西文本中蕴含的文化内涵与文化意象的可传递性。这种误读是由于译者只通晓异国语言而不了解这种语言的文化大背景，属于译者无意识的消极误读。研究表明，类似《围城》译本中的消极误读已成为跨文化交际中读者全面真实地了解源语文化的障碍，是文化误读对翻译造成负面影响的表现。

对《围城》英译本的研究给翻译界提供了一个消极文化误读引致译本变形的典型范例，同时也提醒译者，误读虽然在文学中具有独特的意义，但译者有责任尽量减少误读，以便"忠实地"传达原文意义。译者是文化交流的使者，他应以增进文化间相互理解、减少"误读"为己任。因此，为了让译语文化中的读者更准确地了解源语文化，翻译时应更好地弥补源语与译语之间的差异，减少不必要的误读成分，使译文在最大限度地保留原文风格、传递源语文化的同时具有较好的可理解性和可接受性。

参 考 文 献

[1] 曹迎春.文化翻译视域下的译者风格研究——《牡丹亭》英译个案研究[M].上海：上海交通大学出版社，2017.

[2] 陈莉.中西旅游文化与翻译研究[M].北京：中国商务出版社，2018.

[3] 陈雪松，李艳梅，刘清明.英语文学翻译教学与文化差异处理研究[M].西安：西安交通大学出版社，2018.

[4] 崔姗，韩雪.英语文化与翻译研究[M].北京：新华出版社，2015.

[5] 段峰.文化视野下文学翻译主体性研究[M].成都：四川大学出版社，2008.

[6] 高万隆.文化语境中的林纾翻译研究[M].杭州：浙江工商大学出版社，2012.

[7] 高玉兰.解构主义视阈下的文化翻译研究——以《红楼梦》英译本为例[M].合肥：中国科学技术大学出版社，2013.

[8] 黄国芳，陆晓蓉，韩家权.语言文化翻译研究[M].南宁：广西人民出版社，2016.

[9] 黄岩.文化对比下的英汉翻译研究[M].北京：中国水利水电出版社，2017.

[10] 李华钰，周颖，吕庶瑾.当代英汉语言文化对比与翻译研究[M].长春：吉林人民出版社，2017.